孝感市重点文艺创作扶持项目

| 中短篇小说集 |

边　鼓

喻长亮　著

版 武汉出版社

（鄂）新登字08号

图书在版编目（CIP）数据

边鼓／喻长亮著. — 武汉：武汉出版社，2024.1
ISBN 978-7-5582-6363-7

Ⅰ.①边… Ⅱ.①喻… Ⅲ.①中篇小说—小说集—中国—当代
②短篇小说—小说集—中国—当代 Ⅳ.①I247.7

中国国家版本馆CIP数据核字（2023）第218668号

著　　者：喻长亮
责任编辑：李　俊
封面设计：黄小婷
出　　版：武汉出版社
社　　址：武汉市江岸区兴业路136号　　邮　　编：430014
电　　话：(027) 85606403　　85600625
http://www.whcbs.com　　E-mail: whcbszbs@163.com
印　　刷：武汉鑫佳捷印务有限公司　　经　　销：新华书店
开　　本：787 mm×1092 mm　　1/16
印　　张：13.25　　字　　数：270千字
版　　次：2024年1月第1版　　2024年1月第1次印刷
定　　价：78.00元

目 录
CONTENTS

边　鼓 / 001

告　别 / 011

远　山 / 025

绝　版 / 042

请你吃螃蟹 / 054

大考在即 / 068

鸡鸭不宁 / 084

漳河桥 / 098

连体冰人 / 114

闹　狗 / 131

楂子山上 / 162

打鸟的孩子 / 179

边 鼓

漳河镇过去是不毛之地，方圆几十里渺无人烟。

漳河古称漳水，是鄂中腹地南北互通的一条重要水道。自随州到安陆，漳河一路浩浩荡荡地下来，到安陆与京山交界处，大概是累了，打了一个盹儿，留下一道不大不小的弯儿。这儿地势高，地面平坦，旱涝无碍，是一块宝地。南来北往的大小船只在此靠岸，船上的船佬客商上岸歇脚打尖，才渐渐有了人气。

久而久之，有人见缝插针，提篓子挑扁担，弄些时鲜土货，换几个小钱。后来有人搭棚摆案，做点小买卖。炸油条的，做水饺的，烫豆丝的，打豆腐的，捞粉丝的，卖猪肉的，都来了。到了清末，又有开店铺的。茶叶铺、酱油铺、剃头铺、包子铺、槽房、酒馆、当铺、布店，还有澡堂，都齐了。

街头开阔地上有牛行和猪行。牛行有几棵苦楝、几棵枣树，树下系着牛。旁边还钉着不少木桩，也系着牛。不知哪儿来这么多牛。又以水牛居多，黄牛少。黄牛力气小，不比水牛扛活儿。这一带土地板结，当地人不兴黄牛。牛行散得晚，总要到日头偏西才收场。一帮子人三个一群五个一堆，蹲在一起抽闷烟，一声不吭。其实是在暗中观事，各自打着算盘。盘算好了，便凑成一堆，咬着耳朵讨价还价。谈妥了，才缓缓起身松开腰带，一层一层打开，露出扎在里边的布包。打开布包，里边是一沓钞票。跟着一张一张地数，过两遍才交手。收钱的也过两遍，同样解开腰带，将钱包好扎进去。系好腰带，才松手交绳。有的还把牛绳解下来带回去。不知道是什么讲究，也许是舍不得一根好牛绳。然后各人揣钱牵牛走路，一桩买卖算是成了。一套路数走下来，连个响屁都没有。

牛生意是个慢性子，急不得，一个集也成不了几桩买卖。好多买牛卖牛的，集集往这儿跑，把进牛行当日课，一集不漏，一跑小半年没下手的也有。跟牛行的安静不同，猪行那边吵。卖猪要过秤。过秤时人在吼：那个，那个，抓错了！换，换那个长条子！猪也在叫，干叫，跟杀它似的，半条街都是它的尖叫。

各色人等多起来，房子也多起来。沿着河岸一溜烟摆出一条长街，都是清一色的青砖古皮瓦房，门脸上挂着各式招牌。每逢单日热集，人来人往，驴子骡子，有时也有外地来的高头大马，驮着谷物、栗子、柿子、黄豆、芝麻、豆饼、棉籽什么的，很是热闹。集是露水集，太阳不到两竿高就散了。所以赶集要赶早，天不亮就动身出门，不到小半晌就回来了，该买的都买回来，还不误田地活儿。

京山、晏店离这儿不远，过河小半天就到了。"京山的包子晏店的酒，要吃鲜鱼漳河走。"可见漳河镇的名气不小。河里的鱼出水上岸，白鲢、花鲢、草鱼、鳜鱼、小白虾、马虾、螃蟹、大黄鳝、小麻鱼、黄鱼、黑鱼、甲鱼，水淋淋，活蹦乱跳。煮一锅，满屋生香。

漳河镇不知什么时候有了"小汉口"的名头，真个名声在外。

后来国家在上游拦河蓄水，建起漳河水库，下游水量减少，水路走不成，改走旱路，这条河流才冷清起来。然而历史沉淀下来的漳河镇宝贝一样放着光芒，每逢热集，依然人来客往，不减当年繁华。

漳河文化站的老站长邹宽河，人称邹站长、邹老爷子。邹老爷子祖居河南，老太爷年轻时家乡遭了大水，孤身一人要饭到此，大概喜欢上了这块好地方，再没有往南走，在此扎下根来。到邹老爷子这一辈已经是第四代，说起来他是土生土长的漳河人。他十八岁当兵，转业回到镇上。上边安排工作时，他说就到文化站去。有人悄悄说，傻呀你，文化站穷得冒腥气的地方，你去喝西北风？他笑笑，不发一言。

他有自己的考虑。他在部队干的是文职，对文化有感情。怀着这份感情回到老家，便决心给家乡做点事。说得文气一点，是要挖掘这里的文化之根。果真做成了，才无愧于老邹家几代人喝下的漳河水，对流落于此的老太爷也有一个交代。他想好了，文化站虽然连清水衙门都算不上，却落得清闲，正好有大把时间做这件事。后来，上边觉得在文化站委屈了他，几次想把他调走，他都婉拒了。

在文化站一待就是大半辈子，他是个老文化工作者了。退下来后，本想过几年自在日子，不想老伴突然过世，他伤心过度，大病一场，在医院里躺了一年多。

他家住在临河街上，出门几步路就到护河堤上。房子很老，青砖黛瓦，厅堂天井加厢房，典型的四合院样式。不用说，这是老邹家几代人攒下的家业。院角长着一棵银杏，两人合抱粗，是老太爷当年亲手种下的。每到秋天，满树金黄，硕果满枝。

出门常见有人光着膀子在条石砌的街面上跑步，噔噔作响。有人闷声不响地散步，有人拉着熟人扯家常。远处有人扑在河里游泳，有人蹲在树底下钓鱼。有在开阔处练气功、打拳的，还有站得笔直、昂着脖子拉嗓子的。邹老爷子不干这些。他喜欢散步，走哪儿算哪儿，清静无束，如不系之舟。

他有一儿一女，都是在漳河边上长大，如今像鸟儿一样飞远了。儿子在武汉，女儿在广州，都成家立业了，各干其事。老伴去世后，一双儿女担心老爷子的身体，一个要接他去广州散心，一个要接他去武汉定居。他都没答应，哪儿也不去，仍待在漳河镇。

他心里有事，放不下。

他一直埋头研究民间文化，就是退下来也没真闲着，而是把精力用来整理所有收集的资料。

千里不同风，百里不同俗。老爷子一辈子活在这句话里。从随州到安陆，再到云梦、应城，他跑得烂熟。他在研究漳河流域的"风"和"俗"。这里每一道沟坎，每一条小河小岔，每一个村湾，哪儿的人打哪儿来，吃什么米，喝什么水，穿什么衣，过什么节，什么讲究，他都了然于心。说他是漳河通一点不为过。他把漳河两岸的风土人情都装在脑子里了。

退休前他曾用整整七年时间编了一套《漳河方言》，将沿河几个县的方言收集成书。《漳河方言》一面世，各地档案和文化部门视为珍宝，纷纷收藏。外地文化部门纷纷效仿，招人、拨款，当作一件流传后世的大事来做。省文化厅将他评为优秀文化工作者，专门奖励他一笔资金。他把这笔钱作为印刷费，加印一千册《漳河方言》，全部免费送人。他还想编一套《漳河民俗》，因工程浩大，耗时费力，进展缓慢。

那场大病，让他意识到自己一年老过一年，得趁现在还能动弹，赶紧把手上的资料整理出来。要是再病一场，这事怕是要黄了。

他看起来悠闲自在，其实是在跟时间赛跑。

转眼间，老爷子七十有八了，那场大病对他的身体仿佛没什么太大影响，静养一段时间后，他又有精神头儿了。这些年除了头发花白外，腰身仍然硬朗，耳不聋眼不花，走起路来脚步轻盈，全然没有这个年纪的老态。时间仿佛让老爷子给拽住，走不动了。

邹老爷子觉得这得益于自己没闲着。心里装着事，手脚不闲，肢体就通泰，人就有精神。他早晚沿着护河堤各走一个来回，每回一小时，雷打不动。余下的时间，就在书桌前写写画画，一天就过去了。

这么多年下来，他的书已处于收尾阶段。他时常在想，做完这件事，就该真正休息了。

邹老爷子退休后，文化站的站长换了好几任。但大多干的时间不长，有的调走了，有的干脆跑到外地打工去了。文化站清苦，光耗时间不来钱，不如在外边闯荡来得痛快。现任站长小郭，是从文化局派下来的干部，先是当办事员——文化站就两个人，一个站长一个办事员。干了两年，站长停薪留职，跑到东北当包工头去了，丢下他一个人。上头先是任命他为副站长，再到站长。实际上，他既是站长也是办事员。上边再没派人来，也不知是不是压根儿就没人愿意来。

小郭三十多岁，一头长发，一年到头难得理一回，一看便是一个不修边幅的主儿。他瘦高身材，皮肤晒得黝黑，跟泥炭里掏出来的一根木棍似的。不过走路很精神，屁股上有风似的。不知他身上哪儿来那么大的劲。

文化站的房子很老旧，还是邹老爷子当站长时建的，算算四十多个年头了。房子下陷，墙壁开裂，到处漏雨，早已被列为危房。小郭站长打了几次报告，想要拆了重建，上边经费紧张，一时半会儿解决不了。这事一拖再拖，文化站也没有资金来源，更不敢贸然动工。拖得久了，把小郭站长的一点兴头儿也拖没了，好久不再提这事。虽是危房，小郭站长仍住在里边。不住这儿住哪儿呢？

站里十分简陋。一张床，一个书柜，一张书桌，一只洗脸盆架，还是清一色的老物件。书柜和书桌是邹老爷子当年置下的，其他的虽是后来添进来的，算起来都比小郭站长的年纪还大。

小郭站长经常外出，背着一个迷彩挎包，骑着一辆125旧摩托车，一去三五天，有时更长，没个准儿。反正文化站平常也没什么事，去时一把锁守门，回来也是一个和尚一座庙，真是门可罗雀。

他在做一件吃力不讨好的大事。还在当办事员时，他就将漳河镇的民歌、小调、小曲搜了个底朝天。他会唱各种小调。漳河一带船调、船号子居多，跟这里过去是水埠码头有关。他找到很多宝贝，大都是手抄本，也有少数刻印版，少的也有一百多年。镇上有几位年纪大的老人，年轻时在河上当过船工，他们会唱，张嘴就来。小郭站长喜欢跟他们泡在一起，跟他们一起喝茶，听他们即兴清唱。他在一边记录、录音。他还跟着学唱，唱得有模有样。后来搜集范围不断扩大，随州、云梦、应城、长江埠，他都跑遍了。

他不搭车，全靠步行，经常为找一个人跑一两百里路。他穿烂了四十多双解放鞋——这种鞋牢实、便宜。常常是脚上穿一双，包里背一双。旧鞋穿脱了帮子换新的。买摩托车是后来的事，为了找人方便，还为省时间，有时跨几个县市，出省的远门也有。为了省几个钱，啃方便面喝自来水是常事。还会在路边草丛里过夜，跟叫花子没区别。

他搜集到不少老本子，珍贵极了。为此他花了不少钱，这些年的工资全搭进去了。最窘迫的时候，连饭钱也没有。好在他是城里人，父母通情达理，又都有退休金，知道儿子做的是正事，不时贴补他一些。他也不客气，老人给他就拿着，一出门又是十天半月不见人影，又去收东西了。

那股子倔劲跟邹老爷子年轻时没差别。不同的是，老爷子当年骑的是一辆老旧的永久牌自行车，他骑的是一辆花了五百块钱买来的二手摩托车。还有一点就是，邹老爷子当年是普遍撒网，见到好东西就收起来，全进了他的书柜，先收后整理。老百姓吃的穿的住的，婚丧嫁娶，逢年过节，什么时令什么规矩、什么讲究，都分门别类，规整成系列。小郭站长则不同，看准了民歌，他就专攻民歌，他的精力全用在这上头，别的一概不管。过三五年，再干别的，比如民戏，就专攻民戏，一点不含糊。他有他的套路。

这些年，他跑遍漳河流域，又拓展到汉水流域，现在又到长江两岸去了。他的视野越来越宽广，要收的东西越来越多。长江流域的民间文化都在他的眼皮底下。他收集口传古唱，搜罗古戏曲、戏剧、古巫术、民间医药，光原始资料就有两千多本。长江流域的民歌、民戏、民间医药、大部头说唱、盐道文化、汉水巫术，他都变着法找过来，文字资料有几百万字。他记录的口传民歌唱词、戏曲、民间偏方、验方，有一百六十多本，记录的民歌曲谱有三百多首。

他收藏的东西从不轻易示人。可是，这么多好东西放在一起也是一个问题，时间久了长霉，虫叮鼠咬，辛辛苦苦收集来的宝贝很容易受损，一不小心会变成废品。再说，这些东西在他手上，总觉得自己在吃独食，这不是他的初衷。他急得不行，不得不好好琢磨这事。

没有不透风的墙，外边的人都知道他手上有东西。他因此小有名气，常常被请去参加各种文化活动。他参加活动不大爱说话。他年轻，也轮不到他。他顶多是个凑热闹的。这样也好。他在观察别人，在人缝里琢磨事儿。他是个有心眼儿的人，钻到这个行当里头去了。

他到三十出头才结婚。女人小秦也是文化口的，在县文化馆工作，是一位国画辅导员。她是个画痴，画画得漂亮，到二十七八岁还没考虑自己的婚事。直到父母逼着她找对象，她才醒过神来。跟小郭结婚，还是局里领导撮合的。不说年龄，就说两人对"文化"的痴迷劲儿，也算是"门当户对"了。结婚后，一个成天东奔西跑，一个一心扑在画上，两人各忙各的，离多聚少，也算相安无事。

还是在学校读书的时候，他就跟邹老爷子谋过面了。那一回，学校专门请邹老爷子讲课。那时他小，也就十五六岁，夹在一帮学生中间，眼巴巴地挤在小条凳上等老爷子开讲。那时邹老爷子也不老，五十多吧，远远瞧去，身板笔挺，气色红润，心平气和，一身儒雅之气。学校珍惜机会，把四个班两百多名学生拢到一起，把个不大不小的活动厅挤得水泄不通，连过道上都坐满了求知若渴的孩子。老爷子抱着一摞本子大步走进来，一开口就声如洪钟，震得窗玻璃嗡嗡作响。他讲的是地名文化，一口气讲了整整两小时，愣是把全县大小地名挨个儿讲了个遍。摆在桌上的那摞本子，从头到尾就没翻一页，直听得满屋子调皮捣蛋的孩子纹丝不动，屁股叫麦芽糖粘住一般。老爷子的课讲完了，他却意犹未尽，壮着胆子站起来向老爷子提问，说那么多地名，您咋就搞得这么清楚？老爷子哈哈一笑，说这就像交朋友，成天跟他们混在一起，自然就熟了。一屋子人哄堂大笑。

参加工作不久，恰巧单位派人下去锻炼，他跑去向局领导汇报，他要下去，还点名要去漳河镇。换作别人，这种事躲都来不及，放着好好的局机关不待，偏偏要下去，不是找罪受吗？这点果决，也跟当年的邹老爷子有得一比。不知从什么时候起，他就迷上了地方文化，私下里找来许多资料研究，却总觉得不过瘾，跟吃东西差一口似的。到底差什么，他自己也想不明白。这次机会来了，他一下子醒悟了，呀，这就是我想要的！老爷子在他心里播下一粒种子，如今种子要发芽了。他打听到邹老爷子虽然退休好些年了，但人还在漳河镇，他要跟他"混"在一起。

在文化站屁股还没坐热，他就去拜访老爷子。一见面，他激动地握着老爷子温软的大手说，我好多年前就是您的学生了！

邹老爷子哪儿记得这些。他一脸羞涩地说，我还在课堂上向您提过问呢！

那以后，他常跟老爷子一起出现在河边上，散步，闲聊。不知道的还以为他们是父子，父子俩这么亲热，少见。知道的，就想这两人年龄相差这么远，在一起说些什么呢？总不会光扯些喝酒打牌之类的闲话吧？再说邹老爷子不喝酒也不打牌呀。他们想不通。

总之，这一老一少——借用漳河镇上的话说，穿到一个裤裆里去了，无话不说，什么都聊得来，活活一对忘年交。

有一回老爷子问小郭站长，在下边可是吃亏不讨好，就没想过回城里谋个一官半职？

小郭站长羞得满脸通红，连连摆手说，不，这……这儿好得不得了，我……我还是打打边鼓就好！那样子竟跟偷东西叫人捆了一掌似的。

打边鼓就是凑凑热闹、帮帮腔的意思。他都成漳河人了，张嘴就是漳河话。

打边鼓好，边鼓也要人打，我可不是打了一辈子边鼓吗？老爷子呵呵笑了起来。

小郭站长大多时候在外面跑，去搜罗他的好东西。有时也开会。一回来，就马不停蹄地去见邹老爷子。

老爷子逗他说，又吃香的喝辣的去了？

武汉。去了一趟武汉。小郭站长兴致不高。他晒得黝黑，且瘦，这是长年在外，风里来雨里去、饭不当餐的印迹。香的吃不香，辣的吃得不辣。开那么大的会，说的都是一堆废话。下回不去了。

哈哈。你得道了。他们停下来，远远地看着对岸的白鹭觅食。

得道？小郭不解。

得道。老爷子微笑着，你都看出名堂了，当然是得道了。

小郭站长不再吱声，认真地咀嚼着老爷子的话。

之后，小郭站长又是几天不见，大概又去参加什么活动了。一天晚上，忽然打电话回来，说他的一篇论文在会上引起了轰动。

老爷子听了，高兴得一宿没睡好。

打那以后，小郭站长好久没音信。邹老爷子忙着手上的活儿，也没放在心上。他在忙自己的事，也习惯了小郭站长来无影去无踪的日子。

忽然有一天，他听人说小郭站长请了长假，心里一惊，手中的钢笔差点掉到地上。出大事了？

他给小郭站长打电话，电话不通。托人四处打听，有的说小郭站长病了，有的说他妻子病了，也有的说娘老子病了，还有的说他到外边打工去了。头几条他都信，唯独后一条他不信。他知道不是迫不得已，小郭站长万万不会请长假。他知道小郭的脾气。

小郭站长不在的日子，老爷子的心提得比天还高，有好些天竟然不能安心工作。

原来，小郭站长的妻子小秦病了。好好的一个人，突然间下不了地。这下可慌了小郭，忙送到医院去。医生检查一通，说赶紧往武汉送。在武汉住了一个多月，还是没有起色，眼看着人一天天消瘦下去。一天，主治医生叫过小郭，说算了，把人拖回去吧。他不服气，又把妻子送到上海，送到北京，得到的还是那句话。他还要治下去，妻子说算了，回家吧，别说医院不收，就是能治也没钱啊！他想想也是，已经借遍亲戚朋友，早已债台高筑，再也找不出钱了。这么想着，他整个人蔫了下去。眼看着妻子一天不如一天，他连死的心都有了。

不过他仍不服气，说，媳妇，我们回去，我给你治去！他把妻子背回家，向局里请了长假，在家里对着药书研究给妻子治病的方子，然后上山挖草药。妻子真是好妻子，他煎的药她二话不说，全喝下去。只是喝了那么多药，一点好转都没有。不光瘦得不成人形，连说话的力气都没有了。可是小郭还在埋头研究药方子，还在挖草药煎药水，煎好了端到床前给妻子喂服下去。一晃半年过去，没想到有一天妻子竟然坐了起来，说肚子饿了，想吃米饭。这下可把小郭高兴坏了！他的努力终归有了回报。

事后有人问他是如何治好妻子的，他摸摸乱糟糟的头发，有些不好意思地说，也不晓得怎么治的，反正我敢把草药挖回来，她敢喝下去，就是这样。

小郭站长又出现在护河堤上。

邹老爷子的眼睛一亮，脱口道，你这是去了哪里呀？话虽这么说，他仍是掩饰不住满心的欣喜。

小郭站长难为情地笑了笑，说出了一趟远门，叫您挂记了！

邹老爷子连声说，回来好，回来好！并打量着小郭站长，发现他长白头发了。他那张消瘦的脸，显然没有过去精神；眼睛里充满血丝，仿佛一闭眼就能睡过去。邹老爷子一阵心疼，在心里说，这是经历了怎样的磨难哟！

小郭站长还是隔三岔五地出去。

这一次，他去了武汉，还是开会。一连开了五天。会议结束的头一个晚上，一个戴眼镜的中年男人敲开他的房门。那人没有作自我介绍，而是开门见山地说想买下他手上的东西。

买下？

对，买下。你尽可以出高价。

高价？他诧异地看着来人。那人中等个儿，白白净净，说话斯斯文文，一看就有来头。

对，高价。你往高里要，我另加五十万。

另加五十万？

他半天没有回过神。这么多钱，能做多少事啊！

这会儿他才发现，自己有多穷，又有多寒酸。

那人给他留下一个条子，上面是一长串号码，说随时给个电话就行。

会议结束，他回到漳河镇。

老爷子待他说完，侧头问他，你是不是心动了？

他点点头说，还真是。

老爷子看着河里缓缓的水流，沉吟片刻才道，我想问你，你收那些东西做什么用？

这个问题他们聊过好多次，没想到老爷子这个时候又问起来。他脱口而出，不就是想建一座博物馆吗？

这不就结了吗？

结了？

小郭站长走不动了，却见一脸慈爱的老爷子在对着他微笑。

他到底没跟那人联系，那个条子让他随手丢了。他还在到处跑。

又过了两年，邹老爷子的新书终于脱稿。全书洋洋洒洒一百三十余万字，分为上、中、下三部，将漳河流域各地民间风俗和文化全都包罗了进去，可谓一部地域文化大全。

邹老爷子初算一下出版费用，不是一个小数。他犹豫了。

一天，邹老爷子来到老旧的文化站。

恰巧小郭站长也在。他赶紧将老站长请到里边，请坐，倒开水。邹老爷子看了一眼破裂的屋墙，叹了一口气。

喝了一口开水，老爷子从兜里掏出两样东西，一把门钥匙，一个存折。

小郭站长蒙了，不知老爷子何意。

老爷子说这是我的工资存折和老宅门钥匙，现在都交给你。

小郭站长吓得一哆嗦，颤声说，这……这怎么行！

老爷子说，我想好了，老宅用来做博物馆，存折上的钱用作房子的装修费用。还不够，你另想办法筹一些。说完，将两样东西塞到他手上。至于自己花了多少心血编好的书稿，他提都没提。

河堤上再也不见邹老爷子散步的身影。他一定去了儿子那儿，在长江边上散步。

他真成了"不系之舟"。

告　别

　　小桥医生穿着干净的白大褂，骑着摩托车一路穿过油菜田间的泥水路，笔直地进了枯树湾。

　　昨晚下了一夜小雨，到早上天晴了。田里的油菜喝足了雨水，绽放着金灿灿的花朵。

　　他是来跟老树叔告别的。明天上午，县医院的小汪医生来接替他在这儿工作。他将回到县医院继续上班。他和小汪医生都是县医院的外科医生。临走前他还要做一件事，就是劝老树叔住到医院去。

　　老树叔名叫向树生。老树叔得的是心脏病，天气转凉就会犯病。最近天气冷暖不定，老人的病情加重了，心口疼，下肢水肿，还出现了哮喘。这些都是很危险的信号。

　　从去年入冬开始，他就要求老树叔去住院。以他的经验，老人的病随时会发作，且来势凶猛。最稳妥的办法就是住到医院里，随时观察，对症施治。漳河村离县医院三十多公里，救护车到这里，最快也得半个多小时。这对心脏病人是非常不利的。可是老人从不拿这些当回事，总是乐呵呵地摆摆手说，时候不到，阴曹地府不收我。

　　他的腿关节炎也很严重，据说是年轻时落下的老毛病，已经困扰了他几十年。他走路一瘸一瘸的，仿佛稍不留神就歪到一边去了。在菜地里翻土时，不得不双膝跪地，靠双手的力量一点点地挖土。那样子像一只趴在地上的老龟。天气稍稍转凉，就要穿上厚厚的棉裤保暖。即使这样，也会发病积水，膝关节又红又肿，一点都不能动弹。每次发作，小桥医生都为他做吸水治疗。老人很乐观，笑眯眯地跟他拉家常，有时还来两句玩笑话，一点也看不出他正在忍受着疼痛。

比如他指指小桥医生的药箱打趣道，瞧，你走到哪儿，就把医院背到哪儿。这么说一点也不为过，他的小药箱里应有尽有，从没见他少过什么，跟一个取之不尽的宝葫芦似的。小桥医生一眼不眨地盯着针管，将他膝盖里的积水缓慢地抽出来，嘴上却不紧不慢地说，您也不瞧咱是干什么的！老人摇摇头说，没见过这么能吹的！

抽完积水，老人抬抬小腿，又活动一下脚，说，看，咱又是一条汉子了。

小桥医生收拾好针管，歪一下头说，好汉好汉，吃饭挑担。没见过这么能吹的！

老人乐了，指指他的嘴巴说，哟，半大小子，气死老子。没见你这么损人的！

老人有一双儿女。女儿嫁到广东去了，过年时才回来一次。偶尔打一个电话问候一下老人。老人有一部老人机，却常常丢在桌子上。他在电话里大声说好着呢，能吃能睡，还能种菜，不担心！儿子叫向天涯，在城里做生意。小桥医生见过他几次。一次是在诊所里，他特意来给老人拿药。还有两次是在老人家里碰到的，他从城里回来看望老人。不过没多久就离开了，要赶回去忙生意上的事。小桥医生叫他天涯大哥，第一次见面他们就互留了电话号码。

小桥医生跟他谈起老树叔的病情，天涯一脸苦笑，说我知道他的脾气。我原打算把他接到城里跟我们一起住，方便照料他，他不乐意。我又想请一位保姆照料他，他也不干，说自己一辈子不给人添麻烦，哪里到老了还要别人来服侍，不行！这事就这么搁下了，我平时要照顾生意上的事，只能抽空回来看看他。

天涯有一个儿子，在武汉上班，去年结的婚。为这事老树叔高兴了好一阵子，说等着抱重孙子呢。天涯乘机说，要不接您到武汉去住一段时间？老人连连说，不了不了，大城市我住不惯。

他将摩托车停在老树叔的稻场上，背好药箱，理理衣领子，径直往老树叔的院子走去。

院门虚掩着。他推门进去，喊了一声叔，屋里没人应。

院角长着一棵抱围粗的杏树，树冠如盖，绿荫覆盖着半个院子。树上杏花才褪，尖尖的小青果刚露出头来。一阵风吹来，小青果们在新叶间轻盈地摇晃。

去年杏子熟时，老树叔特意请他尝鲜，临走时拣大的装了一袋，说让他带回去哄女朋友。

早着呢，给我一个人吃得了。他笑嘻嘻的。

不小了，赶紧找去！

咱又不是没人要，急什么！

哎哟，你又不是电视上的白马王子，上心点。

小桥医生一点也不在意。我是小矮人，不愁没有灰姑娘。哼！他剥了一颗熟透的杏子递到老树叔手上。

天老爷，船上的不急岸上的急，还是这杏子好！老树叔摇摇头，接过杏子吃进嘴里。

临走时，小桥医生道了声不客气，提着杏子出门去了。老树叔知道，他这是拿回诊所给看病的乡亲们尝的。

廊下一只黄母鸡在啄食，毛茸茸的小鸡们叽叽喳喳地跑来跑去，十分热闹。院子中间摆着一把椅子，椅背磨得透亮，跟抹了桐油一般。地上有点乱，篾刀、锯子、麻绳、散落的高粱秆铺了一地。

老树叔扎扫帚的手艺是出了名的。他每年都要扎好多扫帚，却从不卖钱，全都送人。收了扫帚的人家往往回送一包当年的南瓜子、萝卜籽、香菜种、勺儿青种什么的，都是各家最好的种子。老人就喜欢这个，高兴地收下，来年种在菜园里，保管长出一厢厢肥嫩的蔬菜。

每年春天，他都会种一些高粱。稻场边上，田埂边，菜园角落，随手撒一些种子，便长出一蓬蓬高挑俊秀的高粱。远远看去，都是一道养眼的风景。秋后高粱熟透了，割下穗子，刷净高粱籽，捆好挂在屋梁上。待到落冬闲下，便把穗子取下来，敲敲打打地忙活。他扎的扫帚结实，轻便好使，用上几年都不坏。小桥医生说，老树叔的扫帚简直就是漂亮的工艺品，放到网上一定火得要命。老树叔故作认真地说，要命的事我可不干，我不上那个网。哼哼！

会去哪儿呢？小桥医生在院子里四下打量着，一定在屋后的菜园里。

来得多了，他跟自己家里一样熟。

后门开着，老人跪在园子里，一手扶住小板凳，另一只手在费力地扯草。

叔，您在这儿呢！

老树叔回过头来，呼呼地喘气，挥手说，哟，别过来，小心脚下！他指指地上的泥巴。

小桥医生三两步跨过去，扶他站起来，说，不是跟您说过，不要劳累。走，我们进去歇会儿。

老树叔摇摇头。

小桥医生一把拉住他，那风是您家的，都向着您呢。

那倒是。你来了风就走了，它们怕你。得，进去喝茶。

我不渴，您歇口气儿！

老树叔擦了一把额上的汗水，笑了笑，瞧，水缸里没水不是？缸里没有井里有哇！

得，你来得正好，告诉你个事儿。昨夜里我做了一个梦，梦见我活了一百二十岁。我长着长长的白胡子，胸口不疼了，腰也伸直了，挑得起一百斤的担子，一顿能吃半斤肉、两大碗白米饭。你看，我都成神仙了，哈哈！我还梦见你把媳妇带到家里来了，我们坐在一起吃杏子。他竟然一点也不喘了，苍白的脸上泛起一丝红晕。

哟，您可真小气，干吗不梦见自己活一百五十岁，反正又不花钱！

你比我聪明！老人快活起来。下回我得梦他个两百岁，反正不花钱，哼！

我倒要问问，我媳妇长得怎么样？他搀着老人往屋里走。

老人歇了一口气，像是在回想，嗯，不错！

您说说，到底长得怎么样？他缠着老人不放。

长得跟仙女似的，比你强多啦！说着咯咯地笑。

损我！晚上我也梦一个去，我就不信。

小桥医生倒是有过一个女朋友，也是县医院里的医生，两人谈了三年。突然有一天，女朋友不辞而别，进了深圳一家私立医院，也是当医生。她在电话里说，过来吧，你那点工资不够我买化妆品的。小桥医生没有去那里，后来再打她的电话时，已经变成空号。不久，他到了漳河村。他们在一起聊过这事，老树叔给他打气，说这事没毛病，人往高处走嘛！东方不亮西方亮，总有好姑娘等着你，急什么？

不是好姑娘，是灰姑娘。小桥医生一本正经地补充一句。

是啊，灰姑娘好！老人想起他们过去的对话，会心地笑了。

说话间，他们穿过堂屋来到院子里，小桥医生扶老树叔坐下，躬身打开药箱，拿出听诊器来贴在他的胸口处。老树叔的心脏跳得异常迟缓沉重，他的心情一下子跟着沉重起来。他故作平静地说，还好，注意静养就行。他卷起老人的裤管，按按他的小腿。他的腿浮肿得厉害，皮肤一点弹性也没有。他禁不住轻皱了一下眉头，不过很快回过神来，笑笑说，比前两天略有好转。一定要按时吃药。这一切老人都看在眼里，却装作没事一样。

晚上睡得好吗？

睡得好，一觉到天亮。也不喘了，好得很。你看，我不是能扎扫帚吗？老人指指散落在地上的高粱秆。小桥医生知道，老人是在拣好的说，气喘病人是睡不好的。作为医生，这些瞒不了他。一点水肿不算什么，小毛病。老树叔无所谓地摇摇头。

叔，您得听我的，该到医院去了，得住下来好好调理。他小心翼翼地用了"调理"这个词，说得轻描淡写的。他心里清楚，老人要是知道自己的病有这么重，是一定不会去医院的。这正是他所担心的。

我不是有你吗？有你这位大学生医生我就平安无事了，哈哈！

叔，这样拖下去可不行！他急了。

他本来还想说自己明天就要离开这里了，可话到嘴边又咽下了，赶紧扭头去看树上的小青杏。老树叔要是知道这些，一定会伤心的。他想。

我好着呢，不用住院。你看我这不是好好的？真没什么毛病。我住不惯那些高房子，一定要住进去可不得憋死我。老人笑了笑，要不，在我这儿吃中饭？我们吃蒸腊肉和鸡蛋煎野韭。一会儿的工夫就好，不耽搁你的工作，怎么样？每次到这里，老人都要留他吃饭，小桥医生总是找出各种理由推辞。他不想给老人添麻烦。这一回，老人又借吃饭岔开话题，显然是打定主意不去住院。

您不答应我，我吃不下！他咬了咬牙，您得听医生的话。

你瞧，我不是照你的嘱咐在吃药吗！你看我不是好好的？我还没病到七倒八歪呢，放心！老人一脸轻松。

　　小桥医生严肃地说，叔，您的病已经很严重了，不能再这么拖下去。他急了。话说出口才发现自己说错话了，怎么能这么跟老人说话呢！

　　老人轻拍了一下膝盖，你看你看，吓唬人呢！我吃的盐可比你吃的饭多，你吓不到我。哈哈！

　　叔，我是医生，您得听我的。

　　老树叔明白这一回他是跟自己犟上了，缓了一口气说，行行，住院这么大的事，你总得让我想想，想想行不？

　　不行。叔，您必须现在就去。他明白老人有意回避自己，这回不跟您商量了，必须去！

　　好厉害的医生。老人轻咳了一下，好好，我答应你，叔听医生的行不？

　　小桥医生没想到老树叔这么快就答应了，一下子高兴起来。哼，这还差不多！

　　老树叔叫他逗乐了，说，医生管着人命呢，我怕医生，哼哼！

　　叔，我这就打电话叫医院的车来接您。

　　急什么？你当我这就活不下去了不是？我总得跟你天涯大哥说一声，把家里清理清理再出门吧？

　　小桥医生想想也是，总不能让老人说走就走吧。他点点头说，叔，您可不能变卦啊！

　　不变。什么都不变，只有风变了，它们都随你了。哈哈！

　　哼，我可不敢轻信您，您吃的盐多啊！他提高了嗓门。

　　你这个小鬼头，记仇呢！两人开心地笑起来。

　　有一回，老树叔问小桥医生，为什么不去深圳呢？

　　小桥医生想了一下，说大概是每个人的想法不一样吧。到底是什么想法，他没有说下去。不过，老人一定对他的想法了然于心，这也许正是老树叔喜欢这个年轻人的原因。

　　小桥医生收起听诊器，从药箱里拿出一只药瓶，拧开瓶盖，倒出几粒白色的药丸，用纸包好，递到老人手上。早晚各一次，一次一粒。每一次，他都跟老人这么说。老人也同样应道：记得，记得，放心，一次一粒！里边的药丸正好四粒，是老人两天的药。每隔一天，他准会来看望老人一次。放在过去，后天这个时候，他准会出现在这里。现在不同了，后天这个时候，该是小汪医生接替他了。一想到要离开这里，他的眼睛就一阵发涩。但是，老人答应他去住院，又令他开心不已。到时候，他可以抽空去看看老人，还能在一起聊聊天呢。那时，再告诉他自己已经回到县医院上班，也许再合适不过。

半年前的一个深夜，老人胸痛得难受，拨打了他的电话。他很快联系县医院的救护车将老人送进医院。还好，抢救及时，老人很快脱险。电话号码是他事先留给老人的，写在一张巴掌大的硬纸上，便于他随时拨打。老人在医院里住了一个星期，又回到家里。那以后，他就隔天到枯树湾来一趟，专门给老人检查送药，从没有缺过一次。

小桥医生盖上药箱，指了指地上没扎完的扫帚，说，打现在起，您得答应我一件事，您别干这些了，对心脏不好。

老人用力点了一下头，中，这一把扫帚扎完就不干了，好好休息。类似的话，老人说过就忘，依然不停地忙乎。

他通常一大早起来，挖菜园，扯草，喂鸡，清扫院子。他行动迟缓，却从没见他停下来过。屋后过去是一片杂树丛生的土坡，老人硬是花了几年时间把它翻挖出来，开辟成菜园。平常，他一得空就在里边忙活。园子大大小小分成好些个厢块，中间用窄窄的排水沟分开。这个时节，肥嫩的韭菜、胖嘟嘟的莴笋、拥挤的小白菜、卷心的包菜、抽薹的大蒜、茼蒿、香菜、豌豆什么的，都长得水灵灵的。边角上种着两行小葱，随手一掐，满手都是绿汁。

这么多菜，他一个人是吃不完的。有时天涯带一些到城里吃，其余的跟他的扫帚一样，都拿去送人。他乐意这么做。

瞧我这记性，怎么就忘了！我一共扎四把扫帚，隔壁德顺送一把，过去每年都给他扎一把，他喜欢我扎的扫帚。现在不行了，手上没劲，扎不动，怕是最后一把了。送了湾南头聋子二哥一把，他也喜欢用我扎的扫帚。他们都不在家，一个做工去了，一个到城里带孙子去了，很少回来。我把扫帚挂在他家的墙上，他们回来有用的。今天扎两把，一把送给你，将来你成家用得上。还有一把，留给天涯，他回来时扫扫院子，少不了。去年雨水太多，把高粱苗子淋坏了，割下的穗子少，这次用完就没有了。老人说这些话时，喉咙里发出吱吱的喘气声。

小桥医生收好药箱，听了这些，心里一沉，脑子里忽然闪过一种不祥之兆，嘴里却说，我的那把就留给您自己用吧，我可没打算这么早成家呢。

那可不行，成家是你们年轻人的大事，耽搁不得，赶紧找去，赶紧找去，不然好姑娘都叫别人抢走了。这一回，轮到小桥医生笑了。不知为什么，他改变了主意，决定留下来陪老人吃一顿饭。

趁老人进灶屋的空儿，小桥医生摸出手机，低声给镇政府食堂打了一个电话，告诉他们中午饭不回去吃了。他平时在镇政府食堂就餐，跟他们一起就餐的还有四位支边医生。他们都是大学同学，有一位是刚来的。他们吃饭时聚到一起，聊一些工作上的事，也讲讲乡村见闻，十分开心。

收起手机，他提高嗓门说，叔，吃饭早着呢，要不我先帮您扎扫帚吧，我可有的是力气！他举起拳头用力地晃了晃，像一位力士。他知道，这些活儿不做完，老人是不会放心的。不如帮忙做了，让他安心休息，对他的病也有好处。

老树叔抓了一把松毛准备生火，听了他的话，说，嗨，这孩子，真说到我心坎上了，来，我们爷儿俩合作一把，这回你总不能不要我的扫帚吧！老人放下松针，高兴地出了灶屋。

老人拄着一根竹棍，颤颤巍巍地回到院子里，在板凳上坐下来，双手握着快成形的扫帚把说，该上绳了，这活儿得有把好力气。我不行，看你的了。老人站起身来比画着。小桥医生坐下去，照着老人的样子把细麻绳缠在扫把上，用力往怀里拉。他歪扭着身子，撑得满脸通红，逗得老树叔开怀大笑。到底是没做过活的毛孩子！老人挨着小桥医生坐下来，重新示范一下，让他接着再来。小桥医生松开没拉牢实的线绳，一丝不苟地缠好，再次用力。这回好多了。他得意地看着老树叔。老树叔不满意，摇摇头，还得用劲，紧紧绷住！小桥医生额头上渗出汗来。他有些不服气，我这力气够猛了！老树叔拍拍他的胳膊：手上抓牢，胳膊用力，一寸都松不得！捆得要跟一根棍子一样结实才管用。说着大口地喘起来，嘴唇立刻变紫，脸色发青，没有一点血色。小桥医生看在眼里，不动声色地说，行，我松开重来。照着老树叔的指点，如此反复做了几遍，每次用力更大一些，直到老树叔点头才行。他脸上的汗珠子直往下滚，流到了嘴角，痒痒的。他擦了擦，继续缠下一圈。几个回合下来，做得顺手多了。

这时老树叔才说，按这个力度，全部松开重新再做一遍。小桥医生这才明白，刚才的努力都是训练自己呢。他故意大声说，叔，您整我呢，嫌我的肌肉不够结实是不是？说完松开手，瘫软地坐在板凳上。累死我了！他站起来脱下薄毛衣，擦一把汗水，重来就重来，我还不信邪呢！

老树叔抬抬手，得得，先歇歇，歇歇！他用竹棍拄地，吃力地站起来，一步步往灶屋走去。一会儿，他从里边出来，手里拎着一只热水瓶。小桥医生见了，一把将水瓶夺了过来。叔，你歇歇，小心别摔着了！说着，去堂屋桌子上拿了两只水杯，倒了一杯给老树叔，自己也倒了一杯。

老树叔倒乐得自在，在椅子上坐下来，小口喝着开水。小桥医生真是渴了，喝了一大口，连说好烫好烫。老树叔抿嘴笑了笑，不再说话。经这一折腾，老人又喘得不行了。

许久，老树叔才问他来漳河镇多久了。小桥医生往杯子里加了一点开水，晃了晃杯子，低声说两年了。

老树叔轻叹了一下，你看，用不了多久，又该吃杏子了。时间过得真快，记得你头一回进我们湾子时，说话都脸红，跟个小姑娘一样。

那是。现在不是挺好吗？这是不是说我的脸皮子变厚了？他有些调皮地看了一眼老树叔。老树叔叫他逗乐了，说你们城里的小毛孩子好比大棚里的树苗子，在我们乡下晒晒太阳，就长结实了。

小桥医生拍了一下大腿，说，叔，不是跟您吹，这里十里八村的，没哪个湾子我不熟的，我都成漳河镇人了。哪个家里几口人，哪位老人有个什么毛病，我不用记都答得上来。他一时兴起，扳着手指头说起他到村村湾湾出诊的故事。

他说到了老树叔的病，说不打紧，不累着，不受凉，保管您活一百岁。老树叔轻轻敲着水杯，不停地摇头笑着说，瞧瞧，嘴上抹蜜了，哄我开心呢！

他们又开始扎扫帚。这一回，小桥医生顺手多了。每缠上一圈麻绳，力气都恰到好处。毛头小子顶死牛。年轻真好，干活不累，唉。老树叔轻叹一声，眼睛里全是怜爱。

缠得差不多了，老树叔接过扫帚，将它夹在两腿间，熟练地将麻绳套了一个结，用刀将绳子割断了。跟着，将扫帚的把搁在板凳上，用力切割把头多余的部分，不想手上没劲，不得不停下来。小桥医生看在眼里，接过刀和扫帚，学着老人的样子一刀一刀地切下去。

是这样吗？他问。

老树叔点点头，削光一些才不会扎手。老树叔上气不接下气。小桥医生照着做了，将扫帚递到老树叔手里。老人在手上掂了掂，用巴掌摸了摸扫帚把的顶头，说，好得很，不扎手。

小桥医生搓搓手，得意地问，叔，我学得不错吧？

马马虎虎。

马马虎虎是什么意思？他又抬起杠来。

马马虎虎——就是骑马打虎，不是马就是虎。

那能不能骑驴打虎？他继续瞎掰。

老人指指那条板凳，叫你说对了，你刚才骑的可不是一条木驴？说罢顾自开怀大笑。

小桥医生笑得直不起腰来。

笑罢，老树叔喘息了好一会儿才平静下来。他将扫帚又递回来，说，比你叔强多了，哈哈。跟着，又重重地咳了几声。

小桥医生赶紧拍着老人的后背，说得了，叔，您别噎着！

好不容易平息一些，老树叔说，小桥医生，这把扫帚是特意给你扎的，叔没别的东西送你，以后怕是再也扎不了了，做不得活了。说着抬了抬手，无奈地摇摇头。

小桥医生连连摆手说，叔，这可不行，我可不能随便收您的东西，再说——

老树叔再次抬抬手，不让他说下去，说，孩子，现在这乡里乡间再没有人扎这东西了，你就留个纪念吧，也算跟老叔的一场缘分。

小桥医生一时语塞，点点头，许久才说，叔，您不光送了我一把扫帚，还教会了我扎扫帚的手艺，来年我扎一把给您瞧瞧怎么样？老树叔开心地点点头。这一回，老人由衷地笑了。

您这是答应我了？小桥医生伸出手，我们拉钩！

好，好，拉钩！老人果真抬起粗糙的大手，跟小桥医生白净的手指紧紧勾在一起。

还有，您别忘了，跟我去医院！

老树叔点点头，说，行，我答应你。

小桥医生说，那就明天，明天我过来接您！

行，行！老人轻轻闭上眼睛，不停地点头。

得了，我们做饭吧。小桥医生站了起来。

光知道说话，忘了你该饿了。老人双手用力撑着椅背要站起来。小桥医生连忙扶着，老树叔才站直身子。

我来做吧，您尝尝我的手艺行不行？小桥医生说。

老树叔摇摇头，这你可比不过我，我年轻时可是当过厨师的，上工地修水利，都是我下厨做饭，没谁说我做的饭不好吃。

那不是饿饭的年代吗？有得吃就不错了。

才不是，我们隔几天加一回餐，有肉，有猪油，还能喝一点点酒。老人往灶屋里走，小桥医生一路扶着他。

队长每回只让买两斤猪肉回来，我可以让每个人吃上两片肥肉。他在小椅子上坐下，抓了一把松针，开始生火。

小桥医生早脱掉了身上的白大褂，搭在一边，挽起袖子开始洗锅。

水盆里泡着一小块腊肉，筲箕里装着洗净的野韭。不用说，老人是事先有准备的。趁着老人往灶膛里加柴的空档，他麻利地将腊肉捞起来，切成片，装在碗里。老人连连说，我来我来，当心弄脏了你的衣服，你一边儿坐着去。

小桥医生兀自往锅里舀了一小瓢水，把装腊肉的瓷碗放进去，盖上锅盖。叔，蒸腊肉我可以一口气吃三块。我是不是很厉害？他不知从哪儿找出三个鸡蛋，敲破了打在碗里。

老树叔低着头往灶膛里加柴，火焰很快升腾起来，发出轰轰的低鸣。

我可不行，一块就够了。老人深深地吸了一口气。年轻那阵儿，我可是有些肉量的。有一回生产队里加班挑草头，我们四个小伙子一晚上挑了一岗的草头，堆了两个大草堆，差不多三百担。队长一高兴，让会计去镇上割了二斤肥膘肉犒劳我们，不想我们四人连肉带汤吃了个精光，吃完在草堆边眯了一会儿，又接着干活。唉，年轻真好啊。

说话间，锅里扑扑地冒出热气，满屋都是腊肉的香味。小桥医生将野韭切碎，倒在鸡蛋碗里调匀，只等腊肉出锅。

这顿饭小桥医生吃得格外香。没想到，他竟一连吃了四块腊肉，老树叔一高兴，也吃了一小块。他煎的野韭鸡蛋，老树叔连说好吃，吃下一小碗米饭又加了一小勺。今天吃多了，撑着我了。老人放下碗时开心地说。

叔，跟您商量个事。小桥医生郑重其事地说。

这孩子，净吓唬我。老树叔明白小桥医生又不安好心了，故意把头扭向一边。

我可不敢吓唬您，您吃的盐比我吃的饭还多呢！就为这个，我刚才多吃了小半碗，不就是要赶上您的盐吗！他说得一本正经，不知情的人还以为这一老一少在拌嘴呢。

你这机灵鬼，一点不吃亏。说吧，别鬼鬼祟祟的，我才不怕你的花拳绣腿！

也没别的，下回来还跟您一起吃饭，还吃蒸腊肉、鸡蛋煎野韭。哈！还没说完就得意地笑起来。

我的天老爷，这么大的事，真吓死我老头子了。你该在生产队的大喇叭上喊一嗓子才能作数。

一番话说得两人大笑不已。

安静下来，小桥医生悄悄摸出手机看了看时间。他还想多待一会儿，老人却看在眼里，说忙去吧，我这儿又不少你。老人经常这么拿他开涮。

小桥医生嘻嘻一笑，说我也不怕您这儿少了我，您结实着呢。

那倒是。你看，我吃得不比你少。他指了指桌子上的空碗。你一个大小伙子，饭量还不如一个老头子。

他背上药箱，多谢您的蒸腊肉和鸡蛋煎野韭，我下回还来吃。他调皮地做了一个捧碗的姿势。

行，饭管饱，菜吃好，梁上的腊肉多着呢。老人指了指屋檐下，一排吊干的腊肉在屋梁上整齐地挂着。得自己动手才行，我是上不去了。看你的本事！他指指自己的嘴，自嘲地摇摇头，看看我，就剩这张嘴了，什么都吃得下，就是不吃亏，哈哈！

小桥医生也笑起来。老人时不时幽默一下，让人开心不已。

天涯大前天还打电话问我病情咋样呢，我说有小桥医生，好得很，不用操心。

小桥医生顺口问了一句，天涯大哥还好吧？

老人说，好，好着呢，他就要得孙子了，我要当太爷了。这段时间他忙得够喝一壶的，儿子催他们两口子去武汉服侍儿媳妇。他的生意停了，去武汉就照顾不上了，还得惦记着我这个老头子。我说去吧去吧，别为我操心了。说着，推着小桥医生出门，忙去吧，骑车慢点！

傍晚时分，小桥医生给天涯打了一个电话。叔的病很重，他答应我明天到医院住一段时间，做进一步的观察治疗。电话那头很吵，天涯大概是在外面。他急急地说，真的吗？谢天谢地，你可是我家的大功臣。我最近要去武汉，要得孙子了，老两口得帮忙带孩子，可能要长住一段时间。一想到老人的事，直上火呢。这下好了，他住进去好好治疗一段时间，把身体治得健健康康的，我也放心了。

放下手机，他呆呆地坐了许久。只有他知道老树叔的病有多重，给老人做检查时，他听出来的，老人的心脏没准哪一刻就会停止跳动。他知道老人的脾气，是不会给人添麻烦的，哪怕自己的儿子也不行。不知为什么，虽然白天老人答应去医院，他心里仍然隐隐有一种担忧。

这个晚上，小桥医生就住在诊所里。这是他在这里的最后一个晚上了。他坐在办公桌前，打开厚厚的接诊记录本，一页一页地查看，一张接一张的熟悉脸孔浮现在他眼前。接诊记录上详细记录着病人的病情、用药及治疗效果情况，还记有家属的情况，包括联系方式。这些看似不打紧的信息，有时候会帮上大忙。这是他在工作中摸索的经验。翻到老树叔这一页时，他停了好久，感到无力翻过去。

明天，他将把这个陪伴他整整两年的笔记本交到小汪医生手上。他还想带着小汪医生挨家挨户地走一遍，认识一下这里的每一位病人。他要跟小汪医生一起去见一见老树叔，把老树叔的病情详细地告诉他。

夜里，他翻来覆去睡不着，到鸡叫头遍后，才迷糊了一会儿。他看到老树叔拄着棍子一步步向一条翻滚的大河走去。

老树叔一下子给卷进巨大的旋涡，旋转着，撕扯着，没完没了地上下翻滚。

他清楚地看见老树叔大口地喝水，甚至能感到浑浊的河水从老树叔嘴里直灌而入，冰凉浸遍老人的全身。老树叔渐渐变得僵硬无力，像一块重重的冰坨，在下沉，下沉……

小桥医生突然醒来，发现自己坐在床上，大口喘气。

窗外，天已微明。

他披衣站在窗前，呆呆地望着不远处的田野，那里飘来一阵阵熟悉的油菜花的清香。马上就要离开这里了，他心里涌起一种说不出的滋味。

手机在床头发出刺耳的叫声。他一个激灵，几步冲了过去。

电话是天涯大哥打来的。老树叔走了。

他遭到雷击一般，瞬间凝固在那里。

天涯大哥说，夜里他接到父亲的电话，让他天亮后回来一趟。老人说话很吃力，说完就挂了电话。他觉得不妙，连忙打回去，却无人接听。他二话不说，匆匆打了急救电话，一路风急火急赶回来，结果还是晚了，老人穿戴整齐地躺在床上，手还是温软的，跟睡着了一样。

妹妹得到消息，正在从广东赶回来的路上……你开的药他放在床头，整整两包，都没有动。他提前做好了离去的准备，屋里清理得整整齐齐的，连去那边的衣服都穿好了……他是不想拖累我这个儿子啊！天涯早已泣不成声。

小桥医生久久地盯着挂在床头的那把簇新的扫帚，手机滑落在床上也浑然不觉。

新来的小汪医生跟小桥医生一起来到枯树湾，向老树叔做最后的告别。

一阵风吹过，稻场边一排新生的高粱苗沙沙作响……

远　山

起风了。地上的落叶卷起来，无头苍蝇似的乱窜。

远山也像一只无头苍蝇，在杂乱的林子里撞来撞去。

唱么歌，唱倒歌，先生我，后生哥，从我舅家门前过，见我舅舅摇外婆……他嘶哑的声音被风撕扯得零零碎碎。

几朵雪花飘下来，瞬间叫风搅没了。不久，天空甩起雪花朵子，丢棉花团似的。他缩了缩头，茫然地看着四周。

老大远远地奔过来，喘着粗气，说，远山哥，找你哩。快，跟我回去！

我找姆！他倔强地望着灰蒙蒙的天空，仿佛姆在那里。

雪大了，掉进雪窝子冻死你。老大抓住他的手就走。

老大叫张得重，打小和远山住隔壁。他做泥瓦匠，走南闯北，靠手艺在镇上盖了小楼房，前几年搬过去了。这些年年纪大了，不大出远门，只在镇上做些散活。

姆不在屋里，我不回！他用力挣脱出去。

老大脚下一滑，咚地摔下去。他捂着屁股，咧嘴吸气，你个山老鼍，摔死我了！

我不是山老鼍，你才是个泥巴匠！他顶起嘴来。

好好，我是泥巴匠，我是泥巴匠！他忍痛爬起来，大声道，摔我是吧，我跟姆说去，叫你三天三夜不吃饭！

姆？姆在哪儿？他冲上来抓住老大的手。老大不乐意，拍拍身上的脏雪，没好气地说，我哪晓得，没准在烤火呢！

烤火？他眼睛一亮。你看见的？他跳起来。快，我要去。

远着呢！没料到随口一句话，他竟信了。便故意说，远得很，不是一步两步。走，跟我回去，改天带你去，保管叫你见着。

哄我。他发现什么似的，一甩手，当我是小屁伢，我才不信。说着逃也似的往前走。

信不信由你。姆跟我说了，让你跟着我，有吃有喝，不乱跑。你连姆的话也不听了？他追着。

还哄我？他将信将疑。姆总是等我回的，不走的。说着竟要哭了，泪花直打转。

哄你？来，赌咒。赌咒你信不？

赌，你赌。

好。他站定，一本正经地举手——我哄你，我就摔进雪窝子！

哪有雪窝子？又哄我。他跺脚大叫。

再下就有了，到处都有。

不行，不好。

好，换一个。他清清嗓子说，换个毒的，毒的中不中？他又举手，说，我要哄你，就找不着门，回不了屋，喂野猪。中吧？

嘿，中，这回中了。他开心了，笑了，像个大孩子。哎，你说山上有野猪？我怎么没看到？野猪吃人？他一脸好奇。

真有野猪，凶哩，不听话就咬一口，可疼了。你要是不听姆的话，就咬你。怕不？

怕，我怕。我听姆的话，它不咬我吧？他跟着，一步步下山。

老大暗吁一口气，嘴里应着，心里却想着别的事情。

你刚才说姆去哪儿了？她怎么不告诉我一声？我以为她丢了呢。你说姆这大的人怎么会丢呢？哈哈！

是啊，姆不会丢，姆闭着眼睛也走不丢。老大将他拉上土路。不远就到镇上了。

那她去哪儿了？你还没跟我说呢！他说急就急了，冲上来拉住他。你说呀。

你欺负我力气小，我不高兴，不说了。

好好，我不欺负你力气小。

你还跟我走不？

走，你走哪儿我走哪儿。你往沟里走我往沟里走，你往塘里跳我也跳。

乱说。那不是害你？

你害我我也跳。我不怕。哈哈，我不怕的。你说，姆在哪儿？他仍不放过。

姆啊？哦，姆——我告诉你，唉，我记性差——差点记不起来了。他摸头，思索着。唯恐露出破绽，他翻脸就跑。姆说，她治眼睛去了。对，治眼去了。她说很远的地方有个好医生，能治好她的眼睛。你说，这是好事不？

好事？不，姆说了，我是她的脚，是她的眼。她走不得路，我拉她，背她，不要她走一步。她看不了东西，我拿，递到她手上。我比她的眼亮堂多了。她好好的，治眼做什么？你又哄我。他不动了。

这回老大不拉他了，拉也没用。他说，你在外头做工，姆的眼睛就在外头。你说姆还看得见东西？

哦，真是。我在外头，姆就看不见了。我苔呢！他摸摸头，又跟着走。

姆治好了眼，你在外头姆也看得清。他大步走着，头也不回。姆说治好了就回，就看得清你的鼻子脸了，你说好不好？

好，好。他一阵风似的跟着，快乐地唱起来：唱么歌，唱倒歌，先生我，后生哥……

老大越走越快，一刻也不敢停，气喘吁吁的。

好听不？

好听，再唱再唱，我喜欢得不得了，比电视上的还好听。

不对不对，姆说比演员唱得还好听，姆还说我当演员一点不差。

演员？哦，对，姆说得对。

还听不？我唱三天三夜不歇气。

好，我听三天三夜。

听好了，他拍拍胸口，我唱了：唱么歌，唱倒歌……

下了火车，坐汽车。泥水路鸡肠似的，摇摇晃晃得一个多钟头。跟着是土路。土路走不了车，靠两只脚。远山背着沉重的帆布包，没落地似的，一路往家的方向奔去。就要到家了，就要见到姆了。唱么歌，唱倒歌……他唱得那样欢快。

翻过山冲，就是枯树湾。姆拄着棍子，抖抖索索地站在稻场边的槐树下。

姆，你晓得我回了？你听到我唱了？

姆说，儿，你一开口姆就听到了，就晓得你回了。

哈哈，我就晓得，姆等着我哩。

工地上缺人手，得重的弟弟得厚风急火急地跑回来找人。他跟哥说，傻子这块头，放家里可惜了。跟我上工地卖力气，总比在家里吃干饭强。

哥说，他是远山姆的拐棍哩，割谷打场挑水洗衣做饭，一末带十杂，样样指望他。少了他，远山姆怎么活？

得厚听不进去，说，哥，亏你做生意！有钱什么不好办？

哥说，好歹你少生事，莫打他的主意。

缺人的信儿还是传到远山耳里。他跳着叫着，说，外面的票子一捆一捆的，等我去捡呢。有钱盖大房子，抱胖媳妇，生儿子。姆，我要抱胖媳妇，生儿子。姆直叫苦，是哪个乱心眼儿的嚼舌头，打起傻子的主意？他却不依，发起狂来，要死要活地耍泼。姆唬他，说丢了我可不管。他连叫，丢不了，丢不了，我记得枯树湾，记得下了班车走土路，土路我闭着眼睛能跑回来。我还记得得厚的电话，丢了就打他的电话。不信我念给你听，我又不傻，我记得清清楚楚。他真念了，一字不差。

姆心想，这呆子，哪来的记性？竟跟喝了几口墨水一样，莫不是真该去见见世面了？嘴里却说，你走了，哪个挑水我喝？哪个盛饭我吃？缸里没米了，哪个舂去？我摔着了哪个拉我起来？

不，不，我要去，你拦不住我，我找得厚去。他跑了。

老大叫苦不迭，直怪弟弟瞎打主意，却又犟不过傻子。远山跟得厚走后，他骑车子三天两头往湾里跑，给远山姆挑水择菜，做些杂事。

出门时姆说，你还没出门，姆心里就七上八下的。他说，姆，我去赚大钱。得厚说我力气大，赚得多。我要背一袋子钱回来，上街买肉你吃，肥的瘦的都要，顿顿煨汤你喝。姆知道留不住他，只好说，听得厚的话，不乱跑，不喝酒，记得出了汗要洗澡，勤换衣裳。姆说一句他记一句。他说，姆，你眼瞎，腿脚不便，不乱跑，摔着了可疼了。姆又叮嘱，有钱无钱，回家过年。不回来过年，姆再不叫你出去，叫你一辈子不离开姆。姆的话他不忘，到时候就跟得厚说，回家过年了，我回家过年了。得厚说，都没走呢。他不听，吵着要回家。姆说了，回家过年了。得厚说，没钱，你拿什么买票？他不管，跺脚，敲木板床，一晚上不停，闹得一屋子人不得安宁。得厚拿他没办法，只好叫人买票送他上车。哪儿上车哪儿下车，他都记得。他拿了票，得意扬扬地背上背包，头也不回，跟送的人去火车站。

得厚回来，将工钱送到家里来，交给远山姆，厚厚的一大沓现金。远山一把夺过钱，直叫，我要抱胖媳妇，我有钱了，要抱胖媳妇！

得厚照他额上戳了一下，说，还差得远呢，这点钱哪够，再攒几年还差不多！他蔫了，自言自语道，抱胖媳怎么就这样难！

待他出去了，姆捧着钱颤颤地说，你们何苦对傻子这好哩！

得厚说，是远山哥挣来的，您老起来养老好了。

远山远远地回来，姆就听到他唱了。姆烤好糍粑，只等他进门。

他看到姆了。姆，我回了，我要吃热糍粑，我闻到香气了。

后来，一想姆他就背起包往家里跑。我要回了，我要姆了，我要过年了。嚷着跳着，拉也拉不住。得厚拦不住，只得由着他。

这回没听到姆的喊声，没闻到烤糍粑的香味。家里空着，不见姆的身影。他急了，丢下包就往外跑，去找。

土路宽阔，平坦，两人不再跌跌撞撞。走，去我家吃腊蹄子腊香肠，你妹子早炖好了，只等你呢。老大说。

腊蹄子，我吃一海碗。他用力挥拳，香肠吃两截。哦，有腊鸡么，鸡腿是我的。他滔滔不绝，我不吃鱼，鱼肉刺多，姆说当心卡着，叫我不吃。

好好，听你的，不吃就不吃。还有元宵粉，早磨好了，放在盆里，要吃就做汤圆，往开水里下，加白糖，加鸡蛋。

不好，元宵要在正月十五才吃，姆说的。

中，中，听姆的。你要吃什么都有，管饱，管饱，就怕你不吃呢。

哪能不吃，不吃是个苕。我又不是苕。

对，远山哥不是苕，远山哥一点不苕。

说话间，远山站住了，望着土路出神。这是哪儿？怎么不是往我屋里去？他问。

不是说好了去我家吗？腊蹄子炖好了，等着下筷呢。老大知道他又变了，手也不由得攥紧了。

不，不去你家。姆也有腊蹄子，也有香肠，我要回去，姆等着我回去下筷。说着扭身往回走。

老大死死拉住他，却拉不过，只好求道，哥，哥，你是哥呗，你以大欺小啊！

唔。他停下，说，我还是不能去你家，姆会急不过的。

跟你说了，姆不在家，姆治眼去了。

哦，我想起来了。你说过的，姆治眼去了。我真是个苕货。他一拍脑门，笑起来，又跟着走。

雪停了。脚踩在雪上吱吱地响。你说过了，带我去的，你莫一觉睡忘了。他念念不忘。

哪能呢，我说过的话从来不忘。我还赌了咒呢。他走得更快。

远山前脚回枯树湾，得厚后脚就回来了。

他在电话里埋怨哥，怎么就丢了呢？找啊，一个大活人，哪能说丢就丢了？我这儿十几号人等钱回家过年，一大堆事，乱得头皮发麻。他在那边火烧火燎的。

找了，到处找遍了。还报了警，上了电视，没用。天大的事先放着，找人要紧。

我回了又怎么办？他思索着。

多个人多个主意。赶紧，赶紧！他催促着。

哥的话他得听。得厚交代了一下手上的事，打车去机场。还好，最后一张到武汉的机票叫他赶上了，很快就上了飞机。

他们进门时，得厚刚到家喝了一口开水。他嫂子在厨房里忙活。灶火烧得旺旺的，锅里煮着锅巴粥，满屋生香。

咦，你怎么回了？远山老远看到他，高兴地喊起来。你不说腊月三十回吗？他手舞足蹈。

来，坐，回来给你发工钱呗！他不动声色地瞥了一眼他哥。老大没吭声，麻利地进去找了一双干净的保暖鞋，放在远山脚边。跟着又倒了半盆热水，嘱咐他洗脸泡脚，完了穿上保暖鞋。远山一一照做。

不急，又没等着钱过年。他大方地摆摆手，扬头就喊，妹子，我渴死了，舀瓢水我喝！

女人听到喊声，急忙出来，说，哟，远山哥稀客！又笑着说，哪儿来的瓢哟！你尽拣没有的要。

他说，我不管，我要喝！

女人从柜里拿出杯子，倒了一杯热水递上。他大叫，我要喝冷的，喝冷的！

老大拍拍他的肩膀，说，喝冷的肚子疼，慢慢喝！

他不叫了，小口喝着，不时抬眼看看得厚，又看看老大，愣愣地笑。

吃完饭，远山要回去。老大知道留不住，打了手电筒送他。到了家里，千嘱咐万嘱咐，要早早地睡，哪儿也不能去。直到他倒头睡下，才稍稍放心，轻轻掩门出来。

回到家里，得厚还坐在椅子上等他。墙上的电视开着，正在播放新闻。得厚无心看电视，一路奔波，累极了，心情也变得异常烦躁。见哥进屋，没好气地说，哥，瞧你做的好事，这回好看了。

老大听了心里不悦，说，我跟你嫂子前前后后找了两整天，人影都没找到，吃不好睡不好，累得半死不活。你倒是诚心回来看把戏了。

见哥生气，他摇头苦笑，说，那边工钱不好要，半年的钱没到手，工人们吵着要回家过年，我跟架到油锅上似的。现在又出了这档子事，我心里不急？

你也莫叫苦，这是大事，人命关天，不急不行。先不说你那些事了，还是说说这事怎么弄吧！他坐下来，丢了一支烟给弟弟，自己也点了一支。

能怎么弄，找呗！不是报警了吗？

是报了警，警察找，我们也不能坐在家里等啊，再说，远山那儿怎么交代？

怎么交代？关我们屁事？大不了给几个钱嘛，还能怎么着？

这话可不中听，我们打小吃过远山姆的奶呢！

他激动起来。小时候饿饭，没吃的，兄弟俩饿得皮包骨。远山姆打田里回来，往石磙上一坐，左一个右一个，将他兄弟俩搂在怀里，撩起衣裳将奶头塞进他们嘴里。轮到远山，没奶水了，饿得打滚，张着嘴巴哭。没那几口奶，兴许就没他们兄弟俩了。老大是把她当成娘了，把远山当亲兄弟了。钱能干什么？有钱不能买娘回家过年。老大说。

我哪有心思管这些事，我还得赶回去，那边等着我发钱呢！这事交给警察就行了，我们尽心就好。多一事不如少一事，招那么多事干吗！他苦着脸对哥说，一年辛苦到头，十几号人没钱过年，叫我怎么跟人交差？跟你说了吧，为这事我还是偷偷跑回来的，不然那边早乱了，还以为我没钱跑了。

老大沉默了。他还能说什么？想了想，还是说，你见识多，巴着回来一趟，总要给哥出个主意。

说话间，电视上出现寻人的画面，先是一位瘦老头的照片，头发凌乱，胡子老长，患有老年痴呆。跟着又出现一位老奶奶，身体状况良好，于前日走失云云。跟着是远山姆，没有照片，只有文字画面。重谢的话是老大叫工作人员加上去的。哪能不谢别人呢？他想。接下来是演唱会节目，场面壮观，浓妆艳抹的演员拿腔作势，吱吱呀呀唱个不停。他没兴致看下去，抬手把电视关了。

回过头来，只听弟弟说道，哥，你别不爱听，现在只有等了。找不找得到，是老天的事。不是我心狠，光为别人的事操心，你还过不过年了？那远山就是个傻子，他晓得你的好？到时给几个钱他算了，往后我还带出去，让他跟着我，吃喝用的都在我身上。你也省心了。你说呢？

老大心里的火直往上蹿，只是想着大过年的，又不便发脾气。

见哥不语，他又说，不瞒你说，在外边见天就得拿钱说话。一桶砂浆，一袋水泥，一块砖，不明码标价，不给钱它就上不了墙。喝一口水，找张纸擦屁股，也得拿钱说话。没钱，你就得渴着、憋着。哥，你别责怪我。这些年下来，我都不认得自己了，成天想的都是钱。没钱气短，门都不敢出。我就觉得这世界数钱难弄，又数钱容易花。要不，那多钱都到哪儿去了？他似乎知道哥的心思，一口气说完，心里舒坦多了。

许久，老大叹了一口气。他想说，早知道你这样想，就不叫你回来了。他还想说，你是做不上指望了，这些年混得眼里只有钱了。但回头一想，弟弟也不容易，只得继续克制着。

　　沉默一阵子，他说起事情的经过。

　　大前天，老大准备到城里添些年货。家里腊肉腊鱼，烟啊酒的都备好了，还想添些新鲜牛肉、羊肉什么的，准备接远山姆和远山吃年夜饭，做个大火锅，一家人吃得热热乎乎的。出门前，他骑着摩托车来到远山姆家，问她少些什么，好一起带回来。她家门开着，不见人。只有她家的狗狗小灰出来迎接他，兴奋得汪汪叫，围着他跳着嗅着。他常来她家，狗跟他熟。他喊姆，没人应。他提高嗓门大声喊，还是没人。往日他来时，远山姆很快就答应道，是他大兄弟呀，快进来喝水，你来得正好，我又攒了一百多个鸡蛋哩！远山姆眼睛不好，看不清东西。又得了风湿病，腿脚变了形，走不得路。除了服侍那群胖嘟嘟的黄母鸡，平常哪儿都不去。她家的鸡蛋多，每回都是老大拿到镇上去卖。她平常要些什么，面条、油、盐啊什么的，都是老大从外面捎回来。这回出门时，他记得在菜园里掐了一把紫菜薹带去。屋里没人，他也没多想，回身将菜薹放在饭桌上。鸡们见了人，呼呼地从外面往屋里跑，咕咕地叫着，争着要吃的。他顺手拿了一只脸盆将菜薹扣起来，便出门骑上摩托车离去。走了好远，他觉得心里不踏实，想着要过年了，她一个老人家，不方不便的，会去哪儿呢？于是又折回去，将车停在稻场上，到处去找。按理说，她不会走远。他湾前湾后都找遍了，没找到。后来，碰到立春伯在屋前晒太阳。他靠在睡椅上睡着了，张着嘴打呼噜，口水流到肩头上，衣服湿了一片。立春伯去年中风，落下偏瘫，半边身子不能动，吃喝拉撒都在床上。立春姆在天气好时将他推出来，让他在院子里晒太阳。

　　老大走近了，喊他，立春伯！一连几声，他才迟缓地睁开眼，看了老半天，才含混地说，是老大呀，我当是哪个！老大握着他的手，冰凉。见到远山姆没有？他在他耳边说。他挣了挣身子，想坐起来。老大扶他，帮他垫好枕头。他喘着气，自言自语地说，总算见到一个人了。在这湾里住着，跟掉进地洞里一样，成天见不到一个人。这人都不晓得跑哪儿去了，想找个人说话都不行。你说他远山姆啊，没见到人，倒是听到声音了。打稻场上过去的，一路走一路哭，说家里的钱不见了，五千块啊。哪个短阳寿的做的事，造孽呀！我晓得出事了，喊你立春姆她耳朵背，喊了半天，等她赶出去，人不见了。

老大顾不上别的，骑车一路向南找去。照着立春伯的意思，远山姆是往南走的。他一路找一路问，过了漳河，到漳河镇，都说没见到。他又回头往东找，也没消息。下午，他带上女人一起找，一刻也不敢停。正好明天过小年，远山要回了。这家伙每年这一天回来跟远山姆过小年，他是知道的。他回来更不好办，他脑子不好使，要是晓得了，还不塌了天？他得瞒着，免得闹出豁子来。他去派出所报警，去电视台办寻人启事，又跟弟弟打电话，能想的办法都想了。

说到这里，老大说，算了，天不早了，该睡了，明天还得接着找去。你有事还是忙你的去吧，该干什么还干什么去。哥不怪你。

他摆摆手，进去了。

第二天一大早，得厚给了嫂子一叠钱，找人要花钱的，给哥用吧。说完便匆匆出门，去了广州。

夜里，风刮得猛。竹丫子横扫屋瓦，唰唰乱叫。楝树枝子啪的一声脆响，折断了，重重地砸在屋顶上，屋墙跟着抖了一下。灰灰呼地从窝里爬出来，可怜巴巴地望着主人，不安地叫。

远山惦着姆，从床上爬起来，在堂屋里生了一盆火。他做这事轻车熟路。姆在家时，总是他生火。火给灰烬闷住了，不时从缝隙里钻出尖尖的火苗子，扑闪两下，又缩进去了。他捡了两股干柴放上去，火苗子呼呼蹿出来，屋子里亮堂起来。

屋檐下半人高的柴堆，是姆一斧头一斧头砍下的。她眼不好，腿脚不稳当，哪儿来的力气弄下这么多柴？他似乎看到姆在火光里笑，说，儿呀，你可回来了！他凑近去看，姆不见了。

灰灰稍稍安静一些，挨着火盆躺下，将下巴枕在他的棉鞋上。它瘦多了，毛色失去光泽。那是给饿的。

可怜的小东西，远远地见了主人，连滚带爬地迎上来，摇摇晃晃站立不稳，摔倒在地上，仍兴奋得嗷嗷直叫。他从包里摸出火腿肠，剥了封皮塞给它。每次回来，他都记得买火腿肠。它顾不上吃，一个劲儿地在他腿上蹭，在他身上嗅，孩子见了娘似的。奶奶呢，奶奶哪儿去了？灰灰眼睛里多了一层亮晶晶的东西。远山丢下它，大步向屋里迈去。

屋子很老，是两间年代久远的土房子，黛瓦，木门。姆说，他是在这屋里生的。屋里有一张老式木床。远山喜欢这张床，结实，安静，能一觉睡到大天亮。

门开着，屋里空荡荡的。姆，姆！他喊。恍惚中，只见姆颠颠地迎出来，山，我的儿，我刚在稻场上望了几趟哩！

姆哪儿去了？他问。灰灰哀叫着，哭泣一般。他心里一阵寒战。

火烧旺了，照亮了他黑堂堂的脸。他似乎看到姆颤颤地从蛇皮袋里摸出切好的糍粑，用火钳夹了，放在火上烤。

他在湾里找。湾里哪儿有个人影！他站在冷风里一阵阵发抖。他抱着头，蹲在地上呜呜地哭起来。

云压到树尖上，一动不动。要下雪了。下雪好啊，来年有个好收成。姆该高兴才是。姆说，雪有多白，来年的面条就有多白。姆喜欢吃面条，顿顿吃都不厌，雪一样的面粉总能让她脸上的皱纹舒展开来。

还好，老大说姆治眼睛去了。他心里踏实多了。

老大是好人，不说谎的。他信老大的话。他信姆要回的。

风停了，雪也住了。满世界都是白的。

老大踏着厚厚的积雪，大步朝派出所走去。民警都跟他熟了，见面就安慰他，别担心，没准下一秒就找到了。

离开派出所，他往枯树湾赶去。老远，就听到远山的声音：唱么歌，唱倒歌……他又在唱了。伴随着歌声，还有一股沉闷的轰轰声，似鼓又非鼓，似锣不是锣。他纳闷，匆匆走近，只见他手里抓着一只塑料盆，光着脚丫子，在雪地上转圈子，一路走一路敲，仰着头嘶声吼叫：先生我，后生哥……

他大叫，远山哥，快进去，冻坏了！他快步跑过去，拉他，推他，要他回屋里去。远山不依，仍忘我地敲，仍在不停地唱。

老大拉不动，急了，双手死死箍住他，用肩膀拱，听话呀，祖宗！他使出全身的力气，一步一步将他推到屋里去。刚松手，他又跑出去，仍昂着头大声唱，手里的盆子轰轰地响。疯了，这家伙疯了！他喘着气，无奈地望着他的背影。

火盆里的火烧得正旺，刚加过柴的。他灵机一动，冲着外面喊道：火快没了，快加柴哟！果然，他不唱了，丢下盆子，噔噔跑进来，抓起地上的干柴，熟练地放到火盆里。没了，火没了。他不停地念叨着。火苗扑扑地燃烧，将他的脸庞照得红润而有光泽。

远山，你跑到外头唱什么？他盯着他冻得通红的脚。

我唱给姆听。他跑到屋檐下，又抱了一抱干柴进来，哗地丢在火盆边。你说了姆要回的。他盯着火，又加了两根上去。

那你在家等啊，看在外面给冻得！他埋怨道。

我不。姆听到我唱，就要回了。他很固执。

姆听得到吗？那么远，真是！别唱了，大过年的看不冻病了？

听得到，听得到！他不高兴了，使劲敲打火盆，一股火呼地升腾起来。我说听得到就听得到。姆在天边都听得到，姆最喜欢听我唱，说我唱得比电视上还好。

老大愣了。听得到？怎么听得到？他一时回不过神来。

就是听得到。姆说我一唱她就听得到，再远她都听得到。他瞪着眼吼道。

好好，听得到，我也听得到，姆也听得到。他连连点头，生怕他又急了。来，来，我们坐下来烤火，烤火行不？他抬手拉过一把椅子。椅子很旧了，坐得光滑极了，隐隐照出人影。

不烤不烤，我不冷。你烤，你烤。说着伸手拉他，要他坐下来。老大躲不过，身子一歪，重重地坐下去，椅子发出吱的一声尖叫。

我还唱去，姆听不到要急死了。他大步往外冲去，抓起盆子，敲起来，咚咚咚，哐咚哐……

得厚那边的账结清了，工人们拿到了现钱。得厚一时兴起，招呼大家到外面去喝酒。工人们高兴，一个个喝得东倒西歪。得厚不尽兴，要去唱歌。一位年长的工人怕出事，出面拦着，说明天要坐车回家，早点休息。得厚不干，说我请客，一个不准走，一个不能少，只管乐。一群人找了一家歌厅，歪在沙发上喝啤酒，扯开嗓子吼。闹了一个多钟头，又去吃宵夜，又接着喝，直到转钟才歪歪倒倒地回到住处。一进门，得厚摸出手机就跟大哥打电话。老大在外面跑了一整天，早睡了。听到电话响，以为是派出所那边有消息了，呼地爬起来。一听是弟弟得厚的声音，心里一沉，以为他那儿出事了，说，快说，么事？没料到得厚哈哈大笑，说哥，我明天就坐车回了，今年的钱赚到腰包了。他松了一口气，说，半夜三更的，吓我一跳！得厚还在兴头上，哗哗啦啦地说起工地上的事来。老大没心思听他胡吹，只是嗯嗯地答应着。末了，得厚又说，我隔天就到了，跟哥嫂子一起过团圆年了。

放下电话，他怎么也睡不着。昨天他又去了一趟派出所，值班干警说，网上通报的消息，还是没有远山姆的信儿。他问，这些年山上野猪多，会不会在这上头出了事？老大头皮一阵发麻，思索着说，那些畜生总不至于连人都不怕吧？干警说，这倒说不准，以前网上通报过这种事，不是没有可能。接着又问了一些问题。他答一句，干警记一句。完了又将如何见到立春伯，立春伯又是怎么说的，都重新说了一遍。他有没有说她丢了多少钱？老大认真地想着，说，好像说是五千，到底多少，不敢乱说。临走时，干警说他们去远山姆家查过，屋里很整洁，没有被翻动的痕迹，存折也在，没找到被盗的线索。

回到家里，媳妇的饭做好了。她盛了一大碗，另夹了腊鱼、腊肉、肉丸子、白菜，用碗扣了，让他送给远山。远山还在敲盆高唱，稻场上叫他踏出一道圆圈，泥巴都踩烂了。他的衣服上、脸上沾满了泥，跟泥堆里爬出来似的。

一见到老大他就问，姆的眼好了没有？老大说，快了快了，一好就回，莫急！他说，你总说快了，又总不回，你莫不是把姆收起来了？他连连摆手，我哪敢收姆？我赌过咒了，你不记得了？远山想了想，说，记得，记得。便不再说什么，接着敲盆，又唱。老大说，吃吧，我给你送饭来了。他说，不吃，我不饿。老大说，吃饱了有力气唱，有力气唱姆才听得到。老大早摸透了他的脾气。他想了想，丢下盆，端起碗来大嚼。

天亮时，老大迷迷糊糊睡着了。恍惚中看见一头半人高的黑毛野猪从矮树林里呼地钻出来，呼呼地喘叫着直扑过来。妈呀！他浑身一紧，翻身坐起来，心里一阵狂跳，半晌不能平静。这是怎么了？他问自己。起了床，匆匆抹了一把脸，抄了一根木棍，他就往山上去了。他心里有一种不祥的预感，令他无比恐惧。

天很冷。地上的雪冻得很紧，踩上去扑哧扑哧直响。不远处，两只不知名的灰鸟抖抖嗦嗦地站在矮树上，不时叫一两声。他喘着气，凝视着周围。雪地上没有异样，除了几只兔子的脚印，什么也没有。他稍稍松了一口气，接着往前走。对面是一片浓密的柏树，打记事起它们就长在这里了。这些年没到这里来了，差不多碗口粗了。积雪将树枝压得很低，有的枯枝断了，落到地上。再往前走，是一片松树，树间长满了矮树，人进不去。四下静极了，他几乎听得到自己的心脏在怦怦跳动。

回到家里，天快擦黑。女人问他一天哪儿去了，手机又打不通。他什么也没说，呼呼地吃了一海碗面条，睡了。

第二天下午，得厚到家了。他简单问了一下远山的情况，就跟哥一起往湾子里走去。一路上，兄弟俩商量着将远山弄到家里过年。远山老远就看到他，丢下盆子迎上来，拉住他的手，说，得厚，人都回了？得厚笑笑，说，都回了，都回了，过年了！他说，你也回了？得厚说，回了，这不过年吗？拉着他，一起往屋里走去。远山上上下下打量着他，笑得合不拢嘴。

正要进屋，路上来了一辆警车，吱地停在稻场上。车上下来两个穿制服的人，其中一位正是那位值班干警。他看了看远山，将老大拉到一边，说，那是远山？老大点点头。他压低声音说，找到了。老大心里一沉，知道情况不妙。警察接着说，我们动用警犬，在山上找到的。果然遭了野猪，已经看不清面相，请你去辨认一下。老大脑子轰地一响，身子一软，重重地跌下去。警察手快，一把将他拽住。在棉袄夹层里，我们发现了五千元现金。他在他耳边说。

远山见了警察，吓坏了，拉着得厚的手，说，我怕，我怕，我没做坏事，他们抓我是不是？得厚说，不，不抓你，你是好人他们不抓你。他不信，说，你哄我，他们是抓我的，我怕！

老大好不容易站稳了，结结巴巴地说，快，让我去看看！他钻进车子，临走时不忘嘱咐弟弟，看好他，莫叫他乱跑。说着便去了。得厚在一边早听到消息，呆呆地站在稻场上，脑子里一片空白。

远山看着车子开远了，哈哈大笑，说，走了走了，我没做坏事，他们不抓我，说着连蹦带跳地跑了进去。

得厚一时气起，大声说，姆都不在了，你还笑，你笑得出来！说着呜呜地哭出来。

远山停下来，愣愣地看着他，姆不在了，姆哪儿去了？

得厚不理他，只顾哭。他拉着他的袖子又问，姆在哪儿？

得厚一甩手，没好气地说，都死了，能上哪儿去？

哈哈，又哄我，你们光哄我。姆怎么会死呢？姆一辈子都不死，鬼才信你的话呢！他笑嘻嘻的。

你还笑！没看见警察都来了，你还笑得出来！得厚抹了一把眼泪，不再理他。

警察？警察又不赌咒。不赌咒不作数。我才不信呢。姆才不会死！

说完，拿起塑料盆子，回到稻场中央，咚咚地敲起来，高唱：唱么歌，唱倒歌……

许久，得厚稍稍平静下来。他清清嗓子，对远山说，哥，你听我的话不？远山停下来，愣了愣，使劲地点头说，听，我听。得厚说，那好，打现在起，你上我家去，中不？他又使劲点了下头说，中，中。话刚出口，又摇头，说，不中，不中，我等姆，姆没回呢。得厚就等这句话，说，姆的眼睛治得差不多了，现在又治腿了。姆的腿不是不能走路吗？这回也得治了，一并治好了才回。这不，我早把治病的钱交了。说着，摸出钱包，从里边抽出一张字条来。瞧，这是收据，医生开的。远山不识字，还是郑重其事地接过去看了看。得厚说，别弄坏了，坏了不作数。远山吓了一跳，说，是是，不弄坏，坏不得。连忙将字条还给得厚。

答应我了？得厚问。答应了，答应了。他无所适从，嘴里喃喃自语。那好，我们走，到我们家过年去。得厚一把拉住他。不不，我不走，姆回来找不到我的。我不去你家过年。他退缩着，生怕他挨着自己。

得厚知道没用了，从口袋里摸出一叠钱，说，看，这是你的工钱，收好了。

远山眼睛一亮，伸手去接。得厚将钱按在桌上，说，不止这点，大哥家还有更多的，跟我拿去？远山迟疑着，摇头说，我不去，我只要这些。得厚不动声色地说，你不是要抱胖媳妇吗？他说是，我要抱胖媳妇。得厚说，抱胖媳妇要花钱的，没钱人家不跟你，晓得不？他连连点头，说是，是，胖媳妇要钱的，胖媳妇要吃肉，要喝汤。得厚又说，这些不够抱胖媳妇，都拿来还差不多，不然没肉吃没汤喝。跟我一起拿去，都拿来了找个胖媳妇过年，好不？他跳起来，拍着手说，好好，你真好，我们这就去，有胖媳妇过年了，我有胖媳妇过年了！

得厚出门，远山在后边跟着。没走几步，他又停下来，说，我不去。我要等姆呢！得厚回头说，你不要钱了？不要胖媳妇了？他低着头，嘀咕道，我要姆，我要姆呢！得厚愣了，一时无措。

回到屋里火盆边，得厚不停地抽烟。远山声嘶力竭的歌声搅得他心烦意乱。他烦躁地回到稻场上，不安地向远处张望。

远山不知什么时候跑进去了，屋子里飘出一股刺鼻的焦煳味。他心里一惊，三两步冲进去，只见远山抓着一把钞票不住地往火盆里扔，起来啰，起来啰！他急了，奋力扑过去，一把将他推倒在地，不顾一切地从火里抢出钞票，大叫，你傻呀，烧钱干什么！

远山摔在地上，一脸无辜，说，我不傻，不傻，火没了，火没了！

得厚扑打着火苗，指着烧成碎片的钞票，说，没钱你就抱不了胖媳妇，晓得不？

远山痴痴地坐在地上，哼哼道，我不要胖媳妇，我要姆！

得厚叹了一口气，一声不响，无力地坐到门槛上。

不久，湾子又响起咚咚的响声，一个声音在唱：唱么歌，唱倒歌，先生我，后生哥……

下午，老大请了几个熟人，找了一辆手扶拖拉机，将远山姆的遗体用被单包好，从山上拖了回来。早有人从镇上买回下葬的衣物，给她穿戴好了，用门板搁好，停放在堂屋中央。

一群人忙进忙出，远山仍在稻场上顾自地敲着唱着。

都弄好了，老大才从屋里出来，拉住他说，不唱了，走，进去磕头。

远山摇头，说，我不磕头，我等姆回来。

老大忍着泪，说，姆在屋里，快进去。

姆在屋里？真的？怎么不早说！他丢下盆子，呼地跑了进去。

姆静静地躺在门板上，身上盖着下葬的被子，脸上蒙着白布。他盯着姆的遗体，呆呆地看了半晌，摇头说，不是姆，姆不是这样的。你们又哄我！说着往外退去。老大拉着他，说，是姆。不哄你。快磕头，快给姆烧纸钱。火盆摆在离门板不远的地上，里面忽闪忽闪地烧着几片纸钱。

他仍摇头，连连说，你还哄我，我又不是小屁伢。

老大无奈，说，没哄你，听话好不？

不，你赌咒我才信。你赌！

老大强忍着眼泪，快磕吧，姆都看着呢。姆高兴着呢。

姆看着？真的？好好，我这就磕头、烧纸。他扑地跪下去，磕头，往火盆里丢纸。姆，你看着，我给你磕了，给你烧纸了，你看见了不？你眼好了没有？腿脚好了没有？说着又磕下去。一屋子人看着，默默流泪。

得厚在一边拉他起来，他不，说，姆看着呢，姆看见我磕头烧纸，就要回了，我不起来，我要姆看见，我要姆回来。得厚无奈，只得在长板凳上坐下来，由他烧去。

夜深了，帮忙的人困了，各自回去睡了。老大和得厚卷了一床被子，靠着墙角沉沉地睡着了。

远山仍在不停地往火盆里添纸，嘴里念念叨叨的。火越烧越高，火苗舔到门板上，烧着了。火苗蛇一样蹿起来，呼呼地烧上神柜，冲向屋顶。

屋子里浓烟滚滚，老大两兄弟在睡梦里呛醒了，吓得翻身而起，大叫怎么了，手忙脚乱地扑火。但火已成势，眼见将人围了起来，老大只得拉了远山往外跑。得厚性急，不知从哪儿抄起一只水桶，从稻场边的水塘里提了水，不顾一切地往火上泼过去。可是哪里管用，大火早已封门，整个屋子被笼罩在火光之中。灰灰一声尖叫，不知从哪儿冲出来，身上散发着一股焦煳味。远山将它抱在怀里，不住地抚摸。它颤抖着，惊恐地叫唤着。

老大急得直跺脚，却毫无办法，只能不停地抹泪。

得厚一连泼了好几桶水，累得大口喘气，蹲在地上不能动弹。

附近有人闻讯匆匆赶过来，看着熊熊大火，不住叹气。

火光映得四周如同白昼。远山在稻场上手舞足蹈，哈哈大笑，大叫，姆看到火了，姆要回了，哈哈！咚咚咚，唱么歌，唱倒歌，先生我，后生哥……

绝 版

古涢水自樊、随一路向南，经德安，通汉水，最后汇入长江。

德安府因此占了地理上的优势，上通随州、襄樊（今襄阳）、枣阳，下达武汉三镇，自古是军事重镇。打西周起，这里就是郧国封地，算起来有两千多年历史。后来楚昭王为吴军伍子胥所败，仓皇北逃，沿涢水北上，经郧国到随国，终于喘过一口气来，开始在这一带反击追兵。到了秦汉，郧国再不是"国"了，降格为县郡。随着王朝更替，先后称德安郡、安州。到了明清时期，又称德安府。时光流逝，有一点不变，就是历朝历代都在不断加固这座城池，可见其军事地位之重要。

北宋时期，叛军攻城，一位宁姓守将在这里苦战七个日夜，终因寡不敌众，战死于此。时隔八百多年，到了二十世纪八十年代，将军后人捧着家谱，远涉重洋一路寻到这里，找到残存的一段城墙，倒头便拜，放声大哭。临走时讨要一块老城砖，千恩万谢地抱回去。

后来日本人打过来，硬是用重炮猛轰三天三夜，在坚实的城墙上撕开一道口子，才攻下这座古城，随即将之夷为平地。可怜一城百姓遭了殃，幸存下来的无家可归，死去的无人收尸，哀鸿遍野，满目凄凉。

到了近代，德安府更名安陆。这里地势偏高，土壤肥沃，又得了涢水的便利，老百姓旱涝无碍，是一块安居乐业的福地。安陆，安居之地，一点不假。

德安老城四面开门，名曰东门、西门、南门和北门。出北门一马平川，全是菜地。城里饭桌上的菜蔬，多出自这里，故又叫菜北门。南门郊区也种菜，不过多种白萝卜，称南乡萝卜。其状呈扁圆柿子形，肉质脆嫩，味甜多汁，有药用价值，因此远近闻名，有"南乡萝卜进了城，药铺要关门"的美誉。故而南门又称药南门。东门又叫东门洞，是收集尿粪的地方，城郊菜农种菜要用大粪，一早就挑着粪桶候在这里，专等从城里出来的粪车。这里成天臭烘烘的，故有臭东门之谓。现在的老街坊还会提到东门洞，其实那儿什么也没有，早叫日本人炸平了，只有一条柏油路经过这里。西门临河，下坎就是府河，涢水流到这儿叫府河。河里出产鲜鱼，船工们连夜打河里捞起来的鲢子、鲫鱼、小麻鱼、白虾、草鱼、黄鱼、鳜鱼什么的，水淋淋地提上岸，哗地倒在青石板上，叫道，刚出水的活鱼，来买咧！要吃鲜鱼西门走，西门因此又叫鱼西门。

诗仙广场位于德安老城中心位置，实验小学、恒泰广场、好多多超市、安陆剧院、紫金路小学，都在这块地面上。之所以以"诗仙"为名，是为纪念大诗人李白曾在此栖居十年，故此安陆又有"李白故里"之称。绕过繁华市区，随便往高楼背后一拐，就是一条条纵横交错、四通八达的老巷子。马坊街、中山巷、鲜鱼巷、太白巷、八角街、拴马台、府衙街、书院街，街宽不过丈，地上多铺着青条石，条石上车轮碾轧下的凹槽清晰可见。街道两边是清一色的青砖古皮老房子，里边厢房天井加正屋，典型的四合院式样，幽深宁静，冬暖夏凉，十分清幽。讲究一些的人家，在天井廊下配以青石假山，摆上盆栽绿植。春有栀子夏养荷，秋弄菊花冬赏梅。再养几尾金鱼，倒也惬意。

街上不时有人蹬着三轮车，车上挂着一张纸牌子，上边歪歪扭扭地写着：收废旧！边走边喊，收彩电、冰箱、旧手机、旧电脑、破铜、烂铁、电扇、电锅、煤气灶、旧自行车。也有收废纸的，放开嗓子喊，烂报废书旧纸，高价回收嘞——还有这么喊的，有卖头发辫子、猪毛、羊毛、兔子毛的。人的头发辫子竟然跟猪毛、羊毛扯到一块了。声音拉得悠长，从早喊到晚。

进中山街往里走一百多步，过一条狭长的麻石路，艾师傅的钟表店就在巷子里头。店门上挂着一块木匾，上刻"中山街钟表店"几个隶字，字不大，却沉稳大气，落款是艾庆华。不用说，是艾师傅的手笔。

艾师傅是城关人。他父亲修钟表，一年到头挑着担子天南地北地讨生活。后来终于在城里头落户，总算有个落脚处。他打小就跟老爷子城里乡下到处跑，算是吃百家饭长大的。后来办大集体，他又成了职工。干的时间不长，大集体解散，他就自己单干，开起了这个小店，算起来有半个多世纪了。后来，儿子长大了，满指望他子承父业，也做这门手艺，一家子平平稳稳地过日子。不想他学到半途，甩手不干了，跟着朋友跑到南方做生意去了。不用说，他坐不下来，看不上这点收入。后来有人介绍两个年轻人来当徒弟，他倒是满心满意地教人家，想把这点手上功夫传下去，不料别人不领情，学了不到半年就跑得没影儿了。艾师傅有些心灰意冷了，心里说现在这些年轻人，是做不得指望了，这门手艺怕是传不下去了。原打算把门面装修一下的心思也冷淡下来。于是一晃多少年过去，门面还是那个老门面，外边的样子里边的摆设一点没变，更没有到闹市区开店的想法。他是抱定主意守在这里，靠着一份踏实的手艺过日子。有时他也想，这辈子过得安安静静的，算是值了。但一想到这门手艺就要在他的手上断掉，心里不免一阵凄凉。

他的店面不大，宽不过丈，深也不过两米，也就是一间房屋的大小，不过是拿掉门墙，显得开阔一些。又在里边加一道横墙，隔出这么个小门面来。迎面是两扇滑动玻璃门，进门右手是过道，宽不过一米。一眼望去，是一字排开的三间正房。一路可见过道上摆着桌椅、沙发、鞋架、洗衣机、大红塑料盆、落在地上的布娃娃、瘪了气的足球。头顶上挂着一长排刚洗的衣服，挂钩上吊着腊鱼腊肉什么的。不时有小孩子蹦蹦跳跳地进出，有大人提着新鲜的鱼肉青菜往里边去。左手是艾师傅的柜台，占去大半个边门。柜台两边靠墙，里边的空间逼仄。艾师傅身高体胖，他一进去，里边就挤得没一点缝儿了。用他自己的话说，连只老鼠也钻不进来。这不是把自己比作一只大老鼠吗？

前柜齐胸高，抹得一尘不染的玻璃下摆着各式手表。机械表、石英表、电子表，男式女式的，摆得齐整整的。不用说，是供客人选购的。他做生意不坑人，地道。他识货，他的表正宗。还便宜，比商场里边的便宜一大截，用着放心。迎面是玻璃门，玻璃门和柜台中间刚好摆放一张松木凳子，椅背磨得油光光的，有好些年头了。

侧柜也是一个玻璃罩，过肩高。柜台进口在这边，很窄，只能侧身进去。遇到一个大肚汉，非得卡在里边不可。不知道艾师傅每天是怎么进进出出的。罩下是工作台，方方正正一块厚玻璃垫底。小巧的起子，两寸来长的扳手，铜钱大的放大镜，二寸来长的润滑油瓶，镊子，毛刷，滴管，圆珠笔，清洁水，刚拆开的表，都摆在这块巴掌大的地方。玻璃正中间搁着一张白纸，专门用来摆放手表零件的。比芝麻粒儿还小的螺钉，指甲尖似的摆子，比绣花针还细的栓子，都排在纸上。一眼瞧去，以为趴着一群奇奇怪怪的小虫子。这倒是个办法，这纸雪白雪白的，拆下来的东西都搁在这上边，再小的玩意儿也不怕丢了，一找一个准儿。玻璃罩的一角挂着一大串手表，同样是机械表、电子表，男女式表，大大小小的，少说也有二三十块。表带上都标了字号，张三、李四、王五、郑六，都是人名。不说也知道，这是修好的表，只待主人来取。

艾师傅虽然上了岁数，还天天在柜上坐班接活儿。干了一辈子的手艺，他想丢也丢不掉。他把头埋在罩子里，右眼戴着放大镜，一手握表，一手捏着起子，凑在一盏小台灯下。那样子让人想到猫，猫捉老鼠就是这模样，大气不出，纹丝不动——他又成猫了。

外面来人，一不留神，以为里边没人，扯着嗓子喊：老板！

哎，您呢！他还是一动不动，眼睛盯在表上。

哟，在这儿呢，对不住！来，您瞧瞧这个。来人递上一只表。

嗨，这可是个东西！日本的，当瑞士表卖，不便宜。不看就晓得是么毛病，一百五。他接过表，看了一眼便递回去，又低下头去干活。

一百五？

一百五。

贵了。少点，一百。

老行情，不说二话。

您没看就晓得毛病？

不用看，这东西都是一个毛病。四十年了，都这样，熟透了。

行，一百五。这回找对人了！

您说对了。他干这行五十多年了，什么表没过过手？声音从玻璃罩外传来。

那儿端坐着一位清瘦的老头儿，脸色红润，额头上布满老年斑。稀疏的头发全白了，一顺溜地往后梳过去，纹丝不乱。怀里抱着一只玻璃茶杯，清一色的雀舌占了半截杯子。他头朝外，望着街口，仿佛在数来了多少人、过去了多少车。

五十多年？我都没这么大。

那是，我十来岁就干这个，一辈子了。您尊姓大名？我写个条儿标上去。他终于抬起头来，透过镜框看着来人。

张三胖。弓长张，一二三的三，胖子的胖。

这名好，吉祥！艾师傅又看他一眼，像是要确认一下他到底胖不胖。嘴里连声说，胖好，胖吉祥！这不禁让人想，如果来个李二瘦，他大概也会说，瘦好，千金难买一瘦，您有福呢！他一定是见人就夸。

小名，排行老三，又长得胖，喝水都胖，都这么叫，小名比大名还响，反倒没人叫我的大名了，我也不习惯用大名。

行，张三胖，我写上。得，下午来拿。得一会儿工夫，我这手上的活儿还没完。

那我等会儿，我隔壁谭老二的表，修好我得带回去。前不久他不是请人打井吗？他趁着闲月打一口井备着抗旱。说好了三点打井的来人开工，他一看表，一点，时候还早，心想睡会儿呗。倒头就睡，睡了一阵，抬起手表一看，两点，心想还早着呢，再睡。不想一觉再醒来，妈呀坏了，太阳偏西了。再看那表，还是两点，才晓得这表也偷懒睡大觉了。这不是误事吗？好在家里有媳妇在外面张罗，别人准时到了，她把人带到畈上，打井的机器早已开得震天响。他往城里跑了两趟，找了两家，愣是修了两回，钱倒没少花，就是没修好，伤透了脑筋。听说您这儿靠谱——您这儿名气大着呢！正好我进城买化肥，就托我找过来。我们住在乡下，这不是要收麦吗，大老远的，没工夫再跑一趟。

得，我抓紧！您受人之托，跑大老远的，我不能误了您的事儿。您稍坐会儿，我这儿赶紧给您弄好。他放下手里的活儿，又拿起这块表，顺手从一个小铁皮盒子里摸出一把小扳手，手上稍一用劲儿，三两下就把表盖拧了下来。——看，我就说，老毛病。这表就这点脾气，转子松了，加固一下就活了。他们没找到病根，拆开了又盖上去，糊弄人呢！哟，还得洗洗，都有些时候了，里边叫粉尘塞实了，快卡住了。嗯，还不是一时半会停下的，少说也有半年了。

这您也看得出来？

看得出来。跟您说，没有不坏的东西，再好的东西也得坏。——这人不也得老吗？您不老给我看看！瞧，这不就是吗？你在家里再搁一年半载，这表保管废了。三五年的，您得清洗一回，就这东西，跟您半生没说的。

还真没晓得这回事，以为戴上就不管呢。我记下了，我手上这块有好几年了，也得洗洗了。他抬抬手，晃了晃手臂上的表。

再好的东西，也进不得水，见水就锈，锈了就没治，跟人长癌一个理。对了，没问您种多少地呢。

多少地？嗯，八十来亩吧。他淡淡地说，注意力还在表上。

哟，这可不少。得收多少粮食呢？

一年下来，少说也有十来万斤吧。他还瞅着他修表。

这真不赖！您一个人得养活多少人呐，敢情我们吃的粮食都是您种出来的。他抬起头来又看他一眼，大有刮目相看的意思。这么多地，种得过来吗？

我这不算什么，上不了口账。还有比我多的，过百亩地的都有。这不是机械作业嘛，拖拉机、插秧机、收割机、旋耕机、水泵，全套的。耕田耙地、下种插秧、收麦割谷，全是我们两口子，不费多大个劲就忙过去了，比过去牛拉肩扛强一百倍。

我就没弄明白，哪儿来这么多地呢？他不解地又瞄了他一眼。

这人不是都出去了吗？外面的钱好赚，比种地强多了。人都不在家，土地就搁那儿了。我们就捡过来种呗，付点租金就得了。

哦，是这么着。也好，家里的地没荒着，外面的钱也赚回来了，这账好算。

那是，要不我们也得往外面跑。咦，您还刻印？

墙角上有一个小玻璃柜，里面全是各种印石。长的短的，圆的方的，扁的宽的，鸭蛋白的，鹅黄的，麻雀灰的，玻璃透的，桃花红的，赤红的，金黄的，水绿的。大大小小，排得讲究，很是好看。还有黑的，黑得晶亮，特逗人疼，恨不得咬上一口，不晓得是什么石头。一边摆着四五张小纸片，上边印着鲜红的篆文。不用说，也是艾师傅的手艺。他奇怪上边怎么没有标价。

打小就喜欢，得空就干上了。他抬手指指里边，家里有全套的家伙，有瘾，丢几天不摆弄就手痒。瞧，这是专为哥们兄弟准备的，不卖，他们看中就拿去，刻完再来挑。这么多年都这样，图个好玩呗。您喜欢也挑几块去，不客气，一分钱不收。

不了不了，多谢您呢。我小时候弄过。在木头上雕，还在白萝卜上刻，弄不好，难。后来我改写字儿，只要田里的活不忙，天天写，跟您一个样儿，有瘾，变着法也要耍几下。

那是，这东西讲门道，有派，钻进去就晓得了，得跟着派走。

您这个了不起，我弄不了，真功夫。

——我说刻字儿。写字儿我不行，我蠢。一笔下去，力透纸背，我搞不了，不是我干得了的活儿。

您钻得深。这几方不俗，有来头，舒坦。他凑过去端详。

不深，没摸着边。搞了一辈子，也不见个好。您的字走哪一路？

王、赵、苏，都跟过。还学过颜、柳，杂得很。现在又喜欢黄山谷，行书，大草，喜欢得不得了，恨不得钻到帖子里去。我媳妇一到饭点就喊，吃饭吃饭，有本事躲在书房里不出来！告诉您，我给自己弄了一个大书房，里边摆一个大案台，案台上全是我的笔墨纸砚。我跟大案台较劲，一趴就是小半天。我媳妇说我懒，捞鱼摸虾，耽误庄稼。这都哪儿跟哪儿！

哈哈，您有福，娶了个好媳妇，看来您是一点不服管！杂好，路子走得宽。见得多才走得远。死跟一家，不是正经路数。先专再杂后专，才是正途。您走的是正道。这东西也就是个千锤百炼，得花功夫磨。磨出来就出手不俗。我还喜欢棋。

围棋？

象棋。

象棋好。一路扑杀过去，痛快。

就是。也有不痛快的时候，总在原地打转也不是个事。也要磨，这东西无止境。强中更有强中手嘛，跟高手过招才叫过瘾。围棋太耗时，一天来不了几盘。

也是。围棋是个慢性子，太慢，得泡在里边，一个子儿磨半天。

就是。还得数目。我数不了目。数目也得半天。别人棋没下完，目已经出来了，胜负早定下了。我不行，我输了十几目，掉大发了，还弄不清输赢。这怎么个下法？天生就不是这个料。我学了一阵儿，不学了。我信天分，这也是命。你就不该弄这个。

我也学过。那时小，觉得这东西有趣，就学着弄，也就刚入门的级别。可是那时大人都在田里干活，没人陪我下，弄了一气，也不干了。

那是。我们那时倒是人多。厂子里嘛，都是年轻人，成天玩的就是这个。都玩疯了。有摆擂台的，在厂子门口贴一张红纸，某年某月某日，在某地方某某人以棋会友，诚请各路高手赐教云云。话说得客气，说白了就是这满天下棋手如云，舍我其谁，我当老大得了。有下挑战书的，谁跟谁单挑，谁的裁判，观众作证。下帖子，作模作样请人跑一趟，客客气气地送去，实则剑拔弩张，非见个高低不可。有为争女朋友决斗的，三盘定胜负，输了走人。我们有一个老街坊，爱棋，恨不得睡在棋盘上，他不就是凭着三板斧的手艺娶回刘大嫂子的吗？都成佳话了。有赌酒的，今天喝一顿去，谁出酒钱？来一盘，输了的出钱，大伙一起上，一气喝到半夜。上边还搞围棋赛，大家都去凑热闹。那时兴这个，一窝蜂地玩，还真有玩出名堂来的。有几个哥们不是有拿冠军的吗？对了，象棋大师柳大华当年不就是在我们这儿下放吗？我们还在一起玩呢，他就是打我们这个棋窝子走出去的。他每回回来，总要在广场摆棋，一对二十，一对三十，我们每回都去凑热闹。这才真叫以棋会友。他是大师了，我们掉得远喽。再说了，那时不玩这个玩什么？看电视？打游戏？刷抖音？笑话，那时就没有这些东西。上午下班，几个人找个角落一围，就摆上了。这玩意快，随随便便来个四五盘，短平快，过足了瘾，还不误上班。晚上再摆，一群人咋咋呼呼地轮番上阵，一直杀到半夜。天天如此，不晓得累。干通宵的也有。年轻嘛，哪晓得死活，高兴就得了。要是围棋可不行，一盘没完，又要上班，这下个什么棋！

现在还摆吗？

摆。哪儿有不摆的？天天摆。都是原来的老哥们，遛弯遛过来就耍几个回合，也不论个时候，也不打个招呼，来了就摆上。喝茶，下棋，扯扯闲段子。

不打麻将？

哪儿有空搞这个？时间都不够用。一生不沾这个。

酒呢？

酒搞一点点，不多，就是凑个兴。弄点小菜，三五个人，整两杯。都这个年份了，不贪杯。棋下得多，老都老了兴头不减。年轻人没有这样的。您瞧，这老哥们等着呢。他指指那位喝茶的老头，对了，忘了给您介绍，这位老先生叫刘武，我们一辈子的老街坊。我们叫他武哥，有时也叫武将军。您叫他武哥就行。别看他年纪大，他不服老，喜欢这么叫。不过您得大声点儿，他耳朵有点背。——修完这个，我们就摆上。哈哈，您见笑了。

老头儿还在看门外，不时抿一小口茶。他们说的话，他大概没听进去，也许压根就没听见。他身边有一把椅子，椅子上放着一把水壶。他不时拿起水壶，往杯子里续一点热水。

您还修表。

修。这个是主业，主业不能丢。靠这个养活自己呢。跟您说了，有瘾，也是有瘾。

您玩出味了，出境界了。

瞧您说的！不讲这个，就是个玩儿。哟，防水圈也坏了，光说话去了，差点误了大事。得嘞，我找一个出来，换上。

换，我给您加钱。

哪能呢？不用，哪有一会儿一个钱的，不行。要了那个价，就包好，没有不好的。要不，你们摆一盘去？我这边一会儿就好。不瞒您说，刚才您进来时，我存着一个小心眼，打算您存下手表，我做完手上的活就摆两盘的。这不您大老远地跑来，不能白费了您的工夫，对不住！

呀，不说这个。您客气！摆一盘？这——

摆吧，玩呗。大哥也，这小兄弟跟您要两下。

要两下？老头儿欠了欠身，慢慢站起来，伸手拉了一下，变魔术似的从屁股底下拖出一张小桌来，上面竟是一个棋盘。来，您坐！

真摆？

摆。老头儿坐下，执黑，摆子，三下五除二就摆好了。您先！他伸伸手。

您先！

不，红先，这是规矩。这是让他呢。他明白。

得，好了。您瞧瞧，跟新买的一个样。艾师傅从窄门里挤出来，将修好的表递过来。

好了？您快！他欠身接过表，眼睛却盯在棋上。

这算什么呀，年轻时那才叫一个快，下手又准又快，一点儿不耽搁时间。放心，过三五年您再来一回，清洗，上油。放一百个心，这表，够用。得得，您别动，好好下棋。咦，这棋不赖！他站住了，托着下巴观棋。

放心，放心。跟您实说，我熟人跑了两家，我跑您这儿是第三家。这不蒙着眼睛就撞到您这儿来了吗？出车。武哥——不对，武将军，该您了！

再不会坏了。您都上哪两家？

数给您听，河滨超市，那儿不是有卖表的吗？家和商城，都去了，没用。

您说对了。老头说话了。那几个地儿只管卖表，修不了表，修表就是掏您的银子。您下回不到处撞了，到这儿来没说的。他准备跳马，举起棋子，手悬得老高。

对了，刚才新闻里边说老毛子那边打起来了。艾师傅忽然记起这事来。

真打起来了？他落子很重，啪的一声响，小棋桌震动了。

打起来了。不打才怪。他打他的，您操什么心，碍着您吃饭睡觉还是怎么的？

您这话说的，咋叫没碍着我呢？说话间，他架起了当头炮，大声道，来——将！他把棋子再次重重地拍下去，小棋桌快跳起来。

那倒也是。不过他们远着呢，又没打到我们这儿来，您就安心喝茶下棋呗。

话也不能这么说。没准他们就来了。

那我可真没想过，总不成又把这儿夷为平地吧？

他敢！真打过来了也不怕，我跟他们拼命。看棋——再将！老先生的车从侧面冲了出来，直取对方老将。

得，您老别生气，血压蹦起来可不是好玩的。

有什么好怕的，不就是一死吗？我还端得起枪，眼睛也瞄得准敌人。他一路气势汹汹，步步紧逼。张三胖一对浓眉皱成一堆，两眼紧紧盯着棋盘。他步步后退，快招架不住了。他们你一句我一句，他浑然不知。他好不容易填上一口横炮，暂时化解危机，终于吁了一口气。

对了，咋叫他老人家将军呢？他忽然想到这事儿来，随口问道。

您不知道，他说，当年我们家都住东门洞那边，日本人炸开老城墙时，连带着我们家也炸平了。这老哥那时小，有七八岁不？

有，有那么大。

他看得清清楚楚，城墙是怎么炸开的，房子是怎么起火的，他都记得。

哪儿能不记得，都是大小伙子了。

他一家子跑散了。他躲在一口大缸后边，小鬼子端着枪搜进来，竟然没发现他。小鬼子出去时，他冷不丁地窜出去，照狗日的后背上擂一砖头，撒腿就跑。那小鬼子活该，哇地大叫一声，倒在地上了。待他爬起来，哪儿有他的人影，早跑了。后来，他去当兵，还援过朝呢。在战场上挨了炮弹，炸晕过去了，叫人给抬了下来，捡了一条命。现在他脑袋里还留着两块弹片呢。他在部队待到退休，才回到老家来。这不是在家养老吗？看，老兵呢。

哟，您上过战场，不简单。您高寿？

不高，再过几天满九十二，吃九十三的饭。我扎着大红花去当兵，他还没出世呢。他指指艾师傅。

哎呀，我的天，我今天走好运了，遇上活神仙了。

什么神仙？阎王爷他就不收我！看棋，再将！老爷子越攻越猛，大有一举定乾坤之势。

看见了吧，好汉不减当年勇，棋上见英雄。给他一条枪，保管冲得上去。是吗，老哥？哈哈。艾师傅不失时机地调侃他一下。

那是。年岁不饶人，跑不动了，只有干着急的份儿。

得，我扛不了枪，我还修我的表，摆弄起子扳手还能撑几年。

您下回修表不用到处跑，找他得了。再过几年他眼花手颤了，您就找不到他这号的。他下边没人接班，他的好手艺到这儿就止了。该找他赶紧找，他是绝版。老头抬手指指趴在柜台上的艾师傅，顾自笑起来，露出紧密的细牙。

绝版？我哪儿当得起？您才是绝版。

怎么绕到我头上来了？

嗨，没见过您到这年份还敢扛枪拼刺刀的，您说您该不该当绝版？艾师傅爽朗地笑起来。

当，当，绝版。——将！

咦，小兄弟，您不是买化肥吗？没耽搁您的事吧？艾师傅忽地摸了一下脑门。

哎呀，光顾着玩了，差点误事了。他如梦初醒，霍地站了起来。那边该上火了，一帮子人在给我装车呢，我得去付钱。得得，不陪了。下回，下回请你们到家里去，我们煮一锅鱼，炒两个我自己种的青菜，喝两盅粮食酒，杀一个痛快！来，来，您接着来！他把手表戴在右手上，道了一声谢，急急地把座位让给艾师傅。

他出了门，一眨眼工夫不见了。

老头儿久久地望着门外，许久才嘀咕一句：这小伙子，精神！

请你吃螃蟹

校车等在湾头的路口。

丁爷抱起孙子，塞进车里，顺手"哐"地拉上车门。

丁小沫七岁，在镇上读小学。爸妈在东北抹灰，他是爷爷奶奶带大的。

孙有才也来送孙子。本想跟丁爷打声招呼，见老头不抬眼看人，只好躬腰候在一边。

车子开走了，丁爷掉头就往回走。

孙有才张了张嘴，脸上有些挂不住，只好蔫头蔫脑地跟在后边。

许久，他干咳一声，喊：老队长！

丁爷过去当过生产队队长，被人这样喊了大半辈子，习惯了。

丁爷没听见一样，走得更快。

孙有才大声说，今天还搓两把？他的声音很低，没有底气。

不啦。丁爷背起手，今儿没空。他把"没空"拖得很重，队长的派头一点不改。

孙有才摸出烟，紧追两步递上去，点火，说，孙子都上学去了，这不都闲着？

丁爷吸了一口烟，眯着眼看了他一下，放缓语气说，话是这样说，屋里头总有一些事哩，哪能成天趴在麻将上？这是教训的口气了。

那是，老队长说的是。可是今儿跟往日不一样。他像一条夹着尾巴的老狗，低头哈腰地跟在后面。他说了一半，生生把后半截话咽进了肚子里。

不一样？哪儿不一样？丁爷听出话里有话。

孙有才诡秘地一笑，凑到跟前小声说，我昨儿弄了两斤螃蟹，等你一句话呢。

螃蟹？丁爷愣了一下，将信将疑地看着他。

对，汈汊湖那边刚上市的，个大。他举起手捏了捏，足有拳头大小。他的头像啄米一样，不住地点动。等你到场下锅呢！

你个狗东西有才，真是个人才，跟我绕起弯子了，怎么不早说呢？丁爷脸上终于有了笑容。

丁爷爱吃螃蟹。

尤其喜欢清蒸。用水吐尽了体内的残留物，拿刷子洗干净，绑好上锅，香喷喷地端出来。不管是累得要死不活，还是在拍桌子骂人，这会儿保管眉开眼笑。他吃螃蟹讲究。事先得将酒温着，螃蟹上桌，酒正好一热。一只螃蟹八条腿，两只大钳，得一两下肚。再吃黄。挑开蟹盖，露出蟹黄。凑近嗅一嗅，那个香！再抿一口小酒。挑一点黄灿灿的蟹黄放在舌尖上，咂一咂。嗯，好，再来一口。那一年冬天，队里组织劳力清淤。他挽起裤腿，赤脚下水，带头挖泥。一条水沟清下来，竟捉了小半桶螃蟹。丁爷（那时是丁队长）高兴，大手一挥，说拿回去蒸了，晚上加餐！大伙兴奋得吼叫起来，半天工夫就干完两天的活儿。晚上丁爷挨个敬酒，说，一两螃蟹一两参，白天吃了壮筋骨，夜里吃了长精神！吃，吃，各自回去悠着点，别弄破了床板。说得大伙笑破了肚子。

孙有才也咧嘴笑了，说，我跟毛老大、王五哥一会儿就到，就差你了。

中，就这么着！他一口应下来。

转念一想，郑重其事地摇摇头，说，还是不行，今儿真有事，改天得了。

又不栽秧下种，有个么事？

真有事，真有事。他摆摆手，走了。

回到家里，他戴上老花镜，拿着一本万年历翻看。

他年轻时看书。《三国演义》《封神榜》《水浒传》《三字经》《百家姓》《山海经》，以及唐诗宋词什么的，整整一木箱。老伴几回要拿去生火，他拦下了，说都是老东西，一本也动不得。末了还不放心，给箱子上了锁。这一锁就是几十年。锁生了锈，里边的书都长了黑斑，散发着一股霉味。

九月初七，不宜出行。他念念有词。

万年历有年头了，跟那些老书放在一起，页面发黄，书角掉了一块。

那些年，孙有才偷偷摸摸给人勘坟场，收点吃食布料什么的。丁爷骂他不务正业，收了他的罗盘和书。后来分田到户，孙有才壮着胆子要过几回。丁爷还了他的罗盘，书却忘了放哪儿了，找不到了。孙有才不乐意，背地里嘀嘀咕咕的。丁爷不耐烦了，吼道：嘀咕个球，老子还当生产队队长，你敢放个屁？孙有才再也不作声了。

年轻人都赚钱去了，湾里就剩下几位老家伙和一帮小伢。除了送送孩子，四个老头正好凑一桌麻将。

这些天，丁爷手气差，一场接一场地输，都想挖个地洞钻进去躲起来。那天他无意中打开木箱，赫然发现那本万年历就躺在书箱最上面。

不宜出行就不出行，老老实实待在屋里头。这是老伴的声音。老伴在拌鸡食，几只老母鸡围在她脚边，咕咕地啄食地上的细米。

天天输，也不晓得悔改。

莫吵了老伙计！打牌好比鲫鱼上水，一阵一阵的。

有那工夫，种几斗粮食去！

种不动，老了。

挖园子也行，总比输钱好。

行，挖园子去。听你的。

说得好，总没见你拿过锹。

这就拿。积点德，不吵了，莫叫人听了笑话。

怕笑话！捞鱼摸虾，失误庄稼。没见过赌能过日子的。老伴放下鸡食，到菜园里忙活去了。

妇道人家！他翻动书页，自言自语地说。

毛老大进来了。毛老大住在湾北头，跟丁爷隔着三户人家。这些人家的大门从年头到年尾都是一把锁。主人都出去了，天南海北的，去广东的也有，去东北的也有，一年到头难得回来一趟。

毛老大也戴着一副老花镜。他背着手，像个账房先生，慢吞吞地走进来。

丁爷当生产队队长，他做会计。他聪明，记性好，做的是会计的活路，却一辈子不摸算盘，张嘴就来，从不出错，是漳河镇出了名的"毛一口"。

老家伙，闲着呐！他调侃道。

闲着呢，瞎翻翻，瞎翻翻。丁爷将书收了，抬头看着他。

怎么，有闲工夫在家里看闲书，就没工夫吃螃蟹？毛老大不坐，只望着他笑。

丁爷像叫人拿住了软肋，尴尬地笑笑。伸手打手，伸脚打脚，输怕了。他搓了搓手，干涩地说。

也是。谁都有走背的时候。不怕，今儿我们只吃螃蟹喝酒，不摸牌。中不？

丁爷迟疑着，拿不定主意。

坐在一堆了，哪有不摸牌的？他摇摇头。

总不能叫有才那个狗东西吃独食吧，哈哈！

吃吧，你们吃吧。我，就算了。

毛老大暗自笑了一下，说，那我去了，你可别失悔啊！

不失悔，失个么悔哟？

毛老大见他一副垂头丧气的样子，一把将他拉起来，说，走吧，老伙计，你犯得着吗？

丁爷躲不过，只好跟着走，说，说定了，只喝酒，不摸牌。

不摸，不摸。

孙有才住湾南头，三间平房，后边一个小院子。儿子儿媳妇长年在外头打工，就老两口和孙子住在里边。

老远，两人就闻到一阵蟹香。丁爷缩了缩鼻子，连咽几下口水。

坐，坐！孙有才忙不迭地把他们往里边请。我就说嘛，请将不如激将，还是毛大哥板眼大。看看，你不出马，我们今儿还真热闹不起来。

说话间，王五哥也到了。他就住在隔壁，听到说话声就来了。

都到齐了。来来，时候早着呢，搓几把！他一进门就吆喝起来。

不搓了，哥儿几个聊聊。毛老大说着，拿眼看了看丁爷。

聊？有个么事好聊的，成天待在一个湾里，吃喝拉撒一个样，聊去聊来还不是儿子儿媳妇和孙子？打牌是正经。说着，就到神柜上去找麻将。麻将装在一只塑料盒子里，他拉开柜门将塑料盒子提出来，转身一把放在堂屋中央的木桌上。到了我们这个年份，除了看好孙子，不就是喝点小酒，打打小牌，混个小日子？一句话，快活呗！说着，将麻将倒出来，哗啦啦地散了一桌子。

丁爷沉吟着。毛老大看了他一眼，说，玩小点，混混时间？

是啊，又不赌输赢，图个热闹呗。孙有才不失时机地在一边说。没事，说不定今天就转火！他小心地笑着。

哎，我说老队长，往日天天打，今天却不打，这是怎么说的？不输田地输官帽的！再说了，风水轮流转，今天到你家，明天到我家。保不定今天就活该我倒霉！他说着，在桌子边坐下来，两手左右开弓，哗哗地码起来。

算了，别干坐着了！毛老大一把将他拉起来。

丁爷挨不过，只得勉强坐了过去。

从孙有才家里出来，已经是夜里十点。

毛老大跟他一起出来，问，又输了？

输了。丁爷闷闷不乐。

输了就算球了，别跟掉了阳气似的。

天天输，扛不住呀。他叹了一口气。老婆子晓得了，一晚上别睡了。

那不好说，就说赢了不就得了？

赢了？

你就怕成这样？

倒不是怕，是烦。成天吵吵，血压都起来了。

这倒也是。毛老大思索着。

我在想，再打不得了。光这么输下去，到时候一家人骂我这个老头子不成器。哎，从今儿起，戒了。

你说得倒也是，输几个钱倒不要紧，家里不和气就不好说了。毛老大说得很轻。这么着，我跟你出个主意。

么主意？丁爷停下来。

毛老大从口袋里摸出一叠钱塞过来，说，这是一千块，老嫂子问起来，就说赢了，钱都在这儿呢。

不，还是戒了好，不打了。他把钱递回来。

拿着就是了。

哪能呢？不用。

见外了不是？我们都活到这个份上了，这不也是老有所乐？等到我输了，你再还给我。就算我们帮衬着玩，怎么着？

丁爷一时语塞。

分手时，毛老大忽然想起一件事，说，老队长，先给你打个预防针，明天我请客，吃螃蟹。

还吃螃蟹？他有些意外。

是啊，请你老哥的客，哪能少得了螃蟹？

回到家里，老伴和孙子已经睡了。他轻手轻脚进门，简单洗了一把，就上了床。临睡之前，他不忘瞄了一眼那本老皇历：九月初八，不宜出行。

不宜出行！他暗暗叫苦！

送走孙子，丁爷径直去了毛老大家。他受不了老伴的唠叨，躲一躲。

毛老大正在倒开水，见丁爷进来，放下水壶，拿出茶叶盒子，给他倒了一杯，说，伢们打外地寄回的龙井，尝尝！

丁爷接过杯子嗅了嗅，说，嗯，香，好茶！喝了一口，又说，现在条件真好，要放在过去，哪儿有这口福！

那是。还记不记得孙有才偷花生那事？

提它搞么事！他摇头。有一回，孙有才在稻场上往布袋子里装花生，叫丁爷抓了个正着。孙有才当场给他跪下，说，队长，几个伢饿得慌啊！丁爷心里一软，把这事捏下了。这在当时，是要卡一个月口粮的。

他家伢多，光靠两个劳力，哪够吃哟？丁爷说。

现在好了，几个伢都成器了，他老两口该享福了。

那是。

这家伙不忘本，记得这事哩。

乡里乡亲的，哪有不伸个手的？换了别个，也不能做落井下石的事。

正说着，只见孙有才提着一条腊鱼，摇摇摆摆地进来，说，刚从冰箱里扒出来，得赶紧吃了！

就你屋里鱼多，我屋里没鱼！毛老大跟他开玩笑。

那是，你屋里有鱼也没我这鱼臭得快，你闻闻，是不是走味了？

一番话说得大家都笑了。

只等王五哥了。

孙有才说，五哥在园子里挖菜地，准备种冬白菜。还有巴掌大的一块，弄完就来。

王五哥年轻时会种菜，丁爷安排他专门管理队里的菜园子。他种的菜，家家户户都用提篓往家里装。那时粮食少，菜能填肚子，很是抵挡了一阵子。为这事，丁爷大会小会表扬他，说他是造粮能手。

那就等呗，反正时候还早。孙有才打圆场，正好我们瞎唠唠，也是寻高兴哩。

那是。横竖都是打发时间，高兴就成。毛老大说。

唠着唠着，又唠到牌上去了。

毛老大说，老队长，从打纸牌时起，我们四个人就凑一堆了。那时管得严，派出所白天黑夜到处抓赌，抓住了就关进去。还罚款，交了钱才放人。我们就跟躲猫猫似的，跟派出所"打游击"。那些干警明明晓得我们赌，却找不到我们一根毛。那么多年过去，竟然一次没抓着。后来改打麻将了，还是我们四个人，老班子。派出所也不管这事了，我们如鱼得水，没事就缠到一起，三天三夜不下场也不累。这么多年下来，也都老了，除了带孙子，还是打麻将。这麻将算是要打一辈子了。你说，我们这套老班子要是哪个先走了，不就瘪角了？

丁爷说，那还不好说，斗地主呗，正好三人一桌。

要是再走一个呢？

那就只好押单双了，一副骰子两个人玩，照样有乐。

只剩一个呢？

也好说，在屋里头坐着。

坐着搞么事？

等死呗，还能搞么事！

他没说完，几个人笑歪了。

丁爷喝了一口茶说，我说一件事你们听。几个人一听，都来了精神。

我当生产队队长那会儿，一次从大队办事回来，路过八队时，看见民兵连长叶武在追一个年轻人，边追边喊，站住，再跑老子打断你的胯子！

那人不但不站住，反而跑得更快。叶连长虽当过兵，却是有年纪的人了，眼看跟不上，这时看到我迎头走过来，就大声喊，丁队长，给我把这家伙拦住！叶连长发了话，我不敢怠慢，放开腿撵过去。那年轻人见我也来追他，掉头往另一个方向跑去。我脱口喊道：再不站住，老子一盒子打死你！那人一听，呼地站住不动了。事后，叶连长问我，全大队就我一个人有盒子炮，你哪儿来的？我说，我哪有个么盒子炮？我只有一个纸烟盒子！

后来才晓得，那个年轻人竟是他大儿子。那家伙为婚姻问题跟他父亲闹翻了，要逃婚哩。

转眼到了中午，灶屋里的饭熟了。王五哥匆匆进来，揩了一把额头上的汗，坐下来说，刚挖完了，晒几天再下种！说着菜也上来了，几个人围着桌子坐下来，开始喝酒。丁爷倒了小半杯，他有高血压，不能多喝。

螃蟹当然是不能少的。一盘清蒸，一盘用瓦罐煨的，香喷喷热乎乎的，直吃得丁爷一脸热汗，直叫好吃。

酒足饭饱，丁爷起身要走。

毛老大一把扯住他，走哪儿去哩？刚才三差一不能开场，现在你走了还是三差一！

王五哥在一边说，老队长，你要走我没话说，只是你走到哪儿我就背着麻将跟到哪儿，直到你坐下来为止。

丁爷无奈，只好坐下来。

回到家里，丁爷闷闷不乐。

不宜出行。狗日的，哪就这么灵验？他寻思着。

时候还早，老伴在给孙子洗澡。见他怏怏地进来，扭头瞄了他一眼说，不用说，又输了。

丁爷知道瞒不过她，只好说，本来不想打的，他们硬把我推了上去。

你自己好这一口，还扯别个。

我就晓得今天又不中，躲都躲不过，还是输了。

不是我说你，你现在老了，不比以往了，哪有不输的！

老是老了，可我又不聋不瞎，哪有一回也不赢的？他不服气，一甩头，又伸手拿起那本老皇历。

九月初九，不宜出行。他嘴里念道。

好好，不是你不行，是手气不好。

你瞧瞧，又是不宜出行。书上就是这么说的，怎么就跟你说不明白呢！他使劲抖动手中的书，生气了。

老伴不理他，抱起孙子往屋里去了。

我也是被迫的。我是输得不敢摸麻将了。可是盛情难却，我有么办法？

只有逼娼的，哪有逼赌的？老伴在屋里头说。

这哪叫赌？这叫找乐子，你怎么就这么不明白！

你还是放不下你当队长的架子。人家都拿你当队长供着呗，你总得撑着呀！

丁爷无话可说，一摔书，到天井里去了。

他摸出烟，独自抽着。他想，真邪门了，这老皇历还真是准得很哩，难怪孙有才那个王八蛋当初靠着一本书就能混饭吃。

这么想着，他真后悔没找个空问问孙有才，有没有治治凶日的法子。可是转念一想，这不是叫人笑话吗？

想来想去，竟到了很晚，老伴熄灯睡了。

他摸了摸口袋，毛老大借他的一千块钱还在。想起他昨夜跟他说的那番话，他心里不禁暖乎乎的。是啊，都快七十的人了，不就是图个高兴吗？自己未免太小家子气了。但仔细一想，老伴说得对，还真搁不下这个老面子，真像自己老得没用似的。想想这些天来，自己就是咽不下这口气呀。

回到屋里，他到另一间房里睡下了。手气不好，他越发变得小心翼翼了。

早上照例送孙子上学。回到家里，他坐在屋里喝茶看电视。

王五哥一早骑着车子上街买菜，拣大个的螃蟹挑了好几只，过秤付钱，又买了些新鲜青菜什么的，就往家里赶。老伴在家里头早准备妥当了，只等客人。他洗了一把手，就出门请客。毛老大、孙有才，挨家上门请到。接着往丁爷家去。

老队长，今儿到我了，老规矩，螃蟹下酒！王五哥直人快语。

丁爷很意外，说，你们搞的么名堂，怎么就到你了？

王五哥抹了一把满脸的络腮胡子，开心地一笑，说，高兴呗。

丁爷说，天天打，累得不行哩。得歇歇。

不打不打，今天听你的。

坐一堆儿了，哪儿有不打的？改天吧。丁爷直摆手。

改不了了，他们都到了，就差你了。哈哈。

丁爷知道躲不过，只好跟他起身出门。

进了王五哥的家门，只见毛老大、孙有才坐在堂屋里喝茶拉家常。丁爷佯作生气的样子指着他们俩说，你们做的好事，把我卖了，我还帮着数钱！

那是，几个老家伙，值不了几个钱喽！毛老大哈哈笑起来。

不用说，这一回照样还得坐到牌桌上去。

码牌的时候，丁爷心里想，今天是第十三天了。十三，可不是吉利数字，唉！

第一把牌抓起来，四张牌，发财、红中、一筒、二条，四个样儿。丁爷的头皮一阵发麻。这是么兆头！

迟疑间，伸手僵硬地抓起第二把牌，四筒、九筒、二筒、八筒。这还叫牌呀！他心里一阵发毛：死定了。

第三把，五筒、七筒、六筒、一筒。丁爷眼睛一亮，这是清一色的底子啊！他的呼吸紧促起来。

跳牌，二筒。他死死地捏着牌，像抓到一块金子。

孙有才打出第一张牌，白板。

丁爷起牌，又是二筒。他一阵眩晕。

他强迫自己镇定下来，抽了一张二条打出去，缓慢地端起茶杯，喝了一大口茶。

下边是毛老大，他打出一张一筒。

碰！他脱口而出，接着打出一张红中。

红中刚落地，上边孙有才也碰了。

丁爷还没来得及放下茶杯，又轮到他起牌了。

三筒！

他毫不犹豫地抽出发财扔出去。听牌了！他死死盯着手上的牌。2223456789，一阵眼花，看不清和些啥。

三六九，和！一四七，和！一筒满，乖乖！

又轮到他起牌了，五条，扔了。

镶五星都敢打！毛老大伸出的手停在空中，听牌了？他侧过头问他。

丁爷猛喝一口茶，说，听了，都什么时候了，哪有不听的道理？

唬我！他起牌，也打出一张五条。我也不要。

孙有才打牌，八筒。丁爷看着自己的牌，盘算着能不能赢。

要得起？孙有才问。

不要，不要。他摇头。起牌，又是五条。

背！他又喝了一大口茶水，一杯茶下去一大半。

跟着，他连起几张条子，都扔在桌子上。孙有才和毛老大已经有所觉察，一张筒子也不肯漏出来。

牌快完了，他紧张得不行。

你靠自摸了，老队长。毛老大说。

你们打出来我也不要！他说。我非摸不可。他一口接一口地喝茶，杯子里已经光了。王五哥端起热水瓶，为他倒了一杯，顺便瞧了一眼他的牌，直摇头。毛老大看在眼里，明白是怎么回事了。

看来你这一牌好赢得很哩。毛老大说。你把我的牌都堵在屋里头了。

我也是哩，筒子一张也不敢打了。孙有才说。

我就不信你们把筒子都起光了。他说。

还有四墩牌。

我只指望抹穿了。毛老大说。

我这一牌也没指望了，手里全是筒子，一张也不敢打。孙有才说。

哪儿去了？丁爷使劲抓起一张牌，二条。他沮丧地丢了。麻将打了几个滚，仰面朝天躺在桌面上。

最后一张牌了，抹穿了！毛老大说。

穿了好啊。孙有才笑着说。老队长只有海底捞了！

出鬼了！他泄气了。

都在我们手上哩。你瞧，一把筒子！孙有才说。老队长还欠一把火呢。

说话间，丁爷起牌。他吸了一口气，伸出手去。

牌抓在手里，他的大拇指使劲在牌面上拧着，发出清晰的咕咕声。

一筒！海底捞，满和！他叫起来。

桌上的人瞪大眼睛，满牌，真满了！他们情不自禁地喊道。

恭喜你了，满和开牌，转火了。毛老大嘻嘻地笑着。

转火了，真转火了。孙有才也跟着说。

丁爷长长地舒了一口气，喜形于色。好久没这么痛快了。他说。

有句话叫什么来着？否极泰来，对，否极泰来，说的就是这个意思。孙有才边起牌边说。

这都是你那本老皇历上说的？他问。

那是，那是老祖宗留下来的宝贝哩。要不那会儿我怎么指着它补贴一家老小的肚皮呢！说着大家都笑起来。

看来今儿不能大意，那皇历上不是清清楚楚写着不宜出行吗？丁爷不禁想到。

接下来的牌局中，丁爷一路顺风，大和小和接连不断，抽屉里的钱塞得满满的。

他们都变得沉闷起来，一个也不说话。

老队长，你这火要么不来，一来就伤人哩。毛老大好不容易赢了一牌。

是啊，这火也太大了，当心烧着眉毛！王五哥沉不住气了，额头上已经冒出细汗来。

丁爷笑眯眯的，不搭话，只顾打牌。

毛老大喝了一口茶，起身往屋外走。我得屙泡尿去，半天下不来，憋死了。他说。

没有人理他，大家都顾着打牌。

他去得快，回来也快，一会儿又回到桌上来了，等着抹下一牌。

这一回是孙有才自摸一把，他收了钱，也起了身，说，我也屙泡尿去，火不好，尿泡也跟着受苦！他笑着说。

三个人仍在屏气静声地打牌。

到了正午，该吃中午饭了。他们的注意力都在牌上。

这期间，毛老大又去了一趟厕所，匆匆去，又匆匆回，接着赶下一牌。

王五哥也去了一回，他大概有一个多钟头没下来了，手上的钱输得差不多了，心里窝着火，却又不好说什么。从外面进来，他自言自语地说，火背，挪一下身子说不定要好点。没有人注意他在说什么。他坐下来，躬身去看毛老大的牌。

毛老大的牌很乱。他看了一眼,又退了回来。

老队长,该出去松一下尿泡了,不能一竿子插到底,把我们的腰包掏干净。王五哥半开玩笑地说。

是得出去,是得出去一下了。丁爷点头,眼睛却盯着手里的牌,纹丝不动。

说话间,丁爷又自摸了,清一色。两个人自认倒霉,闷头闷脑地开钱,码牌。

丁爷收了钱,端起茶杯喝水。由于激动的原因,他的脸上有些潮红,鼻尖上、额头上渗出一层细汗。

接下来的牌打得很慢。他们都很谨慎,每一张牌都得经过深思熟虑后才打出来。

丁爷看他们的牌,都打乱了,是过分小心的缘故。

接下来一牌,他双和一牌。

他想站起来去上一趟厕所,毛老大却说,老队长,看看,我该打哪一张出去?

他勾着头去看,嘴里却说,不好说,不好说。便又坐到椅子上去。

还没坐稳,孙有才自摸了,又轮到他上场了。

他起牌,理牌,两眼盯在牌上一动不动,头上的汗水却长成珠子,一颗接一颗地往下滚,也没有留意到。

该吃饭了。王五哥说,散了,吃了接着干。便起身往灶屋里去。

这边咚的一声响,只见丁爷头一歪,倒在桌子底下去了。

几个人吓了一跳,叫了起来,怎么回事?怎么了?王五哥两步跳回来,双手将他抄起来,抱到椅子上坐正了。

丁爷脸色苍白,已经昏过去了。

快快送医院。毛老大慌了神。

下午,他们到病房里去瞧丁爷。

丁爷已经醒过来了,问毛老大,我这是怎么了?

毛老大说,没事,住两天就出院了。

到底是怎么了,我这是?他有气无力地问。

毛老大笑笑,说,你老兄把尿泡憋坏了!

丁爷尴尬地笑笑，说，何苦哟！这就叫输不起又赢不起呀！说着，他忽然想起什么似的，问，那螃蟹是怎么回事？

毛老大说，我们哥儿几个见你手气背，这不——陪你乐呀！说来惭愧，竟害了你呢！

丁爷心里一热，嘴里什么也没说。

在家里躺了两天，他精神好多了，能拄着棍子到外面走走。没走几步，便听到一阵哗啦哗啦的麻将声。他纳闷，循声望去，只见他家丁小沫跟另外三个小不点，趴在桌子上玩麻将。

红中！是丁小沫。

白板！是孙家小孙子。

碰！王家孙子又说，我和了，满了！拍桌子跺脚，大叫，给钱给钱，都拿来！

毛家小孙女最小，一声不哼，在聚精会神地码牌，一张一张地摞得老高，哗的一下全推倒，接着再码。

不一会儿工夫，地上全是掉下来的麻将子。几个小东西还在叽叽喳喳闹个不停。

这是个么事呢？他嘀咕着，一步步往回走。

到了家里，他大声对老伴叫道：买几斤大蟹回来，明儿接他们！想想觉得少点什么，于是提高嗓子补上一句：听清楚了，打这回起只吃螃蟹不打牌，再不打了。跟着回到屋里去了。一会儿出来，手里竟拿着一本破破烂烂的《三字经》，在院子里坐下来，抖抖地翻开书页，对着阳光灿烂的天空大声念道：人之初，性本善……

老伴蒙了，心里说，这老头子，脑子坏了？

大考在即

范亚丽长得太遭人骂了。

吴担当忽左忽右，滑溜得像条泥鳅。

我一不留神，他噌地跃起，直扑篮球筐。

球进了。他轻松落地，牛逼得像迈克尔·乔丹。

跟我叫板，哼！他得意地扭着屁股。

不地道。君子不为。我运球，思索对策。

那又怎样？他将头一扬。

这叫精神犯规！

你也骂呀，没准能扳回一球。

无聊。人不犯我，我不犯人。

说话间，我虚晃一下，闪身过人，扣篮，中了。

操！他摇头。你是君子，你狠！

我在校队打中锋，吴担当打前锋。我们是搭档，每年都代表学校参加县里的篮球赛。体育老师不止一次当着大家的面说，以吴担当和何志平的身体条件和天赋，应该到专业球队深造，最不济也应到县队干干。这话让我和吴担当做梦都在球场上飞来飞去。

进入高三，班上的人在悄悄消失。过去人满为患的教室，莫名其妙地空出许多座位来。班主任永远是一副冷冰冰的样子，板着脸，背着手，在教室里踱来踱去，仿佛对什么都无动于衷。其实谁都明白，人一个接一个地走了，他心里比谁都疼。整天像个要账的，给谁看呢？哼！有人在底下幸灾乐祸地窃笑。随着空位增多，教室里不再有人叽叽喳喳、嘻嘻哈哈，一个个变得沉默寡言，目光低垂，世界末日临近一样。那些退出高考队伍的同学，大都去了南方，打工，赚钱，像鱼儿游进大海。

球队被越来越近的高考淹没了。大家成天趴在课桌上与做不完的考题做艰苦卓绝的斗争，谁也没有心思到球场上一展雄风。这支生龙活虎的球队，被一年一度的高考击得七零八落，溃不成军。

按理说，我和吴担当也该主动进入"消失"之列，顺理成章地进入"大海"。高考无望，一天还得吃掉两块多钱的生活费呢。

这两块多的生活费，还是父亲每天步行五里路，到粮食收购站扛包扛来的。一个谷包一百四十二斤，从装袋到扛上近两米高的货台，才五分。一天下来，赚不到五块钱。父亲生得单薄，又有个老胃病，一个谷包上肩，腰弯得秤钩子似的，耳根子撑得通红，别人便笑称他是"红脸关公"。干完活回来，累得两脚打飘，浑身疼痛。每次发钱，他都特别高兴，都要兴奋地喝两口。他常在我耳边念叨，养儿不读书，不如喂头猪。使劲读吧，横竖有我呢！每每听到外面传来消息，说某某同学找到一份好差事，某某一个月收入好几百，我就羞愧不已，自觉对不住我的"关公"老父亲。

一天，我垂头丧气地对吴担当说，吴担当，我想走了。这么多人往一条路上挤，没指望。不如早些去打工，再不济，回去扛包也比赖在这儿强。

吴担当没事就在寝室里拍球，把个狭小的空间拍得尘土飞扬，还美其名曰"练手感"。霸王回头，关公望月，偷梁换柱，猴子摘桃，一刻不停地瞎折腾。我烦他，说，浪费馒头！他做了一个鬼脸，说，NO，你加两馒头试试，我保管打成最好的前锋！

听了我的话，他将球一扔，不屑地说，瞧你那点出息！一毛钱的挫折就让你打退堂鼓，你长了两个蛋蛋没有？哼，让我走，想都别想，我偏要赖在这儿。不能上大学怎么了？法律规定考不上就得当缩头乌龟，就不能打球了？告诉你，没准我一球打出一片新天地，谁说得着呢！

敢想！我没吱声。

走，我们打去，一对一，斗牛，斗它个天翻地覆。他说。思想上高度重视，行动上万分蔑视，不能因为一场即将到来的高考事件，就毁了我们的篮球事业。他理直气壮。

得，没准你能飚出三尺高的尿来。我相信鼓起的癞蛤蟆比象大。

非也。这叫癞蛤蟆垫桌子脚——硬撑！撑吧，哥们。他像个半吊子。

不行，撑不下去了。我要羞死了。

吴担当愣了愣说，怎么，动真格的？没准这辈子只能打这几天球了，你想想。

我当然知道！想想家里的老父亲，哪儿有心思打下去？我的眼睛发涩。

就算陪我这一百天，也不少你一根屌毛吧！他一本正经地说。

我心一软，胡乱地点头，打，打吧，打到哪儿算哪儿。

让他妈的高考滚蛋吧！吴担当大叫一声，在我脸上狠狠地亲了一口。

我们还跟往日一样雄赳赳气昂昂地出现在球场上，还跟往日一样打出一身臭汗，还跟往日一样拎着脏兮兮的衣服心满意足地去上晚自习，从不管别人异样的目光。

不知什么时候，黑板上方多出一块牌子，上面写道：今天离高考还有一百天。这个别出心裁的倒计时牌，每天改写一次，每次少去一天。它像一条无形绳索，紧紧地勒住我们的脖子，紧一点，再紧一点。改写牌子的活路，班主任指定由范亚丽来干。对这件事，大家敢怒不敢言，只是偷偷叫它"索命牌"，而范亚丽，自然成了"索命鬼"。

有一天班主任指着牌子说，中途退场的，是鼠辈，是孬种，上不了大战场；留下的，坚持到最后的，无论输赢，都是好汉，是英雄。

看，我和吴担当成英雄好汉了！

范亚丽长得黑，用吴担当的话说，跟灰堂里爬出来一个屌样。还瘦，麻秆似的身体，没发育一般。让人不解的是，她偏偏喜欢白色，白裙，白凉鞋，头上还扎着一只白色的蝴蝶结。白加黑，黑狗肝。在吴担当嘴里，她成黑狗肝了。我说吴担当，吐点象牙好不好？这叫人身攻击，事关人品问题。

屁！信不信哪天我弄了她？那时再跟我谈人品！

垃圾。

他不在乎，仍夸夸其谈。我找媳妇，这样的不在俺视线之内。

"酸"吧。找个这样的，是你几辈子修来的福气。

范亚丽的确长得不出众。问题是，她是范校长的女儿，这让她在我们班，乃至漳河镇高中，不能不出众。谁看了她，都低眉顺眼，大气不敢出，似乎她不是女同学，而是她老子范校长。

改写"索命牌"，让她出尽风头。每天早自习铃声一响，大家屁股才挨凳，范亚丽就大摇大摆地走上讲台，郑重其事拖过一张木椅，慢慢地爬上去，用抹布一下一下抹去头天写上的数字，再用红粉笔一丝不苟地写上新数字。大家齐刷刷地盯着她的一举一动，眼睁睁看着她将上面的数字减去一天。

吴担当对范亚丽的厌恶，正是来自这一天天变小的数字。凭什么你范亚丽说了算？高考是你家弄的？他耿耿于怀。

范亚丽在上面改写数字，他在底下如坐针毡。

即使在球场上斗得你死我活，他也不能不受那个数字的影响。比如他动不动就骂一句黑狗肝，索命鬼。比如老远见到范亚丽，就停下来，不打了。他将所有的不爽一股脑地归罪于范亚丽。每每义愤填膺、不依不饶地咒骂她的正当理由，则是她令人不敢恭维的容貌。

篮球场上只有我们在孤军奋战。我们左冲右突的身影，一定像两头垂死挣扎的困兽。

斗牛，当然不能白斗，得鼓舞士气。我们的办法简单而有效，赌一份饭菜，外加一瓶啤酒。饭菜在食堂买，八毛钱一份，啤酒要到校外的小卖部才有。为了这一顿免费晚餐，我们拼得你死我活，也让吴担当在飞身扣球中暂时忘掉了范亚丽。吴担当的个子不比我高，人没我强壮，却灵活，弹跳好，技术也好，比赛的结果往往是我蔫头蔫脑地给他送上一份饭菜、一瓶啤酒。吴担当毫不客气地咬掉盖子，仰头咕咕猛灌一通，然后喘着气，无限享受地摸着胀鼓鼓的肚皮说，妈的，瞧这啤酒喝得！接着将剩下的小半瓶递给我，来，喝一口。听听，这是施舍，蔑视！

输球不光彩，也让我的生活费严重超标。我心里憋着气。晚上，我给自己好好补了一下：一盒方便面、两根火腿肠和一只咸鸭蛋，吃饱喝足，早早上床睡了。第二天一上场，我就势头强劲，二比一大比分领先。再赢一局，摸肚皮的就该是我了。我打赤膊，吴担当穿一条短裤，两人露出胀鼓鼓的肌肉。太阳的狠劲没消下去，水泥地上仍蒸腾着难耐的热气。我们浑身是汗，跟水里捞起来似的。

他立定，远投，追回一球。

篮球篮球我的性命疙瘩，考试考试算个鸡巴！哈哈！他得意地跳着，扭着，怪腔怪调地唱起来。何志平，我打三天三夜都不累。

吹吧，牛都叫你吹死了！我转身，躲闪，进攻。

一摸球我就铁板一块，轰不垮炸不烂！他握拳，举臂，像一尊金刚。

范亚丽就是在这个时候出现的。她往校外走，边走边朝这边张望。

范亚丽常常远远地看我们打球，花坛边，树荫下，水池旁，端坐着，拿一本书，时不时朝这边瞄一眼。

如果换了别人——当然是一个漂亮的女孩子，吴担当一定跟打了鸡血一样，使出浑身解数表现自己。但这是范亚丽呀！一见她，吴担当就跟遇见仇人似的，鼻子不是鼻子，脸不是脸，抱着球气鼓鼓地停下。不来了，痿了。一屁股坐在花坛上，皱着眉头骂道，晦气。喘了喘，还不解气，说，怎么叫这名字，糟蹋了。

才打了一半呢。我想扳回一局。坚持就是胜利！

坚持不了，不打了。他摆摆手。

这可不是你的作风，你什么时候叫过饶？我激将他。

算了吧，今天我请客。他一脚将球踢出老远，捡起地上的衣服，喝啤酒去。

时候还早。不能坏了规矩。

什么破规矩！我才不管！他拉了我一把，走，都说了我请你。

我只得捡起衣服，跟他出了校园。

两瓶啤酒，一袋梅花豆，怎样？吴担当走在前面。

加一个皮蛋。我趁机敲他一下。

行，管饱！他开始在口袋里找钱。结果上下找了个遍，没摸出一分钱。

还是我请你吧，我拍拍自己的衣服。

唉，真是，怎么可能！他着急地在口袋里乱翻，额头上的汗也出来了。

算我倒霉，中不？我不想为难他。

那行，干脆借我点算了。反正我明天还得找你扶贫。他求助地看着我。

不至于吧？

我早就是困难户了。他尴尬地笑笑。实说吧，我爸不让我读了。

为什么？

家里没钱了，我妈身体也不好，家里希望我早点打工算了。沉默一下，又说，我不走，就是想多打几天球。他扭过头，看着远处。

我心里乱了。正不知所措，只听有人喊，吴担当，何志平！是范亚丽，提着一包东西，在向我们招手。

不用买了，我都买好了。她拎了拎手里的包，说，啤酒，皮蛋，梅花豆，还有香锅巴。

吴担当莫名其妙地看看她，又回过头来看我。

我笑了笑，不买账地把眼光调往别处，心里说，别看我，人家又没问我。

不，不行。吴担当终于开口，这哪儿行，我们……怎能叫你破费？他的舌头不利索了。

瞧你这话说的，同学一场，我请你们一回怎么了？没想到范亚丽这么能说，走，到我家去，我爸在城里开会，我妈也不在。说着，顾自往回走。

走吧，难得人家一片盛情，不吃可不行啊！我别有意味地撩他一句。

我想，不去了。吴担当站着不动。

我上前拉他一把，跟谁赌气也别跟肚子赌气，真是。他不再说什么，低头跟我走。

到了才知道，她早做了准备，水果、饼干和糖，都摆上桌了。她招呼我们坐下，麻利地打开冰箱，拿出冰水，每人倒一杯，来，喝水，解解热。我接过杯子，一口气喝了。妈呀，太爽了！她将水壶伸过来，说，来，再来一杯！她微笑着，眼光柔和。我忽然发现，她并不像吴担当所说的那样难看，身材高挑、匀称，皮肤呈现一种健康的褐色。一头长发细密柔顺，自然披肩。眉毛弯弯的，像两片新长成的竹叶。眼睛清澈如水，嘴唇薄而微微上翘，明快而坚毅。我不客气，又喝了一杯。吴担当脸上不自在，拘束地端着杯子一动不动。范亚丽提着水壶指了他一下，说，喝呀！吴担当被动地点点头说，喝，我喝！果真喝了一小口。范亚丽乐了，说，你只管大口喝呀，又不跟你收费。吴担当咕地将水全倒下去，结果呛住了，捂着肚子剧烈地咳嗽。范亚丽大笑，说，慢点慢点，又没人跟你抢！说着又为他倒了一杯。吴担当双手捧杯接着，表情僵硬。

范亚丽放下水壶，拿起水果刀麻利地削苹果。她将削好的一只送到我手上，又为吴担当削一只。吃，不客气！我看到，她的脸上泛起了红晕。

我们吃苹果，她进去了。瞧，我给你们做了什么！说着变戏法似的端出一笼热气腾腾的蒸肉。转身又端出一只沙罐，竟是一罐炖猪蹄！

来，尝尝我的手艺！她利索地摆上碗筷，招呼我们坐过去。

我看呆了。吃吧，吴担当，还愣着干什么！我都不记得自己多久没见到肉了，抓起筷子夹起一块肥肉就往嘴里送。

从范亚丽家出来，我说，吴担当，你小子走桃花运了。

吴担当抬腿踢我一脚，你骂谁呢？

我说，吴担当，你敢不敢跟我打赌，说范亚丽对你没意思？

吴担当举拳在我鼻尖晃了晃，说，何志平，再瞎嚼试试！

我正想说什么，只听范亚丽在背后喊，喂，吴担当，何志平！

我们转身，只听她说，差点忘了告诉你们一个好消息！

好消息？我们不明白怎么回事。

她哧地笑了，说，我爸说县里要到我们学校招考一名篮球运动员，你们说这是不是好消息？

真的？我愣头愣脑地问。

当然了，我爸亲口说的，还能有假？

只要一名吗？我突然想到什么。

她伸出一根手指，说，一名！她肯定地点点头，转身一蹦一跳地走了。

我们看着她的背影，好久没回过神来。

想不想去？晚上，我们开始讨论这件事。

当然想，不想是蠢货。他说。你呢？

肯定想啊。当了运动员，等于考上大学，也算端上铁饭碗，你说谁不想！我坐起来。我要考中了，我爸就不用扛包了，我也不用回家耕田耙地，我们村保管还要送两场电影。我真是做梦都想啊！

问题是，只招一名。他说，即使没有别人竞争，我们俩也只能去一个。

是啊，为什么只招一名？我身子一软，躺下来。

怎么就不招两名呢？吴担当一点睡意也没有。

你去得了，我技术没你好，没希望。我说。

还是你去吧，技术可以训练，以你的身体优势，上省队也没问题，你比我有前途。我就算球了，大不了回家当农民伯伯。他反应倒快。

那可不行，你不能轻易放弃。我说。

条条大路通北京，哪条路上不活人？大学不能当饭吃，运动员也不是米饭包子，我才不在乎。

也许是范亚丽听错了，要是招两名呢？那样的话，我们一起去报名。我说。

哈哈，何志平，别管我，你好好考吧。

不，还是问问范亚丽再说。我思索着。

第二天早上，早自习的铃声还没响，我们提前进了教室。

范亚丽随后到了，抱着一摞书，匆匆进来。见我们俩端端正正地坐在位子上，她说，哟，你们早！

我有心思，立刻涨红了脸，点了点头，早！

我碰了一下吴担当，示意他赶紧问一下。吴担当犹豫片刻，才畏畏缩缩地蹭过去。

有事吗？范亚丽看着小媳妇似的吴担当。我偷看他们一眼，心脏怦怦乱跳。

我……我想问一下，他吞吞吐吐的，就是你昨天……

哦，知道的我都说了，你们是不是准备报名？她快人快语。

是，是，就是名额……

我也靠了过去，说，你看，我们俩都想把握这次机会。

范亚丽看看我，又看看吴担当，说，对不起——要不，你们去问问我爸？

我看了看吴担当，他也扭头看我。谁敢去问她爸呀！

我们回到座位上，装模作样地捧起课本。

一整天，我的脑子都叫这事塞得满满的。吴担当坐得笔挺笔挺的，貌似一本正经，其实心不在焉。

课间休息，吴担当出去了，范亚丽塞给我一张钞票，说，麻烦你给他一下。见我不解，她说，你们昨天的话我听见了，就说是你借给他的，好不好？我怕别人看见，赶紧收了钱。

此后，她便经常塞钱给我，再由我"借"给吴担当。

每次拿钱，吴担当不客气地晃一晃，说，记账啊，兄弟。

下晚自习了，同学们呼呼啦啦走出教室。吴担当快步走到范亚丽跟前，凑近她说了句什么，便迅速离开。范亚丽正在收拾东西，听了吴担当的话，呆了半天。我心里一沉。这家伙，搞什么名堂？一定是为招考运动员的事。

回到寝室，我冲了一个冷水澡就上了床。

吴担当慢吞吞地回来，放下课本，悄声坐在床沿上发呆。

回来了！我以为你要在外面过夜呢！我挖苦道。

你说什么？他反问。

哼，别装了。都是男人，有什么不好意思的？天上掉馅饼，正好掉进你嘴里去了。

你有病啊！他冲床脚重重踢了一下，床都震动了。

他不再理我，气冲冲地开门，在黑暗中脱光衣服，赤条条站到水龙头边，用塑料桶接水，一桶一桶往身上淋。

第二天早上，我们在教室里刚坐下，范亚丽就低着头进来了。她快速扫了吴担当一眼，便若无其事地坐到自己的座位上，一丝不苟地摆放书本和文具。吴担当盯着课本，装作什么也没看见。

晚上，吴担当一回来就哗哗地放水，冲澡。

半夜里，我迷迷糊糊醒来，发现他不见了。我忙穿衣起来，蹑手蹑脚地出来。

刚出门，只听一个含混的声音在骂人：吴大友，你狗日的不讲良心，说过递答案给我的，不算数！喔——喔——竟哭了起来。我吓了一跳，赶紧缩回去。再细听，才知是隔壁的何小全在说梦话。

我大胆出来，往教室方向摸去。教室里还亮着。一个同学在加夜班，桌上点着蜡烛。课桌上堆着书本，隐隐可见。他大概累了，趴在课桌上睡着了。

操场上静悄悄的，只有几只夜虫在吱吱地叫。借着淡淡的月光，我搜寻着每一个角落。操场，院墙，走廊，不见人影。

跑哪儿去了？我有些失望。

正在胡思乱想，教室里传来一声惊叫，回头望去，里边烧着了！我一跃而起，抬腿踢开木门。

那同学袖子烧着了，惶恐不知所措，啊啊大叫，两手胡乱拍打。我脱下外衣，照他身上一阵猛打，接着又打熄了桌上的火。幸好，他只是脸上和手上受了一点轻伤，头发燎去一大块，并无大碍。只可惜桌子烧糊了一块，书本、作业本和考卷全烧毁了。面对一堆黑乎乎的纸灰，他捂着脸呜呜地哭起来。

第二天，班主任当着全班同学的面表扬了我一通，又语重心长地嘱咐大家一定要注意休息，保证安全，说休息好才能搞好学习，身体才是革命的本钱云云。我正在暗自得意，班主任将我叫到一边，狠狠地戳一下我的额头，问，你当时在干什么？我吓了一跳，拔腿就跑。他在我背后说，你小子老实点，小心我敲断你的狗腿！

回到寝室，我还是决定跟踪吴担当。

接下来的几个晚上，吴担当都早睡早起，一点动静也没有。而范亚丽，仍然每天抱着一摞书匆匆进来，一脸平静，看不到任何变化。真沉得住气呀！我观察着他们。

又一个晚上，吴担当出动了。

我远远地跟着他，径直来到操场。借着淡淡的月光，只见他在大樟树下停下来，四处张望一下，摸出烟，点上，一股淡淡的烟草味飘过来。这家伙什么时候抽起烟来了？

过了好一会儿，又来了一个人。是范亚丽。

来了？他说。

嗯！范亚丽的声音。不能再出来了，别人会看见的。

怕什么，又不是小孩子。再说，用不了多久，大家就各走各的了。

他们的声音变小，时断时续，听不大清楚。

我说过，不参加。吴担当忽然提高声音。不用考虑了。

别固执好不好？范亚丽的声音。这是个机会。机会是平等的，是公平竞争，有什么不好？她很激动。

机会多得很，我不在乎这一回。他的语气很冲。

范亚丽又说了些什么，听不清了。

下午，我们接着斗牛。

吴担当懒洋洋的，一个也不中。

范亚丽不知什么时候来了，扬了扬手里的矿泉水，来，喝口水吧。接着说，待会儿我请你们到外边的馆子里吃饺子，算是给你们鼓劲，好不好？

好，好。我当即拍巴掌，吴担当，听见没有，我们又有好吃的了！

回来时，吴担当喝醉了。我扶着他，一歪一扭地走在水泥路上。我还能喝一瓶。吴担当的舌头硬邦邦的。

当然，喝两瓶也没问题。我附和着。

不是吹，几瓶啤酒，算什么？想当年——也就是去年，我一口气喝下半瓶麦酒，再一口气，喝了剩下的半瓶，完了去挖了一条水沟。那家伙，才叫狠！他脚下一软，身子压到我肩上。我爸见人就夸，说我儿子做活了不得，是块种田的料。嗨，他不知道，我打球真算块料。他要是看了，那才叫个爽！

吴担当，没问题，你球打得好，不光你爸高兴，范亚丽也高兴。我不怀好意。

岂有此理！他激动起来，大声说，我才不要她高兴！我一把捂住他的嘴，小声点，别让人听见！

怕什么，我就是要她听到，我才不在乎！他叫起来。不就是仗着她老子是校长，我才不怕呢！我老子是校长，我读清华北大，我出国留学。她要跟我们一样长在土田沟里，还不如我们呢。她能耕田耙地，能栽秧割麦吗？她除了在我们面前装大小姐，摆阔，还能干什么？他愤愤不平，脚下绊了一下，一头往花坛栽去。我死死拉住，才站稳了。告诉你，她不是我的菜，哈哈！

千万别这么说，没准人家老范一不小心就成了你老丈人。

何志平，你诚心跟我过不去是不是？跟你说，我才不稀罕当那个什么球员。我不去。打明天起，我不打球，要打你打，你当女婿去，你去！

吴担当，这话谁信？人家请你吃饭，你不是照样喝得满面红光？你呀，就是一个口是心非的家伙。我还在激将他。

你敢侮辱我？你敢在我头上拉屎？他被激怒了，像一头发狂的公牛扑上来，猛地撞在我身上。我一个趔趄，扑倒在地上。没等我爬起来，他一跃而起，骑在我身上，举拳猛打。何志平，你他妈太不是东西，我打死你，打死你狗日的！

范亚丽大概听到厮打声，打着手电匆匆赶了过来。她冲上来，不知哪儿来的力气，抓住吴担当的手臂，一把将他拉到一边。发什么酒疯，还是个男人吗？谁再动手给我看看！她大声斥责。我忽然发现，这哪里是那个瘦弱的范亚丽，简直就是一个强悍的女汉子！我们四仰八叉地躺在地上，大口牛喘。灯光照到我脸上，吓得她惊叫一声，妈呀，流血了，走走，快去卫生室！说着便扶我起来，又冲吴担当叫道，还不快来帮忙！

校卫生室就在大门口，很快到了。医生处理伤口，疼得我直冒冷汗，咬牙闭眼不敢叫出声。范亚丽紧紧抓住我的手，不让我乱动。睁开眼睛时，我发现她的脸上全是泪水。

我没办法到教室上课了，只好请假待在寝室里。

我躺在床上，翻来覆去。范亚丽有一个校长父亲，不愁没一个好前程。吴担当有一个暗恋他的范亚丽，弄不好真去当了篮球运动员。有范亚丽在，我门儿都没有。回头一想，如果吴担当真的放弃了，情况又会怎样？世上有这么蠢的人吗？

最终我决定辍学了。与其在这里毫无希望地干耗，不如早点离开，省几个生活费也是好的。我想直接坐车到南方去，到那里找同学帮忙，先安顿下来，再找工作。我就不信，天下之大，就没有我何志平的立足之地。可怜的父亲还在粮食收购站扛包，他要知道这些，不知会急成什么样子！

到了吃饭时间，吴担当给我打来两只馒头，一钵稀饭，一点咸萝卜。

吃吧，算给你赔不是了。他坐在床沿上，埋头呼呼地喝起来。

我吃不下，望着屋顶发呆。

你不是说过，跟谁生气也别跟肚子生气？他站起来，将馒头递过来。看在肚子的份上？他想逗乐我。

见我还不理，又说，那就看在馒头的份上？

我哧地笑了，只得接了。

上课时间，他匆匆跑回寝室，说，班主任让我找你回去，抓紧时间复习。

回不回无所谓，反正大学也没有我的份儿。我懊恼地说。

回去吧。他无奈，还有三个多月，不能再耽搁了。

那又怎么样？还不是一个结果。我气呼呼的。

话不能这么说，有努力就有回报。他恳切地看着我。

中午，范亚丽来了，手里提着一只方便袋，里面装着雪梨和饼干。

伤口好些没有？她顺手将东西放在床头木桌上，关切地瞧着我的额头。

好多了，不疼了。我感激地说。

沉吟了一下，她说，有一句话我不知该不该说。

说吧，我听着呢。

吴担当认为你是一个好中锋，该去县队发展。所以他希望我能说服你，全力以赴参加招考。

是吗？我心不在焉。

我倒觉得，你们都应该参加考试，公平竞争。所以我劝他不要放弃。

我想起那晚他们在操场的话，那分明是吴担当在试探她嘛！

不过现在好了，她吁了一口气，因为招考名额不是一个，而是三个。

三个？

对，三个。我是特意来告诉你这个的！她笑了。现在你们都可以参加了。我衷心地祝福你们！

她告诉我，早上班主任宣布了招考篮球运动员的消息，说县球队考虑到我们球队基础好，特意增加了两个名额。他还宣布，球队全体成员都要参加招考。一时间，班上沸腾了，大家七嘴八舌地议论着这件事。那些好久不见的球队成员，接到通知后匆匆忙忙赶回教室。不用说，人人都抱着一份极大的希望。

我们又回到球场上。

早上五点半，体育老师准时吹响哨子。我们呼呼啦啦起床，绕操场长跑五千米；接着开始力量训练，哑铃，俯卧撑，仰卧起坐。下午，练习基本动作，强化训练。冷冷清清的球场，又变得热闹起来。

下午，体育老师将大家集中起来，打一场训练赛。学校放假半天，发动全体同学观看，给我们鼓劲。一时间，大家纷纷走出教室，将球场围得水泄不通。

我和吴担当分到红队，他打前锋，我还是中锋。

体育老师指指我和吴担当，说，你们两个，多注意配合！

我点头。吴担当自信地看看我，说，没问题！

哨子一响，比赛开始。

我持球，组织进攻。吴担当快速找位。我一记长传，他空中借力，飞身扣篮，中了。周围一片欢呼，有人跳起来，叫着，掌声雷动。

范亚丽挤到前面来，捏着拳头，不停地喊，加油，吴担当！那样子恨不得跑到跟前帮他一把。

比赛结束，吴担当意犹未尽。何志平，单挑！

我喝了一口水，说，挑，谁怕谁！

一局下来，我气喘吁吁，一屁股坐下，不停擦汗。不行不行，歇会儿！我连连摆手。

男人不行就废了。他不依。精神点儿，别说我欺负你！

废话！我跳起来，重新摆开架势。

不客气了。他步步逼近。

放马过来！我全力防守。

接招！

他突然起步，上篮。我躲闪不及，两人撞到一起，巨大的冲击力将我们同时甩出，"啪"的一声闷响，重重地摔倒在水泥地上。我忍着剧痛，咧着嘴从地上爬起来，说，吴担当，你把我害惨了！吴担当趴在地上，不应声。我拉了他一把，说，起来吧，看你能的！他仍不动。

你没事吧？我心虚地凑过去，别装了！他像没听见一样。

我急了，大喊，出事了，吴担当摔死了！

我背起他，没命地往卫生室跑。

他脸上撕开一道口子，一条腿也不能动了。医生给他检查，说，可能骨折了，恐怕还有脑震荡，必须转院。

范亚丽闻讯赶来了。我悔恨不已，抱着头说，是我撞到他了，不打就好了。怎么办啊！她说，何志平，别自责了，赶紧想办法送他去县医院！她说着，匆匆找车去了。

是啊，我糊涂，怎么没想到这些！

吴担当终于睁开眼睛，嘴唇张合着，像在说什么。我忙凑过去，只听他含混地说，我做了一个梦。

梦？

梦。我睡了范亚丽。

什么？你说什么？我吓坏了。吴担当傻了，吴担当摔坏脑子了。我大叫。

今年中秋节，我接到一个陌生电话。是吴担当。时隔二十年，我们第一次通话。

伤好之后，吴担当去了南方。这一去，就是十年。第十一个年头，他回来承包了一片山场，植树，开发鱼池，种植茶叶和果树，将一片无人问津的荒地经营得生机盎然。来品尝一下今年的新茶吧！他在电话里说。

下午，我去了他在乡下的别墅。踏进宽敞的院子，只见假山，水池，盆栽，奇石，布置得精巧雅致。花坛里的紫薇开得正艳，如一团团燃烧的火焰。

二十年了，吴担当还是那样爽朗、健壮。

是我让你错过一次改变命运的机会。我仍为当年的事深感愧疚。

废话！他满不在乎，这么多年，亏你还记得！

一个人的命运有时是一瞬间改变的。如果不是摔了那一跤，你很可能如愿考上运动员。经历这么大的挫折，我不明白他为什么笑得出来。那件事发生和不发生，结果就是不一样。我很认真地说。

你瞧，我不是过得好好的吗？他指了指屋外成片的茶园和果林，半开玩笑地说，这就是最好的证明。哈哈！

说话间，我们进了书房。高大的书架整整占去两面墙壁，上面摆满了书籍。历史的，文学的，科技的，分门别类，整整齐齐。有的很旧，书皮翻坏了，用胶布包着；有的还散发着淡淡的墨香。迎窗摆着一张书桌，洁净的桌面上放着一本《优质稻种植技术》，旁边是一本厚厚的笔记本。

我打算试种一批优质稻，搞绿色种植，然后大面积推广，进行规模经营。他在一边介绍。明年这个时候，你就能尝到我种的新米了！

无意间，我发现角落里静静地躺着一只篮球。

见我若有所思，他说，我建了一个篮球场，常有朋友来一起搞锻炼。顺着他手指的方向，我看到树林间高高地矗立着一个篮球架。那块方方正正的篮板在绿树丛中格外引人注目，远远望去，像一面迎风招展的大旗。

要不，去练一把？

单挑？

对，斗牛！他仿佛回到当年的球场，兴奋不已。

我受到感染，哈，叫板了！我开心地大笑，心中的疑虑一扫而光。

一餐饭，一瓶酒，输了请客！他抱球往外走。

来客了也不告诉我一声！一位高挑的女人从外面进来，长发，白裙，白凉鞋。

瞧，不认识吧？吴担当大笑，范亚丽呀！哈哈！还不快叫嫂子！

嫂子？我蒙了。

鸡鸭不宁

二串昂着头，一冲一冲地朝这边走来，像一只斗架的公鸡。

老范眯着一双老眼，透过缭绕的烟雾打量着他。出事了？他想。能有么卵事？他在城里当泥匠，吃干的拉稀的不在我柏树湾的地面上，有事也不与我屌相干。老范掉过头，去瞧廊下那棵李树。树上的李花已经谢了，刚挂上绿豆大的小果果儿。

叔，我叫人给害了。二串急喘喘的。

害了？怎么回事？老范吸进一口烟，慢腾腾地吐出来。

我家的鸡死了，还……

你怎就晓得是叫人给害的？老范漫不经心地打断他的话。这小子，出事了就记得我是村主任。

您想啊，要不是有人害我，好好的怎么就死了？总不会是我弄死的吧？昨儿晚上还好好的，还吃了半瓢谷。我喂的。早上起来，就死得一只不剩。一只在桃树底下，一只在天井里，还有一只……

乡里乡亲的，得有证据。

鸡都死了还不是证据？叔，要不您跟我去看看？

问题是不能开口就说有人害你，谁有病啊，做这种缺德事。我看，是发鸡瘟了。湾里每年都发鸡瘟，你又不是不知道。算球了，回去拿远些埋了！老范摆摆手，让他走。

可是，我这鸡不能这么白白地死掉，总得有个说法。

说法？死几只鸡还要讨说法？新鲜！老范想笑，却没笑出来。不就是得病死了吗？你家才死了三只，人家一气死了几十只该怎么说，都来找我老范讨说法？老范扬手丢了烟头，烟头在地上跳了两跳，落在二串脚跟前。

问题是，我家的鸡不是得鸡瘟死的。要真是得了鸡瘟，我就不来找您了。一定是有人下了毒，要不然，三只鸡不会一起死掉的，只有中了毒才会一起死的。

老范想想也是，可就是懒得理他。

叔，您想想，出了这事，这么大个湾子，谁会不知道啊！他们肯定会戳我后脑勺，骂李二串干了见不得人的事，遭报应了。再说了，怎么就这么巧啊，我刚回来，鸡就死了，这不明摆着给我看吗？叔，您知道的，我李二串多老实本分，怎么能背上这种黑锅呢？叔，您得给我个清白，证明我李二串没做亏心事。我……我李二串是个好人。

证明？怎么个证明法？老范不耐烦地看着他。

就是找到那个下毒的人呀！让他出来证明我李二串没做对不起他的事。这个人一出来我就没事了，我还是个好人。叔，您得给我做主啊。

老范心里老大不乐意，却不好发作。他说，二串，你听着，不就是三只鸡吗？叔赔你，别硬拿屎盆子往自己头上扣。

二串摇头。叔，这不是鸡的问题，这事关系到我的名声。我这个人没别的，就是名声好。可是现在这种事出在我头上，别人会怎么看我？他们一定会看我笑话，巴不得我出更大的事。我的名声叫这件事给弄坏了，又有人对我指指点点的，您说我还活个什么劲？叔，您是村主任，我只找您了。这个事不弄明白，我哪儿也不去，就住您家了。

二串挺了挺干瘦的身子，站得跟个树桩子似的。他是铁了心不走了。

你还动真格的了？在柏树湾，是没人敢跟他老范这么说话的。老范真生气了，跟你说二串，谁家一年到头不死个鸡呀鸭的，就你这点事，也要老子给你去上纲上线？

二串垂下头，不作声，一副油盐不进的样子。

你给老子滚回去做点正经事，别在这儿东边葫芦西边瓢。他拿出一副长辈的样子。谁都知道，只要他骂骂咧咧地训人，就没有搞不定的事。但这回二串不买账，仍然雷打不动地站在那儿，压根儿就没有走的意思。

老范一张老脸掉到地上，恨恨地骂道，一大早上的，鸡巴大点儿的事就来哼哼。

二串还是低垂着头，说，叔，这事比鸡巴大多了。要是只死了三只鸡也就算了，我院子里还死了一头两百多斤的肉猪呢。没准明天后天还死一头牛……

老范吓了一跳，盯着他说，你个没用的，出这么大的事怎么不早说！

二串说，叔，这不还没说过来吗？

老范不理他，赶紧起身，急急忙忙地去看个究竟。

柏树湾过去有几十户人家，后来陆陆续续有人搬走了。有的进了城，有的在镇上盖了房子。剩下来的，只有十几户人家，稀稀落落地分散在过去的湾场上。老范住在南头，二串住在北头，几分钟就到了。

正如二串说的，他院子里死了三只鸡，还死了一头两百多斤的肉猪。老范伸手摸了摸，硬翘翘的，都冷了。

他什么也不说，一路小跑着回到家里，给镇上打电话。

老范弄完了，出来跟二串说，派出所一会儿来人，是公是母，他们说了算。

二串吓了一跳，说还要把派出所的人弄来呀，那会不会把我给弄走啊？

老范摆摆手说，派出所不会轻易抓人，要抓也只抓坏人。你吓成这样，到底长卵儿没有？

二串摸摸自己的胸口，说，那，万一弄错了，把我抓去怎么办？

你连派出所都不相信，这事办不了了。

二串点点头，那行，我就听您的。可是，我一见戴高帽子的，就腿软。

老范瞟了他一眼，说，不做亏心事，不怕鬼敲门，软你妈的裤腿！

没过多久，土路上就来了一辆摩托车，一路扬起一串黄尘，突突地停在老范门前的稻场上。一个穿制服的大个子从车上下来，老远就伸出手跟老范握手。

大个子姓王，老范跟他熟，叫他王干警。老范说，王干警，一共死了三只鸡一头猪。说着就在前面带路，把王干警往二串家引。在二串的院子里，王干警戴上手套，在天井里将鸡剖开了，从鸡嗉子里取出一些发绿的米粒来。他将米粒放在手掌上仔细看了一阵，说，这是街上卖的老鼠药，毒性大得很，吃了就死。这种药我们一见就收，还要处罚。说着又撬开猪嘴，里面也有一些同样的米粒。

王干警对这事很重视，开始在湾子里调查。调查之前，他向二串了解情况，说，你在湾里跟谁有过节没有？说出来，说不定对破案有帮助。

二串想了想，说没有，我跟谁都好，没跟谁有意见。

王干警又说，你再想想，哪怕只想起一点点也行。

二串又想，许久才说，我想起来了。他说，去年桃子熟的时候，隔壁吴江的儿子到我院子里偷桃子，叫我给抓住了，照他屁股扇了两巴掌。后来吴江跟我争了几句。再一个就是五毛，也是去年的事。这狗日的放牛，牛偷吃了我园里的菜，我吼了他几句，他不高兴，拿石头要砸破我的脑壳。听我媳妇说，打这以后，他总喜欢在我家门前屋后转来转去，可能是想报复我。还有一个就是蔡老头。他晚上偷我塘里的鱼，叫我发现了。别的，就没有了。

王干警从院里出来，边走边跟老范说，他说的这些事还不至于让人下毒吧？

老范点点头说，是，我们湾里的人心还没有这么坏，这个我心里有数。不过既然他说到这几个人，我们就从这几个人入手看看再说。王干警点点头，表示赞成。

在冲里他们找到了吴江。吴江正在整田，预备着下秧苗，身上溅了一身泥巴。他跟二串年纪差不多，长得十分壮实。见村主任带人来找他，便吆喝着牛停下来。王干警说，吴江，二串家的鸡和肉猪给人毒死了，你知道这事吗？

吴江弯腰在田里洗了一把手，爬上田埂，说，他家的鸡和猪叫人给毒死了？这倒是个新鲜事。不过照我说，这叫罪有应得。

王干警盯着他的眼睛，想从里面发现什么似的，这话怎么讲？

吴江掏出烟，递了一根给王干警，又给了老范一根，自己也点上一根，从容地说，这小子吃了我们太多的鸡，死一回也不过分。

王干警说，你接着说。

这小子只要从工地上回来，湾里保管有人丢鸡。有时是一只，有时是两只三只。我家跟他住隔壁，丢得最多。

这么说，他家出这事确实是有人在报复他？

这我可管不着。要真是这样，倒替我们出了一口气。

那你这段时间干什么去了？

我？这么说你们是怀疑我了？他笑起来，一口烟差点呛着。

老范点点头，鼓励他说。

他说，很简单啊，这些天我一直在工地上干活，今天一早才从工地上赶回来。我回来时从村主任门前过，刚好碰上他出门挑水，我们还叙了两句家常。不信您问村主任。

老范点点头，说，没错，这事我能作证。

我回来就忙着抽水泡田，这不，刚下田，他指指自己一身的泥巴，你们就来了，我赶时间啊，得回工地上去，晚了就要扣工钱了。

那，王干警思索着，你昨晚在哪儿？

昨晚？昨晚在工地上砌墙啊，一直干到十点半才收工。一群人累得要死，回到工棚手都没洗一把，挤在地铺上就睡了。早上回来时，工头还不放人，说早不回迟不回，正抢活你要开溜，这不是拆我台子吗？急得我好话说了一大堆才放人。要不，您打电话给工头问问，我这儿有他电话。

话说到这个份儿上，再问下去也问不出什么。王干警准备走人，忽然又想起一个问题来，他问吴江，谁能证明他回来偷吃了别人的鸡？

吴江听了哈哈大笑，这您就不知道了。我跟二串在一个工地上干活，他每次从家里回到工地上，都会有女人来找他。您知道的，那可不是什么正经女人，都盯着他腰包里的钱。女人一见面就跟他调笑，说，二串，吃鸡了没有哇？身上的力气补回来没有哇？她们一来，二串就不见了人影。第二天回到工地上，保管身上一分钱没有。他就是这么个东西，除了他媳妇，外面的人谁不知道！

王干警接着又找到五毛。

五毛四十多岁，是个单身汉，没事放牛，或在湾里游荡。

五毛见到王干警时，吓得连眼皮都不敢抬一下。

你有没有往二串家里下毒？王干警开门见山地问。

五毛吓得浑身一哆嗦，半晌才结结巴巴地说，下毒？我跟他无冤无仇，下什么毒？你……你们别冤枉我啊，这……这可不是闹着玩的！

那么，这两天你干什么去了？

放牛啊！我没事就放牛，早上放，下午还放。有时在山上或田埂上睡一觉，反正没事，可以放心地睡。

可是，你经常在二串的门前转来转去，是为什么？

这一问，五毛的脸都白了。他惊恐地睁大眼睛，不安地搓动双手。

老范在一边说，王干警问你话呢。

你是不是跟他有什么过节，想找机会报复他？王干警逼问道。

没有，真的没有。要是这样我给你当孙子！他慌了，求助地望着老范。

他承认，他看上二串媳妇了。二串媳妇年轻，长得嫩，他做梦都想睡了她。可是这骚婆娘不给他机会，让他心里跟钩子挠似的。一回，他趁二串不在，死缠着她不放。二串媳妇说，当心二串回来割了你的鸡巴。他涎着脸说，莫说割了鸡巴，就是割了脑壳也不怕。二串媳妇叫他缠不过，说，睡我可以，得搞有偿服务。她把手一伸，说得给钱，一回两百，一口价。五毛说贵了，五回就得一千，我一年都弄不到一千。还不如城里的鸡，鸡有五十就行。她说那你找城里的鸡得了。五毛狠狠心，给了她两百。可是她却不收钱，转身跑了。五毛说，他妈的这不是在玩我吗？我非找个机会睡了她不可。

王干警说，你就不怕她男人晓得了揍你？

五毛摇摇头，不会，这婆娘要说早说了，不会等到现在。她不是也怕引起社会矛盾吗？说着偷偷地看了王干警一眼，不自在地笑了笑。

老范用手指点了点他的脑门，咬着牙狠狠地说，你狗日的把裤带收紧点，看老子不把你送到派出所关起来！

他这儿眼看没戏，他们又找到蔡老头。

蔡老头病了，躺在床上发高烧。见村主任带着一个警察来找自己，知道有事，支撑着爬起来。他老婆忙搬来椅子让他们坐下。

病了三四天，吃了药，就是不见好。他老婆显然不高兴，埋怨老头子。病成这样了，还心疼钱，硬是窝在家里不住院，是钱金贵还是命金贵？她唠叨着。

那得住院，不然给耽搁了。老范关心地摸摸他的头，烫手哩！

死不了，又不是头一回，烧两天就过去了。蔡老头靠在床头，冲老范笑笑，一脸的无所谓。

王干警说，大叔，二串家的鸡和猪死了，是毒死的，您知道不？蔡老头耳朵有些背，王干警靠近了又大声说了一遍。

鸡死了？他摇头，不知道，我这几天脚没沾地，躺在床上门都没出，这么大的事一点都不知道。

您估计是谁干的？

谁干的？他想了想，有些激动，说，八成是他自己干的！这个湾子里，还有谁跟他一样没屁眼儿！

哦？您说出来听听。王干警很感兴趣地看着他。

蔡老头讲了两件事。一件事发生在去年春上。那时刚过清明，家家户户要买谷种，预备着下秧。可巧的是，这一年的谷种俏得很，好多人花高价都买不到。没有种子，就意味着要荒一季庄稼。正着急的时候，这小子却不知从哪儿弄回一麻袋杂交种子。大家高兴极了，都说二串有本事。也怪大家急昏了头，不管三七二十一，一口气将这些种子买光了。结果，这些种子的出芽率不到一半，把湾里的人害惨了。事后人们才知道，他在种子里掺了熟谷子。警察同志，您说这是人干的事吗？蔡老头一脸愤怒。

老范在一边说，有这事，后来我找过这狗日的，他认了，还挨家挨户赔了钱。

为这事，蔡老头狠狠地骂了他一回。这就说到了第二件事。他说，今年春上，这小子在湾里说他塘里的鱼叫人偷了，到处放风说亲眼看见我在他塘里下网了，这鱼是我蔡老头偷了。这话传到我耳朵里，差点笑死我了。这小狗日的坑人都缺心眼儿，我蔡老头一只旱鸭子谁不知道？鱼在水里漂着我都不敢去捡，还敢去偷！

说到这里，蔡老头乐了，竟哈哈地笑起来，病也轻了许多。

从蔡老头家里出来，王干警说，我们再去找找其他人。但结果他发现，湾里的年轻人都出去了，有的一年到头都难得回来一回。剩下的，都是老头老婆婆，病的病歪的歪，没一个好的。这些人，别说让他们害人，就是丢一块金子在地上让他们去捡，也未必跑得动。

见王干警沉吟不语，老范说，要不这样，我们再到二串家去，看看能不能找到新的线索。王干警想想也是，便一起来到二串家。他们进去时，二串正在桃树底下拔鸡毛。那三只鸡他舍不得丢，准备弄干净了炖肉吃。

老范走到他跟前，说，这鸡不能吃，要出人命的。

二串摆摆头，继续拔毛。中毒？您信不信，我要是丢出去，保管不出半个钟头，就有人捡回去照样吃了。他说得理直气壮。

老范气不知打哪儿来，骂了他一句，一把夺过鸡，三两步冲到茅房边，使劲扔了进去。

二串心疼极了，说，叔，您这个村主任也管得太宽了，连我吃什么也要您批准啊？说完哭丧着脸不理人。

这个时候，王干警在院子里四处查看。这是一栋二层小楼，楼顶盖着瓦，前后做着水泥栏杆，顺着楼梯可以爬到屋顶上去。门前套一个小四方院，里面种着几棵桃树。院墙很高，上面长满了仙人掌。仙人掌的长刺向四周伸张着，像一根根钢针，让人望而生畏。他走近了仔细查看，墙上没有发现攀爬的印迹。他想，这种地方，怕是连鸟都不敢落上去，更别说人了。这就是说，可以排除越墙下毒的可能。

他踱到院门前，忽然想起什么似的，大声问二串，你家的门一直关着吗？

二串愣了一下，说，是啊，我起床后才开的门！

你起床后发现鸡被毒死的吗？

对呀，嗻，这儿一只，这儿一只，还有……他用手比画着。

老范这时提醒他，你媳妇什么时候走的？

二串想也没想，说，她老早就出门回娘家了，那时我还没醒呢。不过她走时将门反锁上了。怎么了，有错吗？他疑惑地看着老范和王干警。

王干警没理他，独自一个人低头四处寻找着。

在院子的墙角处，他看到一个老鼠洞。洞口很圆，很光滑。在洞口处，他找到了几颗米粒，同时，还发现了猪的脚印。他小心地将米粒捡起，端详了一会儿。这些米粒跟鸡和猪吃下去的是一样的。

这个晚上，王干警就睡在老范家里。

到了第二天早上，他们又接着在湾里调查。一直到中午，还是没有进展。这让他们感到很头疼。

他们再次回到二串的院子里，希望找到一些线索。这时，二串一个人坐在桌子边喝闷酒。他们进来时，他已经喝多了，脸上通红，说话都不利索。

二串，你想想看，还有没有什么情况没告诉我们？王干警紧锁着眉头问他。

二串看看老范，又看看王干警，见他们都不吱声，有些急了，说，这么说，你们怀疑是我下的毒？我至于这样吗？他激动起来，放下筷子，酒也不喝了。

我们没有这样说，这不是还在查吗？老范平静地说。

你们就是这样想的，我看出来了。二串叫了起来。跟你们说，要是不查出个结果来，这事就没完。他暴躁地叫起来。

他说完就往屋里冲去，老范和王干警看着他，不知他要干什么。

没想到他很快就从楼梯爬到了楼顶，站到二楼的屋脊上。他向下边舞动手臂，边叫嚷着，你们听着，你们不给我查出个结果来，我就死给你们看！他向前面走动，摇摇晃晃地走到屋脊的边缘上。那样子，随时都会跳下来。

老范没想到事情会变成这样。他仰头看着他，气恼地吼道，二串，你喝多了，还不快下来。

想我下来？我才不上你们的当。他在上面摇着头。

你个犟驴子，是不是叫泥巴糊了脑壳？快给我滚下来！

你们连害我的人都查不出来，还有脸叫我下来？跟你说，要不你们就查出个结果来，要不就叫那害我的人自己站出来。不然，我就从这上面跳下去。到时候，你们别后悔！说着张开双臂，像一只欲飞的鸟。

老范挥动着大手，向上边说，你不下来我们能安心查吗？这还没个结果呢，你就胡闹，你还要我们查不？

他在上边说，叔，您别糊弄我了，你们一进门我就知道了，这事你们就没个底，弄不好还会栽到我头上。您说我叫人害了还背着臭名声，这是没烧好哪一门香？我不下来，没个结果我死也不下来。我就在这上边等着。

这小子！老范气得头皮一阵阵发麻。怎么遇上这个灾星呢？

湾里的人都被惊动了。

他们远远看见二串站在房顶上，摇摇欲坠，不知道发生了什么事。孩子们早就打听到了消息，高声叫着：二串要跳楼了，二串要跳楼了。很快，人们都赶过来，院子里站满了老人和孩子。他们惊奇地看着二串，不知道发生了什么事。

第一个跑过来的是吴江。他年轻，又正好在不远处干活，听到消息，丢下手里的活儿就往这边跑。他站在院子里，喘着气大声向二串喊道，二串，你这是搞么名堂？还不快下来！

二串不理他，头向天空昂着，说，你跑过来干什么？我为什么要听你的话？我家叫人害了，你该高兴才对！

吴江碰了一鼻子灰，气恼地抹了一把脸上的汗水，向他吼道，你小子真蠢！是白的黑不了，你跳楼就能把害你的人找出来？下来，你这个没用的东西！

我有用没用跟你不相干，你少啰唆！你再劝我就跳给你看！说着在空中做了一个下跳的动作。吴江吓了一跳，本能地向前扑去，想伸出双手接他。

老范悄悄指挥人们往院子里搬稻草。稻草就堆在院子外边，几个老年人拉下来就往二串脚下的空地上丢。二串在上边看见了，指着老范的鼻子大叫起来，叔，你听着，再有人往这儿丢草，我就跳下来，到时候别让人说我二串是你逼死的。

蔡老头这时也赶了过来，他上气不接下气地看看屋顶上的二串，又看看地上的人们，怎么弄出这大的事来？他的嘴上烧起了一层水泡，说话都不大清楚。他的病还没好起来。

老范指指地上的鸡毛，又往上边努努嘴。蔡老头明白了，他清清嗓子，对上边说，二串，你听不听大伯说一句？

二串低头看了他一眼，不吱声。

二串，大伯只跟你说一句，你这么做，把你媳妇放哪儿去了？她还这么年轻！

二串的眼珠子动了动，硬着脖子说，我不管，我就是要找出害我的人，这事没的说！你们听着，谁害的我二串，自己站出来，不然谁劝也没用。

五毛也来了。他站在门楼下，悠然自得地看着眼前的这一切。

老范一时想不出好主意，急得额头上的汗珠子不停地往下掉。这时他听到了吴江的声音。吴江说，二串，你不是要找害你的人吗？

二串并不看他。

吴江接着说，你这个笨蛋，这么简单的事都想不明白，你家的毒是我下的！

此话一出，所有的人都回过头来看着他。是你？他们眼里充满疑惑。二串有些意外，却又似乎在意料之中。他们住得最近，又有过节，他报复自己，也是理所当然的事。

老范马上明白过来是怎么回事，感激地看了吴江一眼。

这下你满意了吧？跟你说，我要是不怕你把事弄大了，打死我也不会承认。吴江说着，故作无奈地摇摇头，像是认输了。

那你说，干吗要害我？二串盯着他。

害你？我害你不是应该的吗？你自己想想，你吃了我家多少鸡？

没有，我根本就没吃你们家的鸡。他像被针扎了一下，险些从上边栽下来。我怎么会吃你们家的鸡，我家没有鸡呀！

你自己想想，每次你回来，湾里就有人丢鸡，你说这事是不是你干的？

你们谁抓住我了？你们说，谁看见了？他大声喊道，手臂一扬一扬的。

没有人作声，大家生怕招出什么意外。

吴江回过头，看看众人，故意压低声音恳求道，你们怎么不作声啊？怎么不说句公道话呀？

大家已经明白是怎么回事，他们都不作声，院子里一片沉寂。

怎么样，没有人说话了吧？你说，这笔账怎么算？

吴江痛苦地摊开双手，还能怎么样？既然大家都不说实话，还能怎么样？事是我做的，我认了。你说吧，你要怎样？

那好，这可是你说的！你听着，第一，你得当着大伙的面说清楚，我李二串没做对不起人的事，也没做对不起你吴江的事。你得照着我的话说。

吴江点头，说，行，我照着你的话说。说完真将他的原话说了一遍。

第二，你得赔我家的损失。

算我倒霉，我赔你。他咬咬牙，夸张地抽了自己一巴掌。

二串看在眼里，脸上露出得意的笑。

老范看看火候差不多了，说，现在你该下来了吧？

二串不屑地看了他一眼，说，不，还早呢！

你还想怎么着？吴江不满地看着他。

拿钱来呀！我下来了，你不认账怎么办？说着摆出一副无赖相。

吴江厌恶地看了他一眼，定了定神说，好吧，我这就回去拿钱。

不一会儿，钱拿来了。吴江将一叠钱举在手上，说，二串，看到了吧。你还有什么话说？

你得给我送上来。他一步也不肯放松。

吴江的脑子飞快地转着，想着对付的办法。可是我们谁敢爬那么高啊？他故意提高嗓子问老范，叔，您敢不敢？要不您上去？

老范使劲摇头，我哪有那个本事，杀我一刀也不行！

那，谁敢？吴江举着钱在人群中寻找着。

你上，我就要你送上来。你害的我，就该你来。二串在上面大叫。

吴江看着他，二串，杀人不过头点地，你太过分了。

二串不理他，一条腿向前挪了半步，身子向前歪了歪，一块被踩破的瓦片嚓的一声掉下来，摔得粉碎。有人吓得一声尖叫。

吴江说，好好，二串，你有种，我给你送上来。说着就往楼梯走去。

经过老范身边时，老范轻声说，小心点！吴江点点头，准备上去。

所有的人都将注意力集中在吴江身上，一声不响地看着他。院子里静得能够听到人们的呼吸声。

这时院外传来一声尖叫，惊得人们浑身一颤，冷汗都出来了。

二串，你吃多了给撑着了，跑到屋顶上寻死啊！是二串媳妇回来了。她从娘家回来，老远看见二串站在屋顶上，摇摇晃晃，荡秋千似的。

人们回过头时，二串媳妇已经进院了。她一眼就看见院子里站满了人，立刻意识到发生了什么。

老范上前去，说，姑娘，快劝劝二串，爬这么高，危险。

是啊，快劝劝，万一掉下来可不是好玩的。大家都围过来。

二串媳妇提高嗓门叫起来，二串，你听见没有，给我下来！

二串看看她，说，我不下来，你晓得个球，给老子滚一边去。

二串媳妇听了老大不高兴，说，你是不是又灌多了？

二串说，你不知道，我家的猪和鸡都叫吴江这狗日的毒死了。

吴江举举手中的钱对二串媳妇说，算了，别说了，我去弄他下来。

二串媳妇还没明白怎么回事，说，你说什么，吴江往我们家下毒？

他都认了，就是他干的！二串在上边站久了，挪了挪身子，整个人又在上边摇晃起来，吓得二串媳妇张大了嘴，久久回不过神来。

就在这个时候，下边的人清楚地看见，王干警出现在二串身后。二串将精力集中在他媳妇身上，压根儿就没发现身后来了人。王干警轻轻地靠近二串，伸出长臂，抓小鸡似的一把将二串夹在怀里。

底下的人顿时兴奋起来，一起拍掌欢呼。二串媳妇看在眼里，长长地松了一口气。

王干警从楼梯上一路将二串夹下来，放在院子当中。

二串刚落地，人还没站稳就找吴江要钱。二串媳妇已经听说了事情的经过。她一把拉住二串说，那老鼠药是我下的，你跟人要个么钱！我拿药去毒墙角的老鼠，昨儿早上走急了，忘了跟你说！

二串一听，气急败坏地吼道，你个败家堂客，好好的事都叫你这个婆娘给搅了。早不回晚不回，这个时候要你回来讨死！说着猛地跳过去，重重地抽了她两耳光。

二串媳妇叫他这么一吼，又当着这么多人的面挨了打，哪里受得了，冲上去就跟他拼命。两口子顿时扭打在一起。吴江、王干警一齐动手，好不容易拉开了。她趁人不留意，冲进灶屋，抓起一把菜刀，疯了一样向二串扑去。二串吓坏了，没命地在人缝里躲来躲去。

二串媳妇打又打不着，追又追不上，一肚子的委屈没处发泄，一把丢了菜刀，站在院子里嘶喊道，李二串，你这个丢人现眼的东西，你敢打我，你还有理！你说，是谁带回两包老鼠药，是谁点名道姓要毒死吴江的鸡？你倒好，倒把不是推到我头上来了！

二串听了他媳妇的话，脸上跟泼了血似的涨得通红，歇斯底里地叫道，你这个臭婆娘，再不闭上你的臭嘴，老子撕了你！

老范听了，立即明白了是怎么回事，顿时火冒三丈，抄起一根棍子就要去抽二串。哪晓得这小子比兔子还快，钻出院子，一溜烟跑了。老范找遍整个湾子，也不见他的影子。

跑，跑得了和尚跑不了庙。老子等着你回来！老范喘着气，恨恨地骂道。

漳河桥

早上，我到镇上去开会。

离开会的时间还早，我对着窗口点燃一支烟。

梅姐已经来了，双手握着长长的竹扫帚，刷刷地拂扫地面。纸片、枯草、落叶，全都拢在一起，然后装进垃圾桶里。她一丝不苟，连一张小纸片也要捡起来。偶尔，柔声对孩子们说，别乱扔垃圾，把纸片丢进垃圾桶里啊！她穿着一件宽松的外衫，里边衬着一件桃尖领口的薄毛衣。随着身体的摇晃，丰满的胸部有节奏地颤动。她蹲下去时，桃尖领口低垂，雪白的乳沟若隐若现。

她住在镇边的一个小湾子里。姓梅，老师们都叫她梅姐。我也这么叫。她的儿子周小山在这儿读学前班，明年就上小学一年级了。她每天这个时候准时来校园做卫生，顺便接送孩子上学，很方便。中午，手上的活儿做完了，孩子们也差不多放学了。她在校门口的门房里歇一会儿，喝口水，等儿子出来，母子俩一起回家。

从学校到镇上差不多十分钟的路程。抽完烟，时间快到了，我提着公文包出来。有老师到校了，拿着一串钥匙逐个打开教室的门。操场上有一群孩子在叽叽喳喳玩跳绳的游戏，见教室门开了，呼地一下散了，背着书包向教室跑去。我经过她身边时，轻咳一下，她本能地捂了一下胸口，赶紧站直身体，脸上泛起红晕。梅姐早！我说。她理了一下额上的头发，露出洁白的细牙，笑了，说，刘校长早！刘校长出去啊？我回答说，是的，去镇上开会。她说，刘校长真忙。我抿嘴笑笑说，不忙不忙。便若无其事地出校门，径直往镇上走去。

路上经过漳河。现在是枯水期，河里露出满是鹅卵石的河床，只有河底一条细流缓缓地流动。河上有一座桥，叫漳河桥，用水泥板搭成，每年都叫洪水掀掉，随后又重新搭起。据说当年为了阻击日本人进攻，当地群众拆掉河上的木板桥，居高凭险，杀死不少侵略者。战争结束后，小桥又恢复原来的模样。桥下有一口水潭，由大水冲积而成。潭水清澈，能见到水底的游鱼。夏天，孩子们经常在这里游泳戏水，大一些的孩子扎进水里，在石缝里摸鱼。常见他们提着一串黄花鱼、鲫鱼摇摇摆摆地回家去。

我踏着水泥板桥过河，到了镇政府会议室。会议的主题是加强学生安全管理工作。会后，镇上安排了中饭，我借口说学校有事，便匆匆离开。我没有回学校，而是去了梅姐那儿。这是一栋单门独户的瓦房，四周是茂密的树林子，平常很少有人到这儿来。我去的时候，梅姐已经回来了。不用说，她提前做完手上的活儿，没等儿子放学，一个人先回来了。她把屋子收拾妥当，只等我到来。早上我说到镇上开会，实际是告诉她，我要去她那儿。她男人在外面打工，我去她那儿很方便。所以，"到镇上开会"成了我们幽会的暗语。梅姐心领神会，从不爽约。有时去干别的事情，我也会找机会跟她说，到镇上开会，然后去她那儿打个时间差。这件事我们做得很隐秘。表面上我们客客气气，实际上我们就是那种关系。

五年前梅姐托人介绍，找到我说，她儿子周小山在这儿上幼儿园，她每天都接送儿子上学，想顺便在学校找点事做，补贴一下家用。她身材凹凸有致，皮肤白腻光洁，让人想起温润的美玉。我打量着她，一口答应了。她高兴极了，激动得脸颊绯红，一再道谢。

漳河镇中心小学是全镇的示范学校，每年要投入不少气力搞校园建设工作。第二天，她就来上班，负责校园的绿化工作。她做人很谨慎，很少与人打交道，也不大与人说话，总是尽心地做自己分内的事。这让我很放心。

她每天做完手上的活儿，就去门房那边等儿子放学，母子俩一道回家。那是一个长得虎头虎脑的小家伙，左额发际处有一块小指头大小的红色胎记。常见他在校园里跑来跑去，妈妈修剪花坛或浇水什么的，他也跑过去帮忙。梅姐停下来，亲亲他的小脸，让他跟孩子们一起玩去。

不久，我们就好上了。

梅姐关上门，回身紧紧抱住我，说，怎么才来？我放下公文包，说，刚散会就来了。孩子呢？不用去接？

她熟练地解开我的扣子，声音颤抖，说，不用，跟着大孩子回来就行了！

我们很快进入状态。梅姐的身体柔软而富有弹性，一点也不像做体力活的女人。她看上去文文静静的，在床上却十分火辣。这正是我迷恋她的地方。她不停地扭动身体，撩得我火烧火燎的。我急吼吼地动作，沉浸在极度的亢奋中。她啊啊地叫着，含混地说，你要吃人啊，要吃人啊！

不巧的是，我的手机响了。那个时候，只有有头有脸的人才用手机，有个手机别在腰上是很风光的事。我上床时随手将那东西丢在床边，没想到它在这个时候叫起来，跟突然出现一个人在我跟前似的，让我惊出一身冷汗，一下子趴下，再也不能做了。她在我身上抓着，咬着，你来啊，快来啊。

我垂头丧气地滚到一边，恨恨地诅咒：该死！

就在这时，它又响了，是短信提示音。我心惊肉跳，一把抓起它，差点摔在地上。无意中瞟见上面蹦出一行字：学校出事，速回！

我顾不得什么，穿上衣服，夺门而去。

河滩上全是人，团团围在漳河桥下的水潭边。桥上也站满了人，在不时地指指点点、叫嚷着。有人跳进水里，用长篙在深水处探捞。几个附近的农民背来渔网，用力向水中撒去。

老师们都来了。他们得到消息，一口气跑到河边帮忙捞人。两位年轻的老师不知从哪儿弄来一口大腰盆，坐进盆里，徒手划到河中间，用竹篙在水里打探。

看到我来了，几乎所有的人都扭过头来，将目光对准我。校长来了，校长来了！有人小声说。

校长一定要救救孩子！

校长有办法的！

他们像看到救星一样，远远地让出一条路。

怎么回事？我表情严肃，与在梅姐那儿判若两人。

一个孩子掉进去了。有人指指水潭。

是周小山。

有人看见了，没错的。

周小山？我打了一个冷战，梅姐的儿子？

我将公文包扔到一边，脱掉皮鞋、西服，只穿一件衬衣和内裤，也加入打捞的队伍中。

看，校长也来捞了。

真不愧是校长。

我们都下去吧，人多力量大嘛。

一时间，大家忙活着，奋力在水里打捞。

远处传来警笛的鸣叫声。警车也来了。

放学后，孩子们离开学校，往镇上走去。他们的家在镇上，过了漳河桥就到了。在河岸边，他们停下来。

孩子们走路从没个正形，跑跑停停，打打闹闹。孩子嘛，都是这样。他们看到一条死蛇，一条被人用石头砸死的金环蛇。石头静静地躺在一边，上边沾着血迹。这引起他们极大的兴趣，让他们兴奋不已。

蛇！快看！

快来快来，啧啧！

他们蹲下来，围成一圈。后来的则站着，还有人往里边挤，想一看究竟。

胆大的孩子用小木棍拨弄蛇的尸体。

这是一条毒蛇！

应该把它挂在树上，让它死无葬身之地。

不，应该把它烧了。

埋了，还是埋了好。

一个胆大的孩子将蛇挑起，用力往空中一抛，吓得孩子们尖叫起来，四散逃开。死蛇落地，他们又围拢上来。如此反复，他们乐此不疲，一个个兴奋得脸上红扑扑的。

这时，身后的河里响起咚的一声脆响，跟一块石头落进水里一样，干净利落，一点也不拖泥带水。他们不约而同地循声望去，只见河面上泛起一层层波浪。

谁？有人惊叫。

谁掉进去了？

他们呼地站起来。有人掉进河里了？

有人掉进去了，一定有人掉进去了。谁呢？快看看是谁。孩子们惊恐地瞪大眼睛，像一群受惊的小鸟，回过头来你看我，我看你。

说不定是谁扔石头呢。有人怯生生地说。

谁？是谁？

周小山，周小山不见了。有人叫出来。

周小山跳进去了。

妈呀，他疯了？他要死了。

这家伙瞎搞，故意吓我们。他要冒出来的。

对，他要冒出来。

他们屏住呼吸，盯着河面，等着他从水里探出脑袋。一分钟，两分钟，三分钟。孩子们等不下去了，他们惊慌失措，大叫：救命，快救命啊！周小山没命了！

梅姐得到消息，跌跌撞撞地跑到河边，双手深深地抓进河泥里，没命地哭号。两位老婆婆将她抱起来，往坡上扶。她不，倔强地扑到水边，要下水捞孩子，浑身湿透了。

教导主任早早地敲响上课铃，将孩子们召回教室上课。孩子们都跑到河边去，老师们生怕再出什么意外。

警察请来两名潜水员，潜入水下搜寻。但是没有结果。起初他们怀疑小山可能在水下叫什么东西挂住了。这种猜想很快给否定了。潜水员搜寻了水里的每一个地方，也没有找到。他们告诉岸上的人们，河里的水并不深，地形也不复杂，好多地方甚至很平整，潜下去便一览无余，根本没有小山的身影。为了避免疏漏，他们先后三次下水，一次比一次查找得认真仔细。他们肯定地告诉岸上的人们，周小山根本不在水里。

一河人只差把河水抽干了，也没有找到周小山的影子。人们甚至期待着小山能从哪个地方漂起来。过去有过类似的事，某人掉进水里，死活都找不到。几天后，又从水里漂起来。既然找不到孩子，只能等待这样迫不得已的结果。活不见人，死要见尸啊。有人拄着木棍，拿着铁钩子，沿着河边一路寻找。按理说，河水没大流动，有的地方露出河滩，只有细流经

过，小山即使掉进水里，也不会漂到别的地方。但是他们仍然找到下游很
远的地方，他们的心情太迫切了。

是不是孩子们看错了？

有人这样问。这说明孩子还活着。孩子不在水里，一定在岸上。这不
是很明显的道理吗？

警方怀疑小山叫人拐走了。至于落水，只是孩子们的错觉，或者是恶
作剧罢了，理由是河里没有小山。那年头，经常有孩子叫人拐走。这么推
断不无道理。后来有人说看到一辆白色面包车在学校附近停了很久，这无
疑增加了"拐走"的可能性。

事后，我去了梅姐家。她双眼红肿，脸上没有一点血色。她掩面而泣，
说，我不该回的，我跟他一起回来就没事了。

我不该回的，不该的！她的眼神空洞无光，直直地看着远处，反复地
说着这句话。

她沉浸在巨大的悲痛里。我抱着她，轻声说，没事的，警察说了，小
山不在河里，他还活着！

她没有听到我的话一样，抬手推开我，依然重复着那句话：我不该回
的！她太伤心了，我知道说什么也没有用，只得黯然离开。

第二天一早，梅姐又出现在校园里。

她照常开始干活。清扫院子，修剪花坛，给花草浇水。一切看上去有
条不紊，一丝不苟，没有任何异样。昨天的事情就像没有发生一样。

放学铃声敲响了，她早早地站在校门口，看着孩子们一个个从眼前走
出去。我这才明白，她在等周小山一起回家。直到孩子们都走光了，她还
站在那里，久久不肯离去。望着空荡荡的校园，她眼里全是焦虑，不安地
搓着手，喃喃地说，小山，小山呢？

我发现了她身上的变化，对此深感不安。

早上，我来到她身边，说，梅姐早！她站直身子，还是客客气气的，
说，校长早！校长出门啊？我有意说，是的，到镇上开会。她点点头，平
静地说，哦，开会，校长真忙。

我还跟过去一样，在那个时间点来到她住的地方。只见门上一把锁，
她没有回来。我匆匆往学校赶，远远地见到她在河边走来走去的身影。她

在学校里没有等到孩子出来，又到河边寻找来了。

她在桥下的水潭边转来转去，像没见到我一样。一个下午过去，她仍没有离开的意思。我走近她，说，梅姐，天快黑了，该回去了。她茫然地望着我，摇头说，不，不回去，我找小山呢！

第二天早上，她仍旧回到学校去，该干什么还干什么，然后又在校门口等着周小山出来，日复一日，风雨无阻。等不到小山，又去河边。水潭边本来光秃秃的，全是荒草，现在却让她走出一条小路。那是她一个人走出来的路。

她瘦了下去，脸色蜡黄，双眼不再顾盼有神，头发如同受了霜的枯草，没有光泽。

我又试过几回，说到镇上开会，希望唤醒她的某些记忆，让她明白孩子并没有掉进河里。结果她的门仍然锁着，她彻底忘了我们过去的事，忘了我们之间的默契。这件事把她击垮了。

一次，我说，梅姐，小山不在学校里，你先回去吧。

她木然地望着教室的方向，说，不在？不不，他在的，他在的。

你回吧，他写完作业就回的，不用等了。

哦。我先回？

是的，你先回。他一会儿就回家了，你放心。

她终于吁了一口气，说，校长让我放心，我就放心，我放心。她如释重负地出校门，往家的方向走去。

我心里稍稍宽慰些，庆幸自己好不容易将她"劝"了回去。

我远远地跟在她后面。她穿过漳河桥，直接进了湾子，掏出钥匙开门，然后在门口的石条上坐下来，痴痴地望着学校的方向。

我过去挨着她坐下，说，梅姐，怎么坐在这儿呢？石头上凉，坐不得。

她点点头，还是那样木然，说，我等小山。

要不，到屋里去等？

到屋里等？不，校长说了，他在教室里写作业，一会儿就回了。一会儿工夫，她就似乎不大认得我了。

要不，你进去做饭。饭做好了，小山就回了。

她摇摇头，固执地说，不，我要等他回来。我哪儿也不去。

小山要吃饭的。我替你在这儿看着，好不好？

小山要吃饭？

是啊，他饿坏了，孩子们饿得快。你做慢一点都不行。

她的目光变得柔和起来，喃喃地说，小山饿了，小山要吃饭。她站起来，拍拍衣服上的尘土，转身进去了。

我坐在门外抽了一支烟，便闻到饭菜的香气。唉，她做的饭我吃过，真是好吃极了。

她出来了，说，小山，小山呢？

我灭了烟头，说，还没回呢。

还没回？这孩子，怎么还没回呢？饭都做好了。

要不，你先吃，我给他带一份到学校去。这孩子，怕是不想来回跑呢。

不想来回跑？

也许是作业没做完，还在赶作业。你知道的，孩子们的作业多，赶都赶不完。

我扶她进屋，在桌子边坐下来，吃吧，要不饭菜都凉了。

她很听话，端起碗来，盛了一小碗米饭，小口地吃起来。我拿了一只空碗，也盛了一点米饭，夹了一点菜，待她吃完了，才说，我给小山送去，行吧？

她放下碗筷，说，行。便不再作声了。我端着装了饭菜的碗，在她的注视下离开屋子，一路向学校的方向走去。

以后的日子里，同样的一幕经常上演。有时我出去办事，便安排别的老师到她家里，直到看着她吃完饭，才端着碗出门，回到学校。

奇怪的是，家里出了这么大的事，梅姐的丈夫，那个叫周开元的男人，一直没有出现。他跟局外人一样，没有火急火燎地赶回家里。相反，像消失了一般。

在人们的印象里，周开元每年回来一两次。春节时回来待几天，大年初几就背包出门。中途偶然回来一下，多数时候都在外面。即使回了，也是匆匆忙忙地来匆匆忙忙地去，永远都在赶时间似的。这也是我和梅姐好上的原因，他的男人无意中给了我们机会。这么多年过去，人们差不多忘了湾子里有这么一个人。他不抽烟不喝酒，踏踏实实地干活，挣来的钱都如数交给梅姐。就是这样一个老实本分的人，在这么大的家庭变故面前却一反常态，没有回到漳河镇。

没过多久，我调离漳河镇中心学校，到山里边的云岭小学上班，校长的职务自然不再担任。组织上这么安排，我无话可说，反倒心里好受了一些。换句话说，让我去坐牢也不过分。一个活蹦乱跳的孩子丢了，我这个校长难辞其咎。

我经常梦见一个厉鬼举着一把血淋淋的尖刀，怪叫着追杀我，吓得我大汗淋漓，不敢合眼，整晚瞪着眼睛，直到天亮。是的，我患上了失眠症。

云岭小学只有三十来个学生，老师差不多占学生人数的一半，他们自嘲这是在带研究生呢。我在这里实际上被边缘化了，只是做做杂事，连给学生上课的机会都没有。

梅姐仍然每天出现在校园里。学校的老师都很照顾她，给她送饭送水，天冷时给她送件衣裳。这让我稍感安慰。得空我就骑车走二十多公里山路去看望她，给她送些水果，买一些药。但是我给她的东西，她一样儿也没有要，都放在校门口的门房里。门房的门开着，里边的桌椅早已不知去向。那些水果什么的，她都放在地上，时间长了，变质坏掉了。那些药丸，同样没有动。我很奇怪，别人给的东西她都接受了，唯独我的，她拒之不受。她是有意为之吗？

我倒希望真是这样的，那至少说明她还认得我，没准会接受儿子小山失踪的事实，她的病也许会因此好起来。但事实上她只记得我是校长，总是客气地叫我校长。除了儿子小山，什么都不知道了。

不久，生源减少，所有的小学都合并到漳河镇初中，学校分成小学部和初中部，镇中心小学和云岭小学也不例外。一时间，漳河镇中心小学变得冷冷清清，操场上再也看不到孩子们跑来跑去的身影，听不到上课的铃声。

梅姐一如既往地清扫地上的落叶，砍去路边的杂草，将校园的卫生做得井井有条，花坛修剪得清清爽爽。她做这些时还是那样默默无语，还是那样一丝不苟，丝毫不受学校合并的影响。到了放学时间，她还是站到校门口，等待儿子周小山从里边出来。她的表情专注，似乎正看着一群群孩子从她面前经过，而周小山很快就会从里面出来，蹦蹦跳跳地来到她身边。

我开始寻找周开元。

周开元不露面，肯定跟我与梅姐的那段隐情有关。而周小山神秘失踪，肯定又跟周开元有关系。换句话说，周开元一定发现了我们的秘密，悄悄带走了周小山。这么想着，我汗透背心，无地自容。

不管怎么说，找到周开元，就有可能找到周小山。如果周小山回到梅姐身边，她的病一定不治自愈。

我以旅游的名义，跑遍所有周开元可能去的地方。东北和山东、河南、湖南以及厦门、武汉，表面上看是在游山玩水，其实是在找人。只要听说他在哪儿做工，我都会赶过去，到处打听他的行踪。我甚至弄了一张他的照片，放大了带在手上，逢人就问：见过这个人吗？

自从那次在梅姐家受到惊吓，我彻底废了，再也做不了那事。老婆气急败坏地问我，你怎么了？不当那个校长，你都成软骨头了？后来她买了一张去南方的车票，再也没有回来。这真是报应啊。

我的失眠症越来越严重，精神恍惚，浑身乏力，经常一连几个昼夜不合眼。一位好心的朋友忧心忡忡地说，刘校长，你得赶紧治啊，小心得了抑郁症呢。我苦笑一下，心想抑郁了好，抑郁了好啊！

离漳河镇两百多里，有一个叫走马岭的地方。那是一个很小的集镇，街两边是各种小店，卖水果的，做早点的，做小炒的，理发的，都窝在一起。窄窄的街道上人来人往，十分拥挤。据说这里过去是一片洼地，除了一些菜农，没有多少人口。后来建成工业园区，各种加工厂搬进来，人就多了起来。走马岭那时只是路口一个卖早点的地方，不几年工夫，就发展成一个小集镇。到这里赶集的，都是在附近工厂里做工的外地人。他们操着生硬的普通话，大声地跟菜贩讨价还价。一些拉客的麻木（三轮车）突突地挤进来，在人群里招揽生意。

街头有一家超市，叫老郭超市。超市的老板是一个外地人，叫郭如海。

多年前，郭如海在走马岭一家电缆厂里做搬运工。

这种活路不光要下死力气，还很危险。电缆材料卷成半人高的线筒，一筒筒地码在一起，一不小心就会滚动，倒塌下来，弄不好会砸伤人。很多人都不干这种活儿，宁可少拿点钱也要躲得远远的。郭如海不怕，只要能多赚钱，他什么苦活累活都肯干。他个子不高，皮肤晒得很黑，身体偏瘦，还有些驼背，走路时喜欢低着头，仿佛从没抬过头似的。不是亲眼所见，谁也不相信，那么笨重的线筒，竟然在这个瘦弱的男人的手上，给自如地搬来搬去。干完活，他就回宿舍睡觉。偶尔出来转转，不久又不声不响地回到住处，再也不见人影。有一回，他无意中看到一群人围在一起买彩票。那样子跟开会一样，不停地讨论，今天出这个数字，明天出那个，各说各的理，不时争论几句，气氛很热烈。他一时兴起，花两块钱买了一注。此后，便经常去买。他不多买，一次只买一注。第二天再去。这一买就是一年多。一次，他竟然中了，得了五万元奖金。他跟做梦似的，差点晕过去。这可不是个小数字。他在工地上累死累活这些年，也没存这么多钱啊。

他一时手足无措，本能的反应是将这笔钱送回去，交到媳妇手里，才能放下心来。他跟厂里请了假，不声不响地坐上回老家的公汽。

再次回到走马岭，郭如海没有到厂里上班，而是在集镇上开了一家杂货店。

除了守店做生意，他极少与人接触，也不大说话。在别人看来，他是一个待人和气却又沉默寡言的男人。现在，他的小店变成走马岭最大的超市。超市里请了好几个营业员，帮忙打理生意。

他除了经常到里边转转，就窝在家里研究彩票。买彩票成了他唯一的爱好。他在客厅挂上一张大图，上面密密麻麻地写着数字，数字之间连着弯弯扭扭的曲线，都是他一笔一笔画上去的。他戴着老花镜，趴在大图上圈圈点点，然后在小本子上记下一组数字。他用过的本子足足码了一整抽屉。他每天还是只买一注，两元钱。奇怪的是，自从那次中奖以后，他一回都没再中过，连五元的小奖也没中。不过，他不以为意，仍乐此不疲。

小店开张不久，他的身边不知什么时候又冒出一个小子来。小家伙叫郭一枫，来了就在走马岭上小学一年级。久而久之，这一老一少俨然是土生土长的走马岭人了。

逢年过节，这里的外地人大都要回老家跟亲人团聚。每到这时，走马岭就变得格外冷清。这也难怪，人走得再远，也有家，也有亲人和牵挂。唯独这对父子，自打来到走马岭，就没见他们回去过。好像没有老家和亲人一样。

郭一枫后来到武汉上大学，毕业后当了一名记者。在人们看来，这父子俩的日子过得顺风顺水，百事不愁。问题是你永远都不知道意外什么时候到来。一天早上，郭如海到外面早点店里买了一杯豆浆，回来时被一辆麻木撞倒了。他是脑袋先着地的，除了一点擦伤外，看不出任何不对劲的地方。但他倒地后昏迷不醒，怎么喊都喊不过来，手里提着的豆浆洒了一地，方便袋也被碾得破碎不堪。他很快给送进重症监护室，儿子郭一枫闻讯赶了回来。

他握着父亲的手，哭喊道，爸，爸，你醒醒！

郭如海终于睁开眼睛，气若游丝地说，回家。

郭一枫凑近了，问道，什么？您说什么，爸？

回家，我要回家！

郭一枫泪如泉涌，这多年身居异乡，从不轻言回家的父亲要回家了。父亲知道自己不行了，这是要叶落归根啊。

此后，郭如海再度陷入昏迷，跟植物人无异。

在外面这么多年，郭一枫的脑子里早已没有老家的印象。奇怪的是，当车子开来时，郭如海竟然奇迹般地清醒过来，他甚至挣扎着坐起来，让车子按他手指的方向行驶。他说不清话，手却一直抬着。他指向哪里，车子就开向哪里。车子经过一座高大的水泥桥，驶进一个小湾子时，他再度陷入昏迷，从此再没醒过来。

郭一枫看到一片空旷平整的稻场，场子的一角静静地卧着一只石磙。一幢低矮破旧的瓦房，木格窗，木板门，窄窄的门廊。他记忆的闸门一下子打开了，这是他的家呀！屋檐下坐着一位头发花白、目光呆滞的女人，茫然无措地看着贸然出现的他们。他定定地看了她好久，终于认出来了，那正是二十多年不见的老母亲啊。他紧紧抱住母亲，说，妈，你怎么变成这样了？

让他万万想不到的是，母亲冷漠地将他推开，喃喃地说，你是谁呀？

他说，我是一枫啊，我是你儿子啊！

不，你不是我儿子！她扭过头，目光空洞地看着远处通往学校的那条路。我的儿子在上学，他就要回来了。

郭一枫抱着母亲的手，号啕痛哭。我就是一枫啊，你怎么了，妈？

她还是每天去学校，在院子里忙活。她的生活程式一成不变。

我跟镇教育部门写了申请，要求到那所闲置的中心小学看门去。我的请求很快得到批准。我把原先的校长办公室清扫出来，摆上床和生活用品，把它当作住的地方，从此安安分分在这儿当一个看门人。我目的很明确，就是要照看好梅姐。

早上，我跟过去一样，站在窗边朝外望。梅姐准时出现在校园里，拿起竹扫帚，开始清扫路面。地上没有垃圾，连一片树叶都没有，她仍然认真地清扫。扫完路面，又接着打扫操场。这里早已不是学校了，她还是扫得那样仔细，好像到处都有垃圾一样。

做完这些，她在校门口等待儿子周小山出来，之后她便去河边。我远远地跟着，并不惊动她。

一天，郭一枫找到我。

我一眼就看到了他左额发际线处的那块红色胎记，惊呼一声：周小山！

老师，您记得我？

当然记得。你是我的学生。再说，当年你是从我手上丢掉的啊！我脸上满是笑容，心里却酸楚至极。他有些不好意思，说，您瞧，我这不是好好的吗？

他告诉我，那天课间休息时间，他正在跟同学们捉迷藏，只听到一个人在轻声喊自己：小山，小山！

他回头一看，是好久不见的爸爸。他高兴地冲进爸爸的怀里。

上课铃响起来。他挣脱父亲，要往教室跑去。爸爸一把拉住他，说，走，跟爸离开这里！他不明所以，不情愿地摇头，说，我要上课，我哪儿也不去！爸爸不由分说，双手抱起他，大步往大路上走去。他哭起来，想要挣脱父亲的手。

一条蛇拦住他们的去路，咝咝地吐着信子。爸爸说，看，毒蛇！我们来打它好不？他不哭了。只见父亲捡起一块大片石，狠狠地砸过去。

随后，他们上了一辆停在路边的面包车，离开了漳河镇。

刚到走马岭的时候，周小山想念妈妈，吵着要回家去。但每一回，父亲都沉下脸来，用沉默回答他。小时候生活过的那个地方，在他的记忆里已经变得模糊不清。是漳河镇吗？还是双河镇、张河镇、汪河镇？他在地图上反复查找，果然找到了这些地方。他捧着地图，一一寻访。张河镇、双河镇、汪河镇，他一个不漏地去了，却毫无结果。他再也不敢提妈妈的事。但是随着年龄增长，他心中的疑虑变得越来越沉重：是什么让父亲如此讳言回家？

听到这里，我心里一惊，手心冒出一层冷汗。

看着面前这个英俊的小伙子，我多年悬着的心终于放下来。这正好印证了我当年的猜想，周小山没有丢，他回来了。这足以证明，当年水潭里的那一声脆响，或者是孩子们的恶作剧，或者是错觉。

他是专程来表达谢意的，说母亲遇到一位好校长，让他感激不尽。他从真皮包里拿出一只厚厚的红包，双手递到我面前。

我拒绝了。我不能接受他的谢意。

从那以后，我脑子里经常出现这样一幕：一个男人背着帆布包，匆匆忙忙地赶回家，只见大门紧闭。他推门，里边拴着，进不去。他纳闷，在屋檐下坐下，从背包里摸出矿泉水瓶，仰头喝了一大口。他一刻不停地赶，一路上连水也顾不上喝一口，到家了才感到快渴死了。这时，窗子里传来一阵狂乱的动静。他凑过去屏气静听，那分明是女人啊啊的叫声和男人粗重的喘息。他的汗毛都竖了起来，呼地从背包里抽出做工用的工具刀，抬腿一脚向门板踹过去。恍惚中，我似乎看见他冲进屋子，举起刀来，劈头盖脸地朝两个赤身裸体的男女身上砍去。我情不自禁地大叫一声，捂着胸口大口喘气。

每当这时，我似乎看到当年的周开元站在自家门前，狠命地扇了自己一耳光，然后提起背包一路向河边跑去。他一定趴在河边不停地往自己的头上浇水，竭力让自己平静下来。

他在那个叫走马岭的地方更名改姓，用自己的方式避开了一场血光之灾。而他悄悄接走儿子，岂非也给了背叛自己的妻子最致命的惩罚？

这场悲剧的始作俑者，其实是我啊。

周小山将梅姐接走了。

他希望母亲得到最好的治疗，并在自己身边安度晚年。

我的心里一下子变得空荡荡的，每天坐在门房的花坛上发呆。花坛上的水泥严重脱落，露出龟裂的红砖。里边的常青木无人修剪，肆无忌惮地疯长。我不由自主地站起来，一路向河边走去，仿佛梅姐就在前面，而我一直跟着她，生怕她一不小心掉进河里。

有人见我每天在河边转来转去，以为我想不开。我说，我在送梅姐回家呢。

梅姐？就是那个疯女人？

不，她没有疯，她在找儿子。她的儿子不见了。

说话的人听了，摇头叹息，满是忧虑地看着我。

后来，我搭车去了走马岭，在老郭超市见到梅姐。她越发苍老，头发全白，脸上布满皱纹，背也有些驼了。我的喉咙一阵哽咽，强忍泪水，不让自己哭出来。

我说，梅姐，你认得我吗？

她的眼睛盯着门外，仿佛没听到我的话一样，嘴里念叨着什么，却一个字也听不清。

周小山告诉我，母亲死活不接受治疗，不吃药，不打针。他找到一位精神病专家，开了好多药，她一粒也没有吃。

我该怎么办啊，老师？周小山指了指桌子上大包大包的药品，无助地看着我。

我凑到她跟前，轻声说，梅姐，我们去找小山，找小山好吗？

小山？她收回目光，如一个大梦方醒的人，疑惑地看着我。我一阵惊喜，激动地抓住她的双手，大声说，是啊，去找小山！我扶着她站起来，一步步向外面走去。

周小山惊呆了，张大嘴巴，什么也说不出来。

车子离开走马岭，一路朝漳河镇方向驶去。

梅姐直直地看着车窗外，嘴里迫切地念叨着：找小山去，找小山去！

我缓缓地闭上眼睛，仿佛又看见梅姐站在校门口，在焦急地等待小山出来。

几年后的一天，周小山又出现在我面前。这一回他带着妻子和儿子。

那也是一个长得虎头虎脑的小家伙，最奇妙的是他的左额发际线处也有一块小指头大小的红色胎记。恍惚间，让人觉得回到了二十多年前。真是一个模子塑出来的父子俩啊！我感叹不已。周小山告诉我，儿子的乳名也叫小山。父子同名？我愕然。

第二天中午，从破败的校园里跌跌撞撞地跑出来一个孩子。梅姐远远地见了，眼睛一亮，惊呼一声迎上去，双手抱起他，我的小宝贝，你去哪儿了，叫我好等啊！孩子搂着她的脖子，奶声奶气地说，我在里边啊，我哪儿也没去呀！她亲着孩子，眼睛里全是泪花。那一刻，我仿佛又看到了当年那个年轻健康的梅姐。

看着母亲高兴的样子，周小山得意地冲我笑了笑。我忽然间明白什么似的，激动地握住周小山的手。

一天深夜，老校长刘一德拨通周小山的手机，一起回忆这段往事。

他的嗓子沙哑、沉闷，像从地底下传出来的，让人怀疑他是不是得了严重的疾病。他询问梅姐的病情，周小山说有我儿子陪伴，她好多了。只是还没缓过神来，还将孙子当成当年的我。

天快亮时，老校长已经疲惫不堪，不停地喘气。他有气无力地说，我果真得了抑郁症。老天是公平的，你做的每一件坏事，都会得到惩罚，这叫罪有应得啊。他长长地叹息着，我现在唯一要做的事，就是每天到河边去，就像还在保护梅姐，防止她掉进河里。我是在以这种方式赎罪吗？还是只有这样才能活下去？他像在问周小山，又像在自言自语。有时我愣愣地盯着幽深的潭水，突发奇想：我会不会掉进去呢？其实那样也好，水里不会有噩梦，不会有失眠。

周小山很快赶回漳河镇。然而已经晚了，人们在那口水潭里找到老校长。他的头深深地扎进水底的泥沙里，像要一头扎进地狱似的。人们费了好大的力气才将他拔出来。有人猜测，他是从那座新建的漳河桥上纵身一跃，直直地栽下去的。

连体冰人

马路上有人在争吵。一个男的，一个女的。

女的瘦小，短发，皮肤黝黑，大约赶着送孩子上学，电动车被从后面冲上来的骑摩托车的男的撞了一下，倒下了。她很快爬起来，一把抱起同样摔倒在水泥地上的小女孩，心疼地摸摸孩子的胳膊，又捏捏小腿，低头小声在她耳边说着什么，大概是疼不疼、别怕之类的话。小孩受了惊吓，要哭，又没哭出来，眼泪直打转。男的三十多岁，墨镜，板寸头，裸露的胳膊上刺着一具恐怖的骷髅。他架稳车子，叉腰盯着惊慌失措的母女，大声吆喝着，大概是在指责她们挡着去路了，分明是在推卸责任。几个路过的人停下来，一位好心的大姐帮瘦弱的母亲扶起电动车，凑过去摸了摸她怀里的孩子。

一阵风吹过来，浓密的樟树叶沙沙地摇摆。几片落叶被风卷起来，飞得老高，不久又掉下去，飞快地转动。

要下雨了。

"放这儿吗?"老大妈端来一碗滑鱼面。

"对，就这儿。"苛克指了指跟前的条形桌。桌上摆着两碟咸菜、一碟海带丝、一碟黄豆，都是他刚夹好端过来的。

"还有一碗猪肝瘦肉面也是您的吗?"老大妈客气地问。

"对，都是的，谢您了。"他摸出手机，开始拨号。

"要放辣椒吗?"

"哦，不，不用放。盐也少放一点。"他补充了一下。

"马上就来，您稍等一下就好了。"她说着，匆匆忙忙地出去了。

电话通了，没有接听。没听见吧？他想。有时为了避免不必要的麻烦，她会将手机调到静音状态。不过事后她会很快打过来，急切地说："有事么，刚才忙着呢。"他收起手机，不住地向外张望。门外是一个大院子，里边摆满了条形桌和红色的塑料凳子，供吃早点的客人使用。时间还早，有几张桌子已经坐了人。灶台就摆在大门口简易的雨棚下，几个女人围站在一边，付钱，选择喜欢的咸菜。掌勺的是一位年轻人，手脚麻利地干活，扯着嗓子不停地喊：来了，这就来了！

苏欣租住的房子离这儿不远，大约五分钟的路程。那个地方叫马坊巷，是一条老街。她在这里差不多住了一年。有两次，他想跟她一起进去，都被她拒绝了。"让人瞧见不好。"她说。他只得站在巷口，目送她消失在拐弯处。

蓝月亮商城就在马坊街斜对面，过马路走几步就到了。"每天都站着干活，八个小时，一分钟也不能少。"有时她叹着气说。"这些倒无所谓，主要是收入太低了，有时会感到一股无形的压力笼罩着自己。"他感受到了她的疲惫，以及无可逃避的无奈。她会说一些琐事，包括一些零碎的想法。而他则成了她忠实的倾听者。有时，他们还会就某一问题讨论一下，但最终，两个人的想法是那样的一致。不知是因为得到恰到好处的释放，还是因为得到支持和鼓励，这时她的精神好多了，有时会开怀地笑起来。他也能感到，跟他在一起时她总是快乐的。由此，他也得到些许安慰。

那是一对漂亮的姐妹，活泼，漂亮，能看到她当年的影子。她们都在城郊中学读书，苏欣得经常回去看看她们，带些新鲜水果，动手做些好吃的犒劳她们。"大的沉静一些，会体贴人，学习也用功。小的呢，调皮，课余时间喜欢一个人静静地画画。她画的荷花太美了。"于是，她便又多了一份劳累，一大早坐车，一路颠簸，赶在上班前再回到蓝月亮。"见到两个孩子，我就很高兴了，也不觉得累了。"她很乐意跟他聊起自己的孩子。"她们也高兴，小的给我按背，在耳边说悄悄话，哄我开心。大的则在一边安静地择菜，准备弄吃的。"

"她们相差有多大呢？"他问，一时有些好奇。"一岁多吧，不到两岁。"她回想着。"第二个女儿出生后，她们的爷爷奶奶，当然还有她们的父亲，好长一段时间都不高兴。他们都指望我生一个男孩子，但结果令他们大失所望。"

不久，他就消失了。谁也不知道去了哪里。"我一个人根本照料不过来，经常吃不到饭。孩子哭，我也跟着哭。"偶尔，她也会提一下往事。

孩子稍大时，她只身去了千里之外的广州，在那里的工厂打工。他带走了家里仅有的一点积蓄，之后没有给家里寄过钱，母女三人实在生活不下去了。孩子当然交给爷爷奶奶看管。后来，因为精力不济，两位老人不得不提前将两个孩子同时送到学校去。但即使是这样，她一个人也负担不起两个孩子。就在她近于崩溃的时候，他又出现了，主动与她和好。面对两个尚小的孩子，她能说什么呢！之后，她随他去了威海，在一个建筑工地上跟他打下手。在那里，她知道了他此前有过一个女人的事实。她还知道，那个女人卷走了他从工地上挣来的所有的钱，这也是他回过头来找她的原因。对此，她一直装聋作哑，也从未想过以此要挟他什么。为了孩子，她什么都可以隐忍。

当从一个熟人那儿得到她的消息时，苛克很快找到她的电话。他不知道为什么要这么做，至今也没有认真地想一想。

有一点是可以肯定的，当初的自己，她的丈夫，两个男人有着惊人的相似之处，那就是都曾离弃过她。他从没想过，自己的不辞而别，究竟会给一个年轻柔弱的女子带来怎样的伤害。回头看看，他这一去，竟有二十年之久。这之间，她留给他的，只是一张时间的空白。

"我知道错了。我后悔了。"他直截了当地说。他没有说自己是谁，他相信她听得出他的声音。她好久没有说话，电话一直保持静默。他知道，她处于极大的不平静之中。

事后他问自己，是不是太冲动了？为什么要这样做呢？但是他又说，就算错了又会怎样呢？如果她觉得可以接受，甚至是乐意的，又有什么不可以！无论怎么说，这都是自私的，无疑就是自私的。他这么回答自己。

"工地上的活路的确很辛苦，还很危险，不过倒是习惯了，也无所谓了。大家都这么过，自己有什么过不去呢？"她的语气很随意，像在说一件与己无关的事，"苦一点倒是无所谓的，最难受的，是为一些小事发生矛盾，总是在吵。除此之外，就是沉默。一天，两天，都在视而不见中度过。这让人窒息，就像生活在黑暗之中。有时会想，分开是最好的解脱。但是由此又想到孩子。总是这样，一想到两个孩子会变得无依无靠，我就什么决心也下不了。"

那是怎样的一个男人？他一直在想象着。自私？狭隘？怪异？暴躁？总之是不可理喻。

提到了只身回来的另一个原因，她说："没个大人在身边，她们的成绩一路下降，实在让人心痛。"她叹了一口气，似乎试图一吐胸中的郁闷。

"如果不是母亲的原因，我的婚姻很可能会是另一个样子。她希望我嫁得近一点。当然，有我软弱的因素在里边。"说到这些，她苦笑了一下，"还有，也有赌气的成分，想尽快将自己嫁了算了。现在想来，真是太不应该了。"

听到这里，他羞愧得无地自容。

他选择了里屋的位置，这儿人少，相对安静一点。还有一个原因，就是这里碰到熟人的概率要小一些。他没有跟她说这些，想必她一定了然于心。

她大概就要到了，说不定就在马路拐角的地方。这么想着，他忍不住透过院子朝门外望去。

周三早上七点，是他们固定的见面时间。再忙，或者不方便，也要在这个时间见一见。更多的时候，他们会在这个过程中将幽会的时间确定下来。"今晚还在那儿等你？"在吃东西的当头，他轻声这么说时，她稍停一下，点点头，也轻轻应一句："行，没特别的事就过来。"通常情况都是这样。也有例外的时候，比如她会因为加班而另约时间。他所说的"那儿"，是一座巨大的地下冰库，他工作的地方。

马路上车来车往，不时有喇叭的鸣叫声。那位年轻的母亲大概被激怒了，挥动手臂，冲着墨镜大声说着什么，声音几乎盖过了所有的嘈杂音，但仍听不清楚在说什么。墨镜显然被这种强烈的母性吓呆了，站在台阶上愣愣地看着这个大发脾气的瘦女人。这时警车来了，停在不远处的花坛边。墨镜立即反应过来，抽身往一边钻去。那位大姐伸手拉住他，不让他走。

他用力扭动胳膊，想甩掉她，没想到她又伸出另一只手，反而抓得更紧了。一旁的人围拢过来，严严实实地堵住他的去路。

大多数时候，她都很准时，有时早一点到。她会提前准备一点点咸菜。也就一点点。"咸菜吃多了对身体不好，"她说，"特别是男人。"这么说时，她抬头看着他，意思是希望他注意一下。他喜欢吃咸菜，通常会像吃蔬菜一样大口佐饭。不过这时他会认真地点点头，表示听她的。大多时候，他们只是象征性地尝一点点，比如说话时，筷子总得找个地方伸一下，夹一点放在嘴里，慢慢地细嚼，像是在细细品味，注意力其实根本没放在这上边，为的只是多消磨一点时间。

他在塑料凳上坐下来，低头看手机。第一回，她到隔壁一家早点店找他，结果他却在这边等了老半天。事后她说："怎么就没想到你在隔壁呢！"那一家地方太窄了，经常人多得没地儿坐，说话当然也不方便，感觉所有的耳朵都在听着。

现在没必要了，她知道他会在这里，他只需要耐心地等她一会儿就行了。也许，只是碰到什么熟人，打了个招呼，礼节性地聊几句。总之，按照往常的习惯，她不会迟到太久。他再次站起来，不由自主地向外面望去。

一位少妇走进来，想找个位置坐下，朝他看了看，仿佛明白他在等人，又退了回去，在院子里重新找了一个地方坐下来。

马坊巷，小屋子。干净，舒适，温馨，有一种迷人的气息。他想。"地方很小，图个便宜。"她告诉他，"不过很安静，很适合休息。"他能知道的就这些了。在那里坐坐，喝喝茶，说说话，或者仅仅只是安静地坐上几分钟，也是不错的。

但是，她却固执地要到那间地下冰库里去。那里的恒温在零下十八摄氏度，滴水成冰，到处都是厚厚的冰块。她偏爱这里。在他的窄小的休息间里，她缠绕着他，双手紧紧地抓住他结实的胸肌，兴奋地喘息，直到最后一瞬间，全身瘫软下来。

她曾感叹："这是多么美妙的一夜啊！"

苏欣终于来了。她走得很快，直奔里边而来。她穿一件浅红薄衫，修长的腿上配一双雪白的凉网鞋，轻盈大方，美丽动人。她手里拿着什么，边走边张望着。他赶紧招手，让她看到自己。

"路上正好碰到熟人，说了几句话。"她坐下来，抱歉地看了他一眼。"我也刚到，瞧你走得气喘吁吁的。"她将手里的东西放在桌子上，是一只方便袋，里边装着什么。"带给你的东西，待会记得带回去。"她用纸巾擦了擦额上的汗，顺手放进纸篓里。"你昨晚没睡好？"他看着她，"眼睛有点浮肿。是不是又加班了？"

"没有，可能是多喝了一点水的原因。"她随口说道，顺手从筷子盒里抽出两双筷子，递给他一双，自己拿一双。

"你吃啊，不等，小心凉了。"她忽然意识到，他一直在等她。

"刚端过来你就来了，瞧，还冒着热气呢。"他挑起面条，尝了一口。

院子里的人渐渐多了起来。有几个刚到的客人没有找到空位，站在凉棚底下拉家常，好像在谈论昨晚的一场篮球赛。一个年轻人摆出一个怪异的投篮姿势，惹得一旁的同伴大笑起来。

围在灶台边的人越来越多，几乎看不到那个年轻掌勺师傅的身影，但他的声音不时传过来。"来了，这就来了！"他的嘴里好像永远就是这一句话。

她低头喝了一口汤。"嗯，好鲜！"她点点头，看上去很开心。今天他为她点了猪肝瘦肉面，里边还加了一点西红柿。

"对，这儿的早点不错，瞧这一院子的人就知道了。"他也低头吃起来。条形桌很窄，两个人凑在一起，距离很近，几乎要碰到头了。不过他们乐得如此。"有一回，女儿调皮地拷问我，说你知不知道喜欢和爱情有什么区别？"有一次，也是这样凑成一堆时，她这样对他说，"你知道她是怎样给我答案的吗？她说，喜欢，就是想跟你待在一起。而爱情，就是想跟你结婚。你说，她是不是说得太有意思了！"一个小孩子，竟能这样直白地理解情感上的事。他听了，觉得太意外了。"那么，你说说，你对我，是前者还是后者？"他一时语塞。是啊，一个没难倒小孩子的问题，竟让自己这个成年人手足无措。她被他的窘态逗乐了："算了，不难为你了。还是让我来替你回答好了。其实，都是一样，你说是吗？"他一直都记得当时的情景，一直都记得她那一闪即逝的苦涩的眼神。

有一小会儿，他们没有说话。她吃得很香。"这里就是这样，有特色的地方挤破门。往后带你去另一家，味道也不错！"他熟悉这里所有的早点店，能如数家珍地说出每一家的风味特色。"经常换一换口味，每个地方的味道都尝一尝，才会吃得更开心。"他将一小块鱼肉送进嘴里。

"嗯，不用了。"她想说什么，又打住了，"这地方就挺好的，干吗要换地方呢！"她挑起两根面条往嘴里送。"吃什么真的无所谓。"她补充了一句，似乎要强调这一点。

他很快接受了她的看法。是啊，两个人能够待在一起，就真的不在乎吃什么了。他心领神会地点点头，也为此有些兴奋起来。"今晚有空吗？"他忽然想跟她说这样一句话，却不知为什么迟疑了一下，却说道，"孩子们该考试了吧？"

"是。就在这一周。"她小口地吃着面条，像在想着什么。

他似乎并未觉察到这一点，顿了顿，又说："两个孩子打算上什么学校？"

"还不好说。总之要等成绩出来才好做决定。"她停住筷子，稍稍抬了抬头，有些忧郁地看着他，"以她们平时的成绩，很难有一个好的结果。"她似乎在沉吟着，又似乎在按捺着心中的不安。"但不管怎么说，总是要读下去的。这么小，又是读书的年纪，总不能因为一时成绩不理想就放弃学业。"她说得很平缓，但能感觉到她内心起伏的波澜。"还好，两姐妹都有继续读下去的愿望。我一直都在想，将来能够上一个什么样的学校。但又明知道，想得再多也没有用，只有期待考好一点。"

外面果然下起雨来，雨点子刷刷地砸在地上，来势迅疾。有几个人躲到里边来了，嘻嘻哈哈地说，说下就下起来了，这雨来得！

她停了停，有些心不在焉地挑着面条。她本来想说，一天前她去了一趟学校，找班主任了解了孩子们的学习情况，关于将来上什么样的学校，也顺便征求了老师的意见。这场雨打断了她的思路。也没什么好说的，一切还是未知，总得看看考试结果和孩子的意愿。她想。

"我影响你的胃口了？"他注意到她的变化，满怀歉意地看着她。

"没有，其实还是很想吃东西的。"说着，她挑起一撮面条送进嘴里。他发现她的眼睛里有一些血丝。"是不是因为孩子的事没休息好？"他停下筷子看着她。

"没有。"她低下头，极力避开他的眼睛。

"要不，给你换点别的，比如吃点甜的，开开胃？"他依然看着她，等着她点头。

"不用。"她摇头，"这就很好了。"

雨停了下来。那几个人在一边的圆桌上坐下来，大口地吃起来。"今天够我喝一壶的。"其中一人大口地吃面，嘴里含混地说，"昨天开会，头儿说今天放学前考场全部要布置好。"

"明天还要监考。"另一位说。

"晚上的酒席去不了了，弄不好今天还得加班。"他说得有些懊恼，"事情都码到一堆去了，真是！"

"找几个学生帮帮忙不就完了？"有一位说，"一个人肯定做不来的。"

"学生昨天就放假了，再说影响不好，让头儿见了又得挨骂。"

听得出来，他们是学校的老师。也许是一中的，也许是二中的，两所高中离这儿都很近。

"是不是家里有什么事？"他压低声音，只有她听得见，"他回来了？"

她再次摇头："没有，他没有回来。"

他猜想，一定是男人回来了，一定又吵过。

"不说这个。"她说，"对了，差点忘了，给你带了一点药，你不是总咳嗽吗？待会儿带上。"她有意岔开了话题。

那几个人很快吃完，各自走开了。屋里又安静下来。

"是杨医生昨晚又来了。"许久，她才缓缓地说。他听了，心里一紧。

杨医生是一个中年男人，在车站路开了一家私人诊所。一年前，也就是刚到蓝月亮时，她到那儿看过病。后来，他的电话就经常打过来。她曾轻描淡写地说过这事，不过他并不认识这人。在他的印象里，大凡这号人都长得白白净净的，戴着眼镜，斯斯文文的，兜里有的是钱。有两回，这家伙找到蓝月亮去了。她好说歹说，才将他支了出来。

他知道这鸟人一来就没好事。他紧压着内心的激动，脸色平静地等着她讲下去。

"先是打电话，没接，后来就直接过来了。"他看着她，脸色变得苍白。

门外一阵高跟鞋的响声，咚咚地踏进来。一个女人，拎着包，举着雨伞，自顾地在他们的桌边坐下来，顺手一甩，伞上的水滴刷地落在他裤腿上，他感到一阵冰凉。接着，她打开包包，摸出手机旁若无人地打起电话。

"快过来呀，我到了。你吃什么？先叫上？"女人的声音尖细，像锥子扎进耳膜，"快点，赶点呢！定好八点上场的。"

他已经没心情吃下去。苏欣也放下筷子，不吃了。

他们的谈话没法继续了。

"走吧。"她说。他跟着站了起来。

他们都在八点上班。只不过不在同一个地方而已。也是这个原因，他们都会提前到这里过早，为的是能够在一起多待一会儿。但是看来今天是不行了。她无奈地看了他一眼，快步走在前面。

雨小了。雨点细小，却仍然浓密，打在脸上凉凉的。一路上他们都不说话。他想知道事情的结果，她却一直没有开口。

到了路口，她停下来，抿嘴笑了笑，说："没事。"他脸色有些凝重，仍说没事就好。

"那——我走了。"她说。

接下来的几天，他都无精打采。他想，所谓的没事，只是在安慰他。打了几次电话，她都没接。她在干什么呢？他常一个人在屋子里发呆。那个医生还会去找她吗？每回她没有接听自己的电话，都会引起他极大的不安，以至于胡思乱想。

又是一个周三。早上七点整，他跟往常一样去了那个报社早餐点，但是她没有来。他胡乱吃了一点东西，便失望而归。她这些天一定在忙孩子的事，他决定不再打扰她，而这一次也没有提前约她。纵然如此，他明知道她不在那里，还是不由自主地去了。她会不会知道自己去过那里呢？他希望她知道，也真希望有心灵感应之类的东西存在。

回到住处，他再次拨打她的号码。这一回她接了。

"一连去了两趟学校。"她说，"孩子们考完了，结果不是很理想，在忙着填志愿选学校。"他静静地听着。"早上没来得及跟你打个电话，实在抱歉。"她说。

"班主任倒是给了几条建议，但我还是希望她们将来能够一起去上大学。"

"孩子们的想法呢？"他问。

"这正是纠结的地方。一个想上高中，打算以后上大学。另一个想读职业学校，想早点就业，减轻我们的负担。"她说，"以现在的条件，我没办法让她们读更好的学校。"她的意思他明白，比如上一中，考分没过录取分数线是得花不少钱的。她说着，轻轻地叹了一口气。他还是听到了。"班也没怎么上了，请了几次假，都不好意思再开口了。"

他一时不知道该说什么好，又忽然为自己这些天的心绪不宁而愧疚起来。"要不，明早我们还在报社早餐点见面？"本来他想说，"今晚我们出去走走好不？"话到嘴边，又变了。那一瞬间，他发现自己有些过于小心了。

她沉吟了一小会儿，说："行，我早点过来。"她终于答应了。他顿时感到一阵轻松。

下午，他去了郝峰那里。

这时已经过了下班时间，郝峰正在清理空调。他穿着一件短袖衬衫，拖着凉鞋，扭动肥胖的身体，蹲在地上清洗清洁网。见他进来，他点点头，扬了扬手中的抹布说："饮料在冰柜里，茶在水瓶里，想要什么自己拿。"他在移动公司工作，妻子在北城经营一家移动营业厅。他得空就来给老婆帮忙。这会儿他妻子不在，营业厅里只有他一个人。"我一来她就不见了，这儿就交给我了，拿我当驴使唤。"他常抱怨。

他在沙发上坐下来，随手拿起一张宣传单，心不在焉地看着。

"开呀！比拿工资强多了。"他终于放下手中的抹布，用纸巾擦拭着额头上的汗水，嗵的一声，一屁股坐在沙发的另一头。他看了看茶几，忽然想到什么，说："不喝点什么？想替我省几毛钱？"他又站起来，伸手打开冰柜，指了指摆放整齐的饮料："说，来点什么？可别指望我给你选。"他要了一瓶矿泉水。

"投入不算什么，大部分由公司承担，找一间门面就够了。"他说着，咕咕一口气喝下一杯饮料。"还比较稳定，不担什么风险，瞧，我这个店子不是一开好几年？"他将杯子放在茶几上，又接着往里边倒饮料。

"没事，开吧，好歹有我呢!"他身体往后一仰，舒适地靠在沙发上。

到报社早餐点时，她果真先到了，正在低头看手机。"已经点好了，你的还是滑鱼面。"她收起手机，看上去有些憔悴，眼周多了一层淡淡的黑眼圈。可以想象，这些天她一直没有休息好。"要不要换点别的?"她说。

"当然不用。你知道的。"他在她对面坐下来。

"孩子的事差不多定下来了。"她轻轻地说，语气仍然是淡淡的。

还是那位大妈，麻利地端来早餐。"先吃点吧。既然定下来，就放下心来。"他递过去一双竹筷子。她接了。"也是。总之，想来想去，还是觉得对不住两个孩子。"她依然说得很轻，几乎听不见。

他不明白地看了她一眼。"如果做父母的一直在她们身边，情况可能会好一点，成绩也不至于下降得这么厉害。"很显然，她在深深地自责。

"职业高中的孩子相对好就业一点。"他说，"而且在就业期间还可以继续深造。"这么说倒不是有意安慰，实际情况就是这样。

"就是这样想的。要不然，还真不想让她去。"她放了一根细粉在嘴里，细细地嚼着，"孩子太懂事了，反而叫大人过意不去。"沉吟了一下，又说："我还是希望她将来读一所好点的大学，对以后的发展更有利一些。但是她更多的是为我们目前的经济状况着想。读普通高中，就意味着要多读几年，要花更多的费用。她是这样想的。"

他忽然想跟她说郝峰那儿的事，话到嘴边上，又咽了下去。"要不，找个地方散散心?"他发现自己有些言不由衷。

她立刻明白了他的意思，脸上涌起一阵潮红。"我，没有别的意思，只是，只是……"他心虚起来，一时不知道该说什么好。

"不了，还得上班呢。你不是刚说过，已经定下来，就不去想吗?我不再想它了，你也好安心做事。"她反过来安慰他，也好像是委婉地拒绝他。

"你几次电话我都没接，孩子就在身边，实在不方便。"她抱歉地看了他一下，"也许，也许……"她忽然变得迟疑起来。

"是不是遇到什么问题了?"他关切地问。

"没，当然没有。"她笑了一下。显然，她已经打定主意不再说下去。

"不妨说出来。"他着急地看着她的眼睛。

"真的没什么问题。"她很快让自己平静下来，"我只是在想，用不了多久，孩子们就要安顿下来了。"话虽这么说，他依然感到她在刻意掩饰什么。

"你到底想要说什么呢?"他想这么问，却不想因此为难她，终究没有开口。

"真的没什么。"她大概看出了他的疑虑，肯定地说。

差不多快到上班时间了，他们都没有离开的意思。这时，院子里的人多了起来，几乎每张桌子上都坐了人。屋里也来了几个客人，围坐在一起，吃着早餐，大声地说话。那位老大妈跑进跑出，一刻也不闲着。经过他们身边时，扫了一眼桌上的空碗，意思是可不可以顺便清理一下。

"要不晚上出来透透气?"他几乎是在求她了。

她看着他恳切的眼神，许久才说："让我想想。行不?"

"要不，下午我打你电话?"他紧接着说。

"看情况吧。"她似乎有些无奈，"不敢保证一定能出来，如果正好得加班，我真的不好意思再请假了。"

见他默不作声，她又说："孩子的事终究还是个缺憾，心里也乱得很。"这时，他反而觉得自己太自私了，没有设身处地地为她想一想，更没有顾及她的感受。"也好，听你的。总要将她们安顿好了才放心。"她一定会再一次发现他的言不由衷。

回到办公室，苟克接到郝峰打过来的电话。"那件事怎么样了? 需要帮忙吱一声。"他含糊地说："过些天再说吧，要弄的话少不了找你。"郝峰倒爽快，说："这倒像话!"

她拧开热水器的龙头，准备冲澡。这时电话响了，是一个陌生的号码。她接听了，却是丈夫的声音。

"我回来了，刚到家里。"他说。

她觉得很意外，怎么突然回来了? 是担心孩子就学的事吗? 但至少也应该提前说一声啊。

"手机摔坏了，到家里才借了别人的打给你。"他有气无力地说。

"你怎么了?"她敏感地意识到出事了。

"也没什么，就是胃有些不舒服，吃不了东西。可能是天太热的原因。"

"那，要不要紧？"她紧跟着问。

"去看过医生，说不打紧，休息几天，打点针就过去了。"过了一会儿，他又说，"还有，受了一点伤，从钢管架子上滑下来，落到四楼的拦网上，腿上划了一道口子，缝了几针。但是，手机掉下去了，没了。"他说得很慢，像是要睡着了。

她不由得倒吸了一口凉气，觉得耳朵嗡地一阵巨响。"这么大的事你怎么不早说？你——"她发现自己几乎尖叫起来。

"也没什么。"他打断了她的话，"我困了，没事我去睡了。"

春节过后，他没有再去海边的那个工地，而是在附近的汉口另找了一份同样是建筑工地上的工作。一个小时的车程，下午回来，早上能赶过去。但是他很少回来，为的是能在下班后多休息一下，高空作业，容不得半点疏忽。还有一个原因，是工价还算合理，不想瞎耽搁工夫。更多的时候，他们之间是通过电话联系。而即便通了话，也难得聊得开心。他的脾气和多疑，让她没有更多的耐心谈下去。"算了，我得忙了。""我得睡了，你也早点休息。"她总要找个借口结束通话。有时，他会紧跟着打过来，质问道："怎么不理我？""我有那么讨厌吗？"诸如此类。"如果不是因为两个孩子，我真不知道结果会是怎样。"她时常会这样对苟克说。"你们快快长大啊，我真是受不了了。"孩子还小时，她常这样对她们说。但现在，她反而不提这些了。"孩子懂事了，大人的事情会影响到她们。"

五分钟后，她坐上一辆公汽，匆匆赶往回家的路。

"要说，他还是一个不错的男人，高高的个子，皮肤也白，相貌算得上英俊。这些年，脾气也改了不少，不再动不动就找不是发火，还学会了做饭，洗衣裳，经常动手做些好吃的。有时他起得早，去几里外的市场上买回吃的，做好了再喊我们起来一起吃。怎么说呢，像换了一个人。也吃得了苦，成天在太阳底下暴晒，黑得跟锅底似的。身体本来就差，这几年又多了许多毛病，腰痛，胃病。"

"他并不在家里，而是在园子里扯草。"她叹了一口气，"园子都快荒了，西红柿、茄子、丝瓜，都叫野草淹没了。我着实生气了，说，你不要命啊，你得听医生的话呀！"后来，他回去洗了一把脸，骑车去了卫生院。看着他远去的背影，她的泪出来了。

待他回来，她已经为他做好了吃的。他很高兴，原想喝点酒的，看她没有赞同的意思，就不再说什么。不过，饭吃得很香，说菜都是他爱吃的，也做得好。"这么多年了，都不记得有没有好好为他做过一顿饭。"

过了两天，她去了一趟那个工地。那时，他的腿伤没有完全恢复，使不上劲，走路还有点跛。本来打算多养几天伤的，那边来电话催。"再不去老板就得换人了。"他放下电话这样说。她径自坐车去了，事先没有通知他。在工地上她找到了他。他戴着安全帽，旧迷彩服很脏，沾满了铁锈和灰土，还有很打眼的汗渍。他没有发现她的到来，蹲在十楼的墙角焊接钢条。她站在不远处静静地看着他。他侧了一下身子，她看到了他胡子拉碴的脸。她的心突然一阵颤抖。

那个下午，他没有去工地干活，特意跟老板请了半天假，陪她一起去了不远处的紫薇园。那是这一带小有名气的旅游景点，而她也爽快地答应了。

按照当初的计划，两个孩子都报了名，入校上课了。

这是孩子考试后，他们第一次相聚。她的心情看上去好多了。

河堤上很安静，只有小虫在吱吱地鸣叫。水边有几个夜钓者在垂钓，他们静静地抽着烟，火光在夜色里一闪一闪的，几乎能看清他们神色专注的脸。他们起杆的动作，在清淡的月光下清晰可见。对岸的灯映在水里，如一颗颗小星星，在不停地闪动。他们并肩靠在一起，缓步往前走，脚下的沙子发出沙沙的响声。

"这是我们头一回一起去那样的地方。之前没有一起去过公园，没有一起去逛商场购物，也没有一起带孩子散步。不是没有机会，而是没有心情。紫薇开得正盛，我用手机为他拍了几张照片。这是我第一次为他拍照片，此前手机里一直没有他的图片。想想他也不容易，感情的事往往不是一个人的错。"他拥着她，静听她的讲述。她头发上淡淡的香水味道让他沉醉，他禁不住伸手抚了抚她的头。"当初结婚，如果我死活不答应，家人是没有办法的，他也是没有办法的。而现在，把所有的不是都算在他的头上，对他而言不公平。况且，这些年，他还是努力在尽到做父亲的责任。"

"中午，我们去了一家餐馆。这也是我们婚后的第一次。是我提出来的。我们要了啤酒，我陪他喝了一点点。"

"在接到那个电话的时候，我发现自己的许多想法都变了。我知道，我的心里没有他，但这个家不能没有他，两个孩子不能没有他。这是我在那一刻所想到的。我一直在问自己，如果那天没有四楼的拦网，如果他不是恰巧落在拦网上，之后的情形又会是什么样子？"

"给你讲一个故事吧。"她说。

一个雪夜，苗苗和阿发蜷缩在一棵老树下。他们紧紧拥抱着对方，小声地说着话。雪越下越大，他们谁也不愿开口说离开。不知不觉中，他们在彼此的怀抱里睡着了，这一睡就再也没有醒来。当人们发现他们时，大雪覆盖了他们。双方的父母悲痛至极，无论如何也不愿失去自己的孩子。但是，他们想尽办法，也不能将他们分开。后来，他们想到一个法子，既能时刻守护在他们身边，也能不至于拆散他们。他们将这对恋人嵌进一块巨大的冰里。

"透过冰层，你能清楚地看到，他们神态安详，脸上还带着微笑，像进入了一个甜蜜的梦境。"她说。

"后来，他们有了一个广为人知的名字：连体冰人。"

她一直看着他。他感到身体颤抖了一下，脑子里一片茫然。

"爱情和生活，毕竟是两回事，很多时候又是分开的。"她娓娓而谈，一如她往常的平静，"连体冰人，留给人们的是一个美丽的遐想。"

许久，他们都没有说话。最后还是她打破了沉默。

"记得那个杨医生吗？"她说。

"当然。他去找过你。"他不知道她为什么在这个时候提到这个人。她重新拉住他的手，像什么事也没有发生一样。他顺着她的意思，接着往前走。在月光映衬下，偶尔能见到草丛中有一两朵白色的小花。一只萤火虫从堤上飞下来，在他们身边的草叶上落下来，荧光一闪一闪的。

"一直没有告诉你他为什么找我。"她忽地停下来，看着他的脸。她的手也握得很有力，似乎是作了很大的努力才说出这件事。

"我想我能猜个大概。"他的声音听上去不大自然，"你一定拒绝了他。"

"你说得没错。我拒绝了。"顿了一下，她接着说，"他跟我提到了孩子，以孩子作为条件。"

"孩子？条件？"他很意外。

"他说他可以解决两个孩子的问题，上好学校，还有费用。"这一回是她停了下来，直直地看着他。

这时他的脑子里油然冒出一个斯斯文文戴眼镜的形象，他感到自己的心跳忽地加快，似乎心脏要蹦出来。事后他想，如果这人就站在跟前，他一定会冲上去一阵狂揍，撕破他白白净净的脸皮，砸碎他的眼镜。那一刻，他的手心全是汗水。

"你答应他了？"他几乎要叫出来，生怕一不小心让她飞走一般。

"你着急了？"她笑了一下，接着往前走。

"但你还是拒绝了他，不是吗？"他明知故问。

"是的。我深恐因为我的原因，让孩子们背上无可摆脱的耻辱。况且，即使我愿意这么做，她们也是不会答应的。"

"跟你说起这件事，是希望多少年后，我们曾经的美好，不会因为时间的原因，也不会因为其他原因而变色，甚至消失。它永远存在，就在我们心里。"

"什么？你说什么？曾经的美好？"他一个激灵，紧张地问道。

"是的，我得走了。"她的语气静如河水。

"走？到哪里去？"他仍沉浸在自己的思绪里。

"到他那儿去。"路面有一道小坎，她向前迈了一大步，将他丢在身后。

"什么时候回来？"他固执地以为，这不过是他们之间一次再平常不过的闲聊。

"不回来了。"

"我今天是来告别的。"她没有正面回答，像在自言自语。

"这是为什么？"他突然提高了嗓音。事情来得太突然，他来不及控制自己的情绪。

"我已经想了好久，今天算是正式决定了。"她扭头看着河对面。

他一时搞不明白，事情到底怎么了。如果在白天，她一定能看到他的脸在扭曲变形，异常痛苦。

"这到底是为什么?"他忘情地抱住她,几乎要哭出来。

"你知道的。"有一小会儿,她停顿下来,似乎在努力调整自己的情绪,"还有,他的身体也不好,需要有人照顾。"

他惊呆了,紧紧地抓住她,不能放开。他想到了郝峰,他想说在此之前他的一些想法。他还想说,她是不用去那里的,他们是可以继续的。但是,他清楚,没必要了。

他感到,自己的身体在剧烈地抖动,泪水夺眶而出。

他像个孩子,哽咽不已。他想说,你们之间没有爱,你不必这样。可是他的头脑里仍然保留着最后的一丝理智,极力控制自己不要说出来。他知道,这于她是残忍的,无异于捅到她的伤口。他不想伤害她,哪怕是一丁点,也不。

这注定是一个伤心之夜。他们不再说什么。从她的眼里,他分明看到了一汪波澜不起的宁静。

之后,她的手机关机了。又过了一段时间,语音提示是一个空号。至此,他不得不承认,这段不为人知的恋情已宣告结束。

晚上,他在冰库里过夜。一觉醒来,发现被子上全是白霜,连眉发也白了。他一时愣了,想起那对连体冰人的故事。"我变成冰人了,我是冰人了!"他激动不已,真希望她能听到自己的喊声。

闹　狗

1

他妈的狗叫！

熊水车含混地骂，翻过身，又睡着了。

狗在叫。高一声低一声，喔——汪，喔——汪，叫两声，停下，不久又叫。叫叫停停，有气无力。

有狗跟着叫起来。汪，汪，高亢，洪亮，铿锵有力，全是冲劲，充满霸气。熊水车醒了，睡不着了。

更多的狗叫起来，狂躁，野性。熊水车翻来覆去，跟掉进刺丛似的。杀肉的，发瘟的！他骂。

狗们中了邪一样，叫得更密集，更火暴，像一串点着的爆竹，没完没了。

早上，熊水车站到镜子前，发现自己眼睛浮肿，脸色苍白，一夜间变得苍老不堪。

又到晚上，好戏再次上演。狗们约好了似的，长呼短叫，低哼高唱。真是混账到家了，我得罪狗了！他心里窝着火。

夜夜狗叫。他无处可逃，吃不下睡不好，两眼通红，嗓子冒烟，犹如病魔附体。

久了，狗们累了，只是有一声无一声地低嚎。熊水车分明感到它们在无精打采地游荡，在懒洋洋地打呵欠、伸懒腰，在空地上打滚，在枯树上磨爪子，挨着墙脚擦痒。偶尔虚张声势地撕咬一下，很快又安静下来。不知什么时候，它们开始刨墙，坚硬的爪子在墙壁上刨出刺耳的嚓嚓声。跟着，其他的狗受到传染似的，一窝蜂地来刨，整块墙壁发出嗡嗡的响声，铁了心要掏出一个洞来似的。

熊水车的汗毛都竖起来了。那强有力的爪子一下一下地挠在他心头上似的。果真挖出一个洞来，还得了？他抄起一根木棒，吼叫着，将墙壁敲得咚咚直响，滚，都滚，去死吧！

刨墙声停下，过一会儿又响起，嚓，嚓，不绝于耳。他捂紧被子，抱着头，试图将那声音堵在外面。但没有用，那声音仍肆无忌惮地穿墙而入，直入耳膜。他再次爬起来，撕心裂肺地吼叫，竭尽全力地敲打。骂一通，敲一通，狗们平息了，他再钻进被子。如此反复，直到天亮。

白天，狗们幽灵一样消失得无影无踪。他瞪着浮肿的眼睛四处寻找，一根狗毛也没找到。他忐忑不安地来到墙边，令人意外的是，墙壁完好无损，没有任何抓痕。这就怪了，明明是在刨啊！

他寝食难安。尤其是到了晚上，他像得了过敏症似的，胆战心惊，浑身起鸡皮疙瘩。当那嚓嚓声再次响起时，他就疯了似的，抓起木棒狂叫，冲着墙壁猛打。仿佛狗们冲了进来，他正奋力一搏，狠狠地敲打在狗头上。

狗们叫哑了，声音低沉，呜咽，像一群人在漫漫长夜里哭泣。

熊水车缩在被窝里，手脚发凉，大气不敢出。

2

现在，熊水车袖着手，拖着两条软塌塌的瘦腿在晃荡。

他喜欢在湾子里晃荡。在无所事事的冬日里，除了到处闲逛还能干什么？现在不同，狗们闹得他掉了魂似的，他更像一个找魂的人。

稻场上坑坑洼洼的，树叶落了厚厚的一层，踩上去沙沙作响。有的地方长着成片的野草，有的长着杂树、艾蒿、刺槐、桑树、苦楝、黄荆条，把原本宽阔的场子挤得零乱逼仄。房子也破败不堪，歪了，倒了，塌了，露出熏得漆黑的土墙。椽子断了，翘着，落在地上，横七竖八的。断墙上长出碗口粗的树，长长的根系穿透土墙，爬到地上，如一只只巨大的爪子。屋瓦上长着半人高的茅草，一撮一撮，乍一瞧去，如一个瘦长的人站在半空。屋门上都挂着一把锈锁，轻轻推一下，锁便脱落，门也开了。远处的田地早就荒芜了，多少年都没人耕种，到处杂草丛生，远远望去，一片枯黄。

他高一脚低一脚地走在稻场上，不时四处张望，湾头、路口、田野，希望在某一个地方找到一个人，从外面回来的，路过的，哪怕是个不说话的哑巴，或是鬼鬼祟祟的小偷也行。结果太让人失望。湾子里除了他自己，找不到第二个人。

狗呢？都死哪儿去了？

一只红毛野鸡老远地从草丛里钻出来，昂着头咕咕直叫，血红的冠子扬得高高的，不安地来回走动，像在说，我的地盘，别过来！

熊水车一时兴起，抄起一块瓦片砸过去，野鸡一声尖叫，拍着翅膀逃走了。妈的，什么东西！他恼怒地骂道。

从湾南头到湾北头，从北头绕到后山上，是他晃荡的基本路线。他每天的大部分时间，差不多都是在这条路线上消耗掉的。时间对他来说，多成一种负担。那条小路长着野草、蒿子、刺棵子，半人深，密密匝匝的，狗都钻不进去——又是狗，怎么总是想到狗？天天打这儿走，那些生命力旺盛的植物便渐渐消退，给他让出一条齐整的小路来。

偶尔会绕得远一点，坡地上、田埂上，毫无目的地转一转。但基本不会超出更大的范围。不会跑到李树湾、张家湾，就像那里的男人女人不会跑到枯树湾来一样。这叫井水不犯河水，河水不犯井水。电视里的豺狼虎豹，不是各有领地吗？枯树湾就是我熊水车的领地，我在巡视自己的地盘呢！这么想着，他忽然有了尿意。路边有一棵老楝树，扭曲的老根暴露在外面。他呼地拉开拉链，对准老树根。然而，任他撑得脸红脖子粗，也没尿出一滴。妈的，老了，不中用了。他懊恼极了，转身准备离开。想想又不甘心，回身恨恨地吐了两口浓痰，哼，做个记号！

每次经过老楝树，他都莫名其妙地来了尿意，都要跷腿淋它一回。淋过了，才舒畅、痛快，心里了无挂碍。久而久之，老根变黑，霉烂，发臭。

再次回到湾子，已近中午。太阳很暖和，晒得人睡意蒙眬。整夜没睡，眯一阵儿也不错。这么想着，他身子一歪，舒服地躺倒在刘忙生的草堆上。草堆是多年前堆下的，已经风化，腐烂，散发着一股霉臭味。

一辆小车驶进湾子。刘忙生回来了。

刘忙生每次回来，都带一个女人。她们年轻、漂亮，看一眼魂都跟着走了。此外，还带着一条狗。那不是普通的狗，是一条凶狠的藏獒，刘忙生花几万块钱买来的。他妈的，一条狗得几万，凭什么！他愤愤地想。一枪崩了，一文不值。

刘忙生下车，笑眯眯地走过来。那笑里全是巴结的意思。他看出来了，顿时感到屁股丫都清爽起来。刘忙生也讨好起人来了！他得意极了。水车哥，忙着呢！刘忙生递烟，点火。他低头接上，吸一口，慢慢吐出来，嗯，不错，到底是好烟。刘忙生说，水车哥，我车里有瓶好酒，我们吹掉？说着，果然从车里拿出一瓶酒，晃了晃说，不假吧？这简直是巴结到家了！哥你怎么着也得给兄弟一个面子，这酒你一定得喝。喝，当然喝！他接过酒瓶，咕地灌一口，酒流到脸上、脖子上，冰凉冰凉的。不料那头藏獒咆哮着，张嘴就咬。他大叫一声，翻身而逃。梦醒了，只见旺旺蹲在一边，眼巴巴地看着自己。它浑身脏兮兮的，皮毛零乱腥臭，松垮垮的肚皮上，干瘪的乳头毫无生机地耷拉着。他抹了一把额上的冷汗，感到脸上、脖子上凉凉的，黏糊糊的。不用说，这家伙凑上来舔过。他恶心，愤怒，吼道，看什么看？滚！他挥动胳膊，恨不得一拳砸过去。

旺旺胆怯地退了两步，扭头逃了。

3

狗干吗叫呢？他问自己。饿了？想主人了？狗没人喂食了，找不着吃的，当然饿得慌。现在到了腊月，要过年了，狗也想着过年啊。除此以外，他想不出更好的答案。

枯树湾人丁兴旺的时候，狗也兴旺。人们喜欢养狗。狗好啊，看家，壮胆，人们离不开狗。不久，人们陆续离开这里，搬走了，这里便只有那些空出来的房子和被遗弃的狗。没了主人，它们一夜之间变成野狗。野狗不像家狗，不再趾高气扬，不敢仗势欺人，不再围着陌生人或陌生狗狂追乱叫，动不动大发狗脾气。它们性情大变，整天低着头，夹着狗尾巴，目光阴郁，无精打采，一副失去靠山、永世不得翻身的怂样。

只有熊水车还留在枯树湾。熊水车本来可以跟别人一样，将日子过得和和顺顺，但他不成器，不好生种庄稼，成天在外面摇骰子赌钱。先是把家里的桌子柜子拿去贱卖，跟着把老婆喂大的一头肉猪卖了，再后来又将家里的耕牛给输了。儿子没钱读书，辍学了，跟人跑出去打工，这一去就像一头扎进了大海，再也没回来。老婆去找儿子，也是风一样去了，再不见踪影。他成了光杆一条。有一回，他去找铁匠吴望秋借钱，吴望秋正眼都不瞧他，说，借你？那不是肉包子打狗，有去无回！

我成狗了？我他妈的什么时候成狗了？他一口恶气憋在胸口。

人们都搬走了，只有他熊水车走不了。他也想走哇，去集镇上住，去做城镇上的人，永远离开这个穷地方。可是他拿什么去买房？他没有钱啊。一个大湾子，就剩他了，就剩那些狗了。过去人丁兴旺的枯树湾变成狗的世界。这里"狗多势众"，狗气弥漫。在狗面前，熊水车反倒成了孤家寡人。他身处一个狗的世界，成天面对一群没人要的野狗。

熊水车却跟狗不亲，跟所有的狗都不亲，就像狗们跟他也不亲一样。他从不拿狗当狗，尤其是旺旺，见了就恶心，就起了动手的念头。杀肉吃的！他骂。

他对狗的仇恨，源于一块腊肉。那年月，老的要吃小的要穿，一大家子，日子过得要油没油，要盐没盐。腊月二十几，没钱办年货，他厚着脸皮到漳河镇上赊了一块肉做腊肉。大年夜敬祖，他将煮熟的腊肉供在神柜上，便跪下去磕头。神柜是土砖砌的，矮趴趴的。他三个响头没磕完，不知打哪儿钻来一条白狗，纵上神柜，叼了肉就跑。他爬起来就追。那狗下作，嘴巴左一拐右一拐，三两下竟将整块肉生生地吞了下去。

事后，他找狗主人吴望秋扯皮。

吴望秋脸色一沉，说，谁吃了找谁去，关我屁事！

那是你的狗啊，不找你找哪个？

我家的狗不错，我又没叫狗这么做。真是混账！

我又成混账了！熊水车两眼直翻，恨恨地说，行，我混账！我就是混账！

那个时候，吴望秋还在枯树湾打铁，不光打铁，还做火铳。

熊水车再次找到他，绝口不提腊肉的事。我买一杆铳。他说。

吴望秋将一把铁锤挥得当当乱响，胳膊上胀鼓鼓的腱子肉绷得铁打的一般。

有了钱就给你，他凑上去，低三下四的，加息，年底结账，跑了是狗养的。他拍胸，赌咒。

提着火铳出门的时候，熊水车恨恨地骂道，什么东西！

第二天，他用这把崭新的火铳一枪打死了吴望秋的大白狗，然后，请吴望秋一起喝酒吃狗肉。他们一口气吃光了两条狗腿，外加一副狗鞭。

吃饱喝足，吴望秋才记起什么似的，抹一把满嘴的狗油，问，谁家的狗？

熊水车抬起迷糊的醉眼，说，你不晓得呀？这狗姓吴啊！吴望秋僵住了，忽地抄起屁股底下的板凳就跟熊水车拼命。熊水车早有准备，随手抄起火铳，指着他圆圆的脑袋，有种你就来吧，姓吴的，你舍得死我舍得埋！

吴望秋不动了，装腔作势地大叫，你狗日的不是东西，跟一条狗过不去！

错，是狗跟我过不去。熊水车呸了他一口，坐下，接着吃狗肉。

从此，炖狗肉、爆狗肉、烧狗肉、焖狗肉、腊狗肉，熊水车天天吃，顿顿吃，怎么好吃怎么吃。在他看来，有狗肉和没狗肉的日子就是不一样，有狗肉的日子床上的女人都叫得欢。

火药得灌足，铁砂得压紧，末了灌上铁钉。铁钉知道吧？就好比钢枪里的子弹，没这东西你打不了狗，要不了狗命，顶多伤着狗皮。他抬手，眯眼，瞄准，看好了，看好了，嘣——哈，再烈的狗子，老子都一枪撂倒，从不失手。吹起这些往事，熊水车总是激动得红光满面，恨不得往地上一爬，狗一样钻回那些狗肉生香的日子。只可惜，现在狗肉没得吃，女人也没得睡了。

因为杀狗，他身上散发着一股杀气。狗们见了他，老远就像抽了骨头断了筋，立马威风丧尽。即使熊水车两手空空地出现在稻场上，它们也望风而逃。

有一回，一位相命先生路过枯树湾，忽然指着熊水车说，这人杀气太重，不得善终。熊水车听得心里一紧，一股凉气蛇似的往上蹿。

他还是杀狗，杀了就拖回来吊起，剥皮，肢解，大块煮透，剔肉，上盐，风干，挂起来慢慢吃。吴望秋有事没事来晃一晃，他们成了酒肉朋友。两人就狗肉下酒，一直痛饮到夜半三更，才醉歪歪地散去。

好景不长，派出所把火铳没收了，把人带走了。熊水车前脚给关进铁门里，吴望秋后脚就站在门外，得意地冷笑。熊水车恨不得一口将他活吞了，说，吴望秋你这个没良心的，敢出卖我！吴望秋嘿嘿一笑，阴阳怪气地说，我哪儿敢，你有枪啊！谁不怕枪啊！

狗肉，狗肉！熊水车脸上铁青。

不能打狗，熊水车的生活了无趣味。尤其是进入漫长的冬季，他更加怀念打狗的日子，怀念那种嘣地扣动扳机的快感。

旺旺是刘忙生的狗。猪来穷，狗来富，养狗吉利。他特意给它起了这个名字。旺嘛，图个兴旺发达的意思。

后来，他在河里挖沙，再把河沙变成钱。渐渐地，别人不再叫他小刘，不叫刘忙生，叫刘老板、刘总。在熊水车眼里，那不是沙，简直就是一河挖不完的金子。一铲子下去，票子直往上冒，看看就叫人眼红。挖的人越来越多，就不让挖了。那可不行，那不是断了财路吗？倒个人进去也要挖！明里不行就来暗的，白天不行就晚上，晚上不行就打游击。机器不能停，船不能空。没多久，河里没沙了，好多人干别的去了。他却不。他开始挖河坝。河坝下边全是好沙。把铲子伸到坝底下，捞！水下捞得空空的，水上看着完好无损，神不知鬼不觉，谁也查不出来。他就有这个本事，贼精！

旺旺从那时就变成了流浪狗。有时，它蹭到熊水车跟前，讨好地望着它。来，来，吃一口，熊水车偶尔会扔出一小块肉，或者倒两口饭在地上。旺旺朝他摇头摆尾，低眉顺眼地靠过来。还没走近，熊水车冷不丁一脚踢过去，旺旺一声惨叫，跑开了。下回再丢吃的，它只远远地看着，一步也不敢往前走。熊水车一脚踏上去，紧紧地踩着、拧着，直到吃的变成泥浆。吃，我叫你吃！他走了，旺旺凑上去，将那点泥浆舔进嘴里。

刘忙生要搬走了，熊水车凑上去，讨好地说，刘总，要不，我来帮你喂养旺旺？

刘忙生一点也不领情，顺口道，中啊，你喜欢送你好了！

喜欢？谁喜欢一条破狗哟！熊水车热脸挨着冷屁股。

刘忙生坐进车里准备离去，旺旺不识相地跳进去。他吼道，下去，滚下去！它不动，赖在干净的车垫上瑟瑟发抖。刘忙生不耐烦了，一脚将它踢下去。它扭头再往车里钻，结果车门关上了，一头撞在坚硬的门板上，发出咚的一声闷响。刘忙生伸出头来，心疼地瞧瞧自己的爱车，狠狠地叫道，再跳老子轧死你！

车开走了。旺旺一路追上去。车子越跑越快，追着追着，就不见了。它停下来喘着粗气，茫然地望着远方。

再见旺旺时，熊水车老远就抓一块砖头砸过去。妈的，看你狗日的能！他把旺旺当成刘忙生了。

刘忙生偶然会回来一下。

车子停在稻场上时，旺旺兴奋地跳起来，摇头摆尾地迎过去。

令人意外的是，车里呼地跳出一条高大的黑狗。那是刘忙生的新狗，一条藏獒。藏獒高高地扬起头，扫视着一切，高贵，威武。

见了旺旺，它一声低吼，直扑过来。旺旺扭头就逃。但是晚了。藏獒三两步跨过来，轻巧地将它扑翻在地，一口咬住它的脖子。

藏獒摆动硕大的脑袋，用力撕扯。旺旺尖叫着，惊恐地挣扎，四肢在地上抓出道道深痕。

不过，旺旺还是逃掉了。藏獒的大嘴松动了一下，它便侥幸逃过一劫，捡了一条小命。

旺旺钻进狗洞，血流在地上，干了，变黑，发臭。奄奄一息地瘫倒下去的那一刻，它听到主人在大笑，哈哈，狗日的，跑得好快！还听到他在表扬他的爱犬，嗨，干得好，没白疼你！藏獒长嚎一声，在地上打滚，撒娇。

重新从狗洞爬出来时，旺旺变成了一条残狗。一条腿断了，走起路来一歪一歪的，随时会倒下去一般。脖子受了重伤，伸不直，扭着，像在偷看什么。

有一回，刘忙生指着旺旺对藏獒说，去，咬！

藏獒怪叫着扑过去。旺旺有了上回的教训，早有戒备之心，一头钻进狗洞，再也不出来。藏獒扑了个空，趴在洞口嗷嗷乱叫。

女人在一边看了，拍手大笑，刘忙生也跟着拍巴掌。

4

熊水车拉开拉链，对着老树根，稀稀拉拉地尿出几滴。尿液落到老树根上，溅到脏兮兮的鞋上，留下几点清晰的湿痕。

路边的枯草一阵窸窣晃动，钻出一条黑毛母狗。它眨巴着肿泡眼，直直地盯着他的下边。

那是吴望秋的大黑，他认出来了。大黑在地上嗅来嗅去，裸露的屁股在他眼前晃来晃去。

他忽然感到下边有一种异样的感觉。他蹲下来，伸手做出喂食的样子，喔，喔，来，过来！

大黑抬起头，讨好地舔他的手。他摸摸它的头，又摸摸它的背。狗得到鼓励，更卖力地舔他，湿湿的，热乎乎的，咂咂有声。他全身麻酥酥的，体内有股久违的力量在升腾、搅动。

熊水车！吴望秋像是从土底下钻出来的，你要死呀？

熊水车打了个冷噤，双手慌乱地捂住下边。

吴望秋厌恶地瞟了他一眼，说，看你这副德行，跟狗都不如！小心裆里的东西跟它一样烂掉。他指了指老树根。

熊水车慌乱地系裤子，你狗日的积点口德好不好？

怕了？越怕烂得越快。哼！吴望秋往湾里走去，漆黑的皮鞋在土路上发出刺耳的咚咚声。

你回来干什么？裤子系好了，他扭了扭屁股，似乎要确认一下那东西是不是真烂掉了。

笑话！他提高嗓子，我怎么就不能回来？我回家看看碍着你什么了？

你住在街上，这里早不是你家了。熊水车摇摇头，眼里全是不屑。从这儿搬走的人，都跟这儿不相干了。你也一样。

吴望秋不服气地看着他，我的房子在这儿，你敢说那老房子不是我吴望秋的？

那又怎么样？它迟早会变成一堆瓦砾，你看都不会看它一眼。难道我说错了？他并不看吴望秋，抬腿照着老树根狠狠踢了一脚，跟它有仇似的。

瞧你人不人鬼不鬼的，跟死了娘老子一样，该不是叫狗把卵子啃了？

吴望秋讥讽道。

你说对了，湾里真闹狗了。他的眼睛一亮，仿佛找到了倾诉的对象。

闹狗？

是，狗们围着湾子叫，跟哭一样。不错，一群狗在哭。还刨墙，刨我家的墙，兴许还刨了你家的墙，要吃人似的。你说，枯树湾几时发生过这样的事情？

狗在哭？

是啊，都哭哑了，还在呜呜地干号。要不，你晚上跟我睡，听听就知道了。他巴结地看着吴望秋。

吴望秋吓得倒退一步，也打了一个尿噤似的，浑身一颤，说，得，我犯了魔气，跟你睡！说着扭身就往来的方向走。

夜听狗哭，晨戴白布。老辈人说的。熊水车，你小子混到头了！他越走越快，被狗追来一样。

什么？吴望秋，你个烂嘴的！熊水车急了。

狗哭不是好事，湾里要死人了。吴望秋大声说，你他妈的够喝一壶了。

死人？湾里都没人了，还死什么人？熊水车都快跟狗一样哭了。

我怎么知道。死谁头上谁命短！他逃了。

妈的，丧门星！熊水车不寒而栗。

他从草堆里爬起来，接着晃荡。田里，塘边，山头上，树林边，遛哪儿算哪儿。他忽然觉得，这里的一草一木，每一寸土地，当然还有这片土地上的狗，都是他熊水车的。这个莫名其妙的念头，让他油然而生一股豪气，一股类似于当年持枪打狗的冲天豪气。他仿佛看到那些狗出现在视野里，激动不已，心里痒痒的，手上也痒痒的。妈的，放在那会儿，这不找死吗？他咬了咬牙，连牙根儿也跟着痒痒的。

好久不打狗，他身上的那股杀气早就随着时间飘走了，消失得一干二净。狗不再怕他，甚至凑过来跟他套近乎，意思是讨点吃的。熊水车当然没有吃的给它们。它们汪汪叫两声，失望地离开。望着不紧不慢远去的狗，他端起空空的双臂，瞄准——叭！

5

熊水车在麻将馆里找到吴望秋。

吴望秋早就不打铁了。他在镇上开了一家望秋超市。超市在丁字路口，位置好，口面大，生意好得不得了。生意忙得差不多了，他就到麻将馆里摸两把。

熊水车坐在角落里，喝茶，嗑瓜子。他知道，如果没别的事，吴望秋会一直打到下午，或者晚上。没关系，他有的是耐心，会一直等到他散场。

吴望秋对面坐着一个妖艳的女人，黄头发，红嘴唇，胸脯挺得老高。她不时瞟他一下，嗲声嗲气地说，吴总，快点啊！吴总，我等不及了！

吴望秋目光阴沉，脸色通红，额上的青筋突出，像扭动的蚯蚓。很显然，他输了，输得很惨。

他们在做"轿子"。我发现了，他们在钓我。他愤愤的。

你注意点，他们是老油条，是精，没两把刷子别上这儿，你玩不过他们。

我不打麻将。熊水车咕地喝一口茶。

不打麻将？吴望秋意外地看着他，那——你总得找点事做。

对，总得找点事做。不然，这日子过得有油没盐的。

是啊，那你干什么呢？

数狗。

数狗？别跟我提狗。他厌恶地摆手。

湾子里有很多狗，自从它们整夜整夜地叫，我就开始数它们。你知道有多少？二十七条。不算小的，不算那些躲着没见面的，光那些有名有姓的，一共二十七条。

狗也有名有姓？

对。刘忙生的，叫忙生狗，李大友的，叫大友狗，你吴望秋的，叫望秋狗。好记！

这不骂人吗？

你家的黑母狗也在里边。你养了它多少年？你忘了，肯定忘了。我记得，七年。你丢下它，它捉老鼠、抓虫子、逮蛇、吃野果子，没饿死，又活了八年。它不是狗了，是狼，只有狼才这么活命。湾里那些狗，跟它一样，都变成狼了。湾里到处都是狼，你说可怕不？不过，你家黑母狗快不行了，毛掉光了，露出又黑又脏的皮肉，活像一条癞皮狗。哼，望秋狗是一条癞皮狗。没人管它，不冻死也得饿死。

你真无聊。吴望秋脸上挂不住。

昨夜里，狗又叫了一夜。

狗叫有什么稀奇！你别跟我说你怕了。他的声音抖抖的。

可是它们夜夜都叫，不光叫，还哭。你跟我说的，狗哭不吉利。

没什么不吉利，我随口说的，你就当真了。兴许，它们只是饿了，或者冷，总会有原因。当然不会因此死人。哪有这样的道理，狗一哭就死人，那得死多少人，世上的人岂不死光了？他不自然地笑笑，像在安慰他，又像在安慰自己。

可是，死谁呢？熊水车并不听他的话，你想过没，会死到谁头上？

你莫问我，我又不在枯树湾，怎么知道！跟你说过，不必当真。你钻进死角里了，得换换脑子。要不，我们去搓几把？不常打麻将的人，火气旺，没准你能赢。再说，打打牌你就不会想这些没影的事了。或者，去找个女人？

那我就告诉你，不会死到别人头上，要么是你，要么是我。他很平静，他事先想好了这么说，怎么着也得把这家伙拉上。老话说得好，要死拉个垫背的，吴望秋就是垫背的。

放屁！怎么扯到我身上来了？他忌讳这事。不光他，谁不忌讳这种事？

打你上次回枯树湾，狗叫得更凶了。这话很关键，他说得跟真的似的。

慢着，我什么时候回去过？我压根儿就没进湾子！吴望秋打断他的话。

因为你的缘故，它们叫得比哭还难听。他说得很慢，很肯定。喔——汪，喔汪——喊！它们就是这么叫唤的，这不是在叫你的名字吗？吴——望——秋！要不要我再学一遍？

你当我傻哩！把屎盆子往我头上扣，哼！你滚吧，滚得越远越好！他再次打断他的话。我就不信，你能教狗这么叫唤！他讥讽道。

我清楚地记得，你穿一身白衣。我不知道，你为什么要穿一身白，这可不好。

呸，越来越不像话。他恼怒起来。

这事不假，我跟你赌咒，咒什么都行。我一片好心，你当了驴肝肺。唉，算了，不说了。我走了。

看着他的背影，吴望秋打了一个冷战，大叫一声，熊水车，你回来！

熊水车固执地往前走。

他追上去，拉住他，你给我说清楚，干吗要缠上我？

缠上你？你说我缠上你？你屙泡尿照照，你是个什么鸟？我熊水车缠上你！

你屁股一撅，我就晓得你屙什么屎！

老熊，你错了，我什么屎都不屙。

我就不信，从你嘴里能吐出什么好玩意儿来。

也行，既然你不当回事，我还怕什么，我嘴长，我热脸挨着冷屁股。他唾沫四溅，扬手掴了自己一嘴巴。

倒像我错怪你，哼！

也是，换了我也会恼火。你说是不？算了，不说这事了，说来说去真没意思，还是说另一件事。

另一件事？

对，就是杀狗。我整天都在想着杀一条狗。

吴望秋盯着他，似乎想到了什么，说，都什么时候了，杀什么狗？你熊水车又不缺肉吃。

你打麻将的时候，知道我在想什么吗？

什么？

我在想，打狗跟打麻将是一回事，都是找乐子。你刚才不是说找女人吗？其实找女人也是找乐子。就好比多年前你有个相好，现在你会不会想起她？你想，你不会不想，除非你不是男人。想想看，当年我们打了多少狗，吃了多少狗肉。如果再让我打一回狗，吃一回狗肉，那才叫个美。这难道不跟有个相好一个理儿？

扯淡，什么乱七八糟的，你的脑子叫狗吓坏了！

数狗的时候，我常想，今天，干掉张三狗，过几天，再干掉李四狗，再过几天……有时我又在想，这么多狗是吃不完的。我一个人哪能吃这么多狗肉？我想好了，将狗肉送人。比如你吴望秋，送上一大块，比如刘忙生，送上一大块。只要是从湾里出去的人，都送，一个不漏。没准儿，这些人还会吃上自家狗的肉呢！他们吃着自己的狗，还一个劲地谢我，说熊水车真够意思，这么多年了，还记得我，大老远地给我送狗肉。你说，这是不是很有意思？

算了算了，你在说胡话。你回去吧，别在这儿丢人现眼了。吴望秋不耐烦了。

最重要的是，杀一条狗，其他的狗就不叫了。杀一儆百。你知道的，一条狗给杀了，其他的狗就怕了。狗明白这个理儿。我不相信，连狗都明白的理儿，你吴望秋不明白。

那是，那是。吴望秋连连点头，忽地又觉得不对，你又骂我了，你怎么动不动就骂人？我又没招惹你。

想当年，我熊水车拿枪打狗那会儿，哪条狗敢在我面前抬眼？那是打出来的威风。现在，这股威风没了，狗欺负到我头上来了。我这么做，是在给我们消灾。你说是不是？要不然，那些家伙兴许会跑到漳河镇，围着你叫，给你找不是。到那时，你吴望秋该不会骂我事先没提醒你吧？

吴望秋缩了缩圆圆的脑袋，直摇头，你他妈的啰唆了半天，就是为了吓唬我？

熊水车故作深沉地摇摇头，说，当然不是。我要有条火铳，打狗得用枪。

火铳？你找死哟！你想关进去不是！吴望秋不屑地说。你要害我坐牢，我才不干。你滚吧，我算看透你了。

也行。这可是你说的。这事最不济就是我们俩倒霉，大不了死了我熊水车。我就不信，你吴望秋能跑多远！

妈的，去死吧，熊水车！

6

湾里到底有多少狗？二十七条？鬼才相信。亏熊水车蒙得出来。这些年，谁也没让狗计划生育，公狗到处播种，母狗像没有开关的闸门，不停地生小狗，小狗再生小狗，越生越多，怕是七十条，甚至一百七十条都不止。枯树湾如此，附近的湾子当然也如此。大狗小狗，一窝窝一群群，到处乱窜，这里窜到那里，这个湾子跑到那个湾子。随处都是它们在争叫，撕咬，争地盘，争食物，争母狗，一刻不得安宁。

吴望秋的意思，是杀一条狗就行了。如果那些狗还叫，就再杀一条。我就不相信，它们不怕死。他说。

但是熊水车并不同意他的想法。他说，你老吴成天除了打麻将，在麻将桌上偷看女人的奶子，就不会找点别的乐子？跟你说过，杀狗不光为取乐，还为了消灾。这种事，不怕一万，就怕万一。我就不信，你就不怕正好给碰上。

熊水车有自己的计划，第一步，杀条公狗。枯树湾的公狗多的是，要是把母狗杀光了，将来就没有小狗了。第二步，是杀那些外来狗。发情的母狗会招来更多的公狗，那样的话，这里的狗是打不完的，岂不快哉！

他跟吴望秋讲，做这事得讲究策略，一旦开了头，就不愁没乐子了。你想想，在麻将桌上，别人盯着你的银子，你提心吊胆，处处小心，弄不好，会掉进去。你吃了亏，别人还在背后骂你笨，傻逼。何苦！在这里，我们是老大，土皇帝，兴奋，刺激，快乐无比，又活到年轻的时候。这么说吧，我们想怎么干就怎么干，怎么高兴就怎么来。说着，他心里又生出一股豪迈之气，像一位久经沙场的将军，运筹帷幄，举重若轻。别跟我说那些狗屁警察，他们才不管这些鸟事。枯树湾成了蚂蚁不生子的鬼地方，他们吃饱了撑着，跑到你这儿来？

不过，事情还是要做得隐秘一些。他们事先把火铳藏在稻草堆里，若无其事地在湾子里转一圈，查看有没有人回来，万一让哪双眼睛撞见，岂不坏事？顺便也瞧瞧那些狗在哪里，方便下手。

奇怪的是，今天湾子里竟然没有一条狗。它们像事先得到了消息，都躲了起来。

熊水车正在纳闷时，看到了旺旺。

旺旺直直地躺在自家院墙下晒太阳。自从受伤以后，旺旺见人就躲，见了熊水车也没从前那么热情。熊水车走过去，抬腿在它脏乱的皮毛上踢了踢，说，狗日的不理人！

旺旺扭起头看了他一眼，爬起来一歪一歪地走开了。

熊水车跟它招手，唤它的名字。它停下来，警惕地看着他。

妈的，叫藏獒咬傻了！

吴望秋过来跟他碰头。一条狗也没看到，都跑哪儿去了？他埋怨道。

赶集去了，到你们漳河镇上赶集去了。他顺便挖苦了他一下。

那你说怎么办？

要不，就干掉忙生狗。他捏了捏拳头。

刘忙生狗啊？刘忙生是谁，谁敢惹他呀！

你也不想想，如果将他的狗打掉了，该是多么令人高兴的事。看，我连刘忙生狗都干掉了，这太他妈的让人兴奋了。

吴望秋听了，顿时来了兴头，太好了！熊水车真有你的，这才叫绝了！他一拍大腿，指着刘忙生的老房子大声说，刘忙生，你听着，谁叫你那么有钱呢？谁叫你住别墅开小车养小三小四呢？老子今天就要打你的狗。打你的狗就是打你的脸，老子打了你的脸又怎样！看，刘忙生狗都叫我打了。他像喝高了，手舞足蹈。

他从草堆里扒出火铳，拍拍崭新的枪管，说，老伙计，干吧！

他们一前一后来到刘忙生的院子边。按照事先商量的办法，吴望秋先进去堵住那只狗洞，熊水车则在院子里伺机开枪。

吴望秋抄了一根胳膊粗的木棒，轻手轻脚地进了院子。旺旺听到动静，睁眼看了他一下，接着又懒洋洋地晒太阳。

太好了。他放开步子，很快蹲到狗洞边，双手紧握木棒。

来吧，我等着你！他的心脏狂跳起来，感到一阵从没有过的亢奋。好久都没这么激动了，他恍惚间又回到了过去，感到自己肥胖的身体又年轻起来。真带劲，难怪狗日的熊水车要这么干！

熊水车斜靠在门墙上，端枪瞄准旺旺。旺旺一点也没觉察到异样，还在静静地躺着。

嗨，起来！熊水车吼道。他大概觉得打一条毫无反抗的狗太没劲。

狗日的，快起来！他提高嗓门，腾出一只手，拣了一块石头扔过去，准确地砸在旺旺的头上。

旺旺噢地叫了一声，翻身向狗洞跑去。

熊水车迅速移动枪口——砰！旺旺一声惨叫，重重地栽倒下去。

中了，打中了！吴望秋挥舞着棒子。

熊水车拍了拍手中的火铳，得意地说，好枪！

旺旺剧烈地抽搐着，一股鲜红的血液从它身体里流出来，蚯蚓一样地蠕动。吴望秋用木棒捅了捅它瘦小的身体，说，这就完蛋了？真不经打。

没料到，它却痛苦地喔叫一声，扭头爬起来，一歪一歪地逃向狗洞。等他们回过神来，它已经钻了进去。

吴望秋看看狗洞，又看看熊水车，一时愣了。

让你看着狗洞的！他生气了。

你不是一枪放倒它了？

狗日的，命大。——也是，手生了。熊水车皱眉。

这下怎么办？都钻进去了。

能怎么办？进去，拖出来。熊水车不容置疑地说。

可是，这门上了锁。吴望秋为难了。

就不会想办法吗？笨！熊水车不耐烦了。

他放下火铳，径直朝大门走去。吴望秋呆呆地看着他的后背，说，可不能拆门的，弄不好会关进去。

那你说怎么办？总不能叫它自己爬出来！他指了指狗钻过的地方，虎着脸，老吴，我们连他的狗都打了，还怕什么？

他抢过吴望秋手中的木棒，快步走到门前，抬腿一脚，门哐的一声开了。

奇怪的是，屋里没有旺旺的足迹。它逃了，从后门洞里逃走了，洞壁上留下一道鲜红的血迹。

7

第二天，熊水车接到一个电话，是刘忙生打来的。

老熊，你有种啊！刘忙生慢悠悠地说。

刘总，您别损我了。

损你？我敢吗？你有枪啊！他突然提高了嗓门，熊水车吓了一跳。

刘总，我的好刘总，有话直说，我听着呢。他气都接不上来。

俗话说，打狗打脸，你一枪打到我脸上了。

没，我哪敢！我打狗哩。哦，该死，我嘴臭，冒犯您了！要不您打我，照我脸上打，狠狠打一顿好了。

还有，你熊水车是一条命，我家旺旺也是一条命。你说，这笔账怎么算？他说得很轻，却咄咄逼人。

刘总，我命贱，我的命不是命，我的命没您的狗值钱。我犯贱，我有眼无珠，您说吧，要我怎么着，我都愿意。要不我给您看门，您就当我是您家的狗中不？他快哭出来了。

看门？哈哈，我怎么就没想到呢？问题是你看得了吗？

我干别的不行，看门一定行的，一定行的。

哼，要是我不答应呢？

刘总，刘总，您大人大量，我是真心思过呢，您就当我是您家旺旺好了，您千万别吓我呀！他吓坏了，放声大哭。

刘忙生有意停下来，似乎在享受他的哭声。许久，才开口说，嗯，先不说这个。那个胖子，叫什么来着？哦，吴望秋，瞧我这记性，乡里乡亲的都快忘了。你们怎么就想到打我的狗呢？你实话实说吧。

实话实说？

嗯，瞒人的话我不爱听。

实话，他吞吞吐吐的，那，我就跟您说实话。

说吧，利索点。

我们，我们肯定不敢跟您刘总叫板，是不？这是肯定的。他紧张地思索着。

哦？打了我的狗还不是跟我叫板？难道是给我刘某人面子不成？他冷笑一声。

这个，这个倒真跟面子有关。他似乎得到某种启示，瞬间有了底气，挺了挺胸，说，我们打您家的狗，也……也不是想吃狗肉。我们只是想，给您长长面子。过分地紧张，让他喘起了粗气。

面子？打我的狗还是给我长面子？真会开玩笑！

我们打狗是有原则的。

原则？狗屁，这不是笑话吗？

是的，我们有一条硬性原则。谁家有钱，我们就打谁家的狗。我们只打有钱人的狗。谁家最有钱，就先打谁的。没钱的，干脆不打。他的话突然变得流畅起来。

这叫什么道理？你就这样糊弄我吗？

真的，我想替枯树湾的有钱人扬名，我们就用这种办法。对，就是扬名，我跟吴望秋就是这么商量的。我们要叫别人知道，我们枯树湾谁最有实力，谁是大老总，谁的本事最大。您家的狗，我们是第一个打的。刘总，您是我们这块地面上的首富，是老大。

那边停顿一下，忽然大笑起来。他乐了。熊水车你真长进，打我家的狗，还哄我开心。

真的，不骗您。他急急地说，我们不知道拿谁家的狗下手，结果找来找去，我们认为您是最有钱的，我们一定要替您扬名，至少让人知道，谁是我们的老大。对，您是我们正宗的老大。我们只认您，只服您。这个没说的。

这么说，打我家的狗，反倒是抬举我了。

不，不是，是您真有钱，说到刘总，谁不竖大拇指！他很诚恳，仿佛已经竖起了大拇指。

但是，别人不这么认为。他们会说，刘忙生的狗叫人给打了，刘忙生叫人欺负到鼻子尖上了。

不。这个法子是简单粗暴了些，我们对不起旺旺，哦，更对不起您刘总。我们是粗人，想不了更好的办法，您得原谅我们，宽容我们。但是这个法子管用。过不了多久，别人都会知道我们打狗的原则。而且打狗的事会传得飞快，大家都会知道，谁家的狗叫我熊水车打了，那么这家一定有钱。第一个被打了狗的，一定是首屈一指的人物。

哈哈，我倒成人物了。

那当然，您刘总就是大人物。现在，大家都知道了，这里没人能跟您相提并论了。

诡辩。你就用这种弱智的理由开脱自己？

不，不，刘总，我熊水车这辈子没什么能耐，但这事做得光彩，就是要给刘总长面子。所以，第一个就选中您了。当然，这里边还有吴望秋的功劳。

你们倒有功劳了，你还记得拉上吴望秋。真是岂有此理！他嚇地笑了一下。真是说的比唱的还好听，亏你说得理直气壮。

刘总，请您理解我们一片苦心！枯树湾出个有钱人不容易，我们乡里乡亲，做不了别的，只能用这种不叫法子的法子，让别人知道我们这儿也有大人物，想来也不是坏事。他恳求着，语气沉缓。这个时候，他几乎心平气和，甚至还暗藏几丝得意，为自己出人意料的口才，也为自己临危不乱的胆量。除了我，还有谁能做到这一点？吴望秋？狗屁！

这么说，我倒不忍心找你们的不是了。他放缓语气，怎么说我们也是乡亲一场，再说你们也算是用心良苦了。

是，是，乡亲一场，用心良苦，用心良苦。他唯唯诺诺。

我也懒得跟你计较，这么着吧，明早你跟吴胖子每人送两千块钱来，这事就算了了。

两千块钱？他吓了一跳。

怎么？不乐意？那就三千好了。

妈呀！他心里跟刀绞了一下似的，刘总，这……

哦，还不乐意？那好说，他说得很慢，再往上加点。

别，别，刘总，乐意，我乐意，我这就跟吴胖子说去。

嗯，这不行了嘛！对了，找到那条死狗时，记得送块狗肉过来，给我喂藏獒好了。说完，挂了电话。

熊水车一下子瘫倒在地。

8

湾里果真听不到狗叫了。

夜真静啊，一片树叶掉下来都听得见。

没有狗叫的日子，熊水车仍像睡在刺丛里，整夜整夜睡不着觉。狗呢？怎么不叫了？这太不正常了，似乎所有的狗都被他一枪打死了。他发现自己掉进一片看不见的泥塘，越陷越深。他烦躁，恐惧，坐立不安。妈的，都是狗给闹的。

熊水车知道，它们躲了起来。枪一响它们就躲到某个不为人知的地方。现在，他在明处，它们在暗处，像一群看不见的幽灵，在窥视他。不管走到哪里，他都感到无数双狗眼在盯着自己。他害怕，说不定哪一瞬间它们就冲出来，用尖利的牙齿撕碎自己。

更可恶的是，刘忙生阴阳怪气的声音时不时在他的耳边响起，让他感到背上一股凉气蛇一样往上蹿。他想到了多年前的那个算命先生，想到他所说的话。这难道就是报应？他扭了扭头，倔强地想，鬼才知道有没有报应！妈的，这人比狗更可恶！他骂道。

他再次找到吴望秋。

吴望秋坐在收银台前的转椅里，肥胖的身体将椅子塞得满满的。他低着头，正不厌其烦地清点抽屉里的钞票。如果不打麻将，他就用这种方式打发时间。零归零，整归整，一五一十，数一遍，再数一遍，乐此不疲。

刘忙生找你！他冷冷地说。

吴望秋吓了一跳，惶恐地说，他找我干什么？

你说呢？找你要狗！

放屁，又不是我打的，凭什么找我！他一把关了抽屉，气呼呼地站起来。

见者有份。何况你还堵了狗洞，进了屋子。我们拴一根绳上了。

都是你狗日的惹的，这回好看了。他气呼呼的。他怎么说？

怎么说，两个选择。一是给他送一条好好的旺旺去。熊水车面无表情，撒起谎来不露痕迹。

开什么玩笑！另一条呢？

另一条很简单，我跟你，熊水车指指自己，又指吴望秋，每人送八千块钱去，这事就算过去了。说着，熊水车双手捂脸，一副自认倒霉的样子。

吴望秋顿时涨红了脸，大叫起来，他妈的熊水车，都是你，你害苦我了。我才不出这个钱，我没开枪，关我屁事，闹到法庭上我也不怕。他跺脚，拍巴掌，唾沫四溅。

熊水车无动于衷地抬起头，说，老吴，事已至此，你就是杀我剐我，也没用。你看着办吧，刘忙生是个什么东西你是知道的。说着，摇摇头，转身往外走去。

　　吴望秋停止叫骂，看着熊水车一摇一晃的背影，一时没了主意。老熊，老熊，他大步追上去，一把拉住熊水车的手，央求道，老熊你听我说，能不能跟他说说，少点，一条老狗，哪儿值这么多钱？

　　说说？有屁眼你说去。他没张口一人拿一万，就烧高香了。熊水车冷冷地哼一下，大摇大摆地去了。

　　那，我把钱给你得了，我就不去了。他在后面大声喊道。妈的，舍财免灾，舍财免灾。

　　讹了吴望秋一笔横财，熊水车兴奋不已。有钱人胆小，还他妈的笨！他得意地哼起小调。

　　从刘忙生那儿回来，熊水车发现自己离不开枪了，只有这杆火铳才能给他安全感。这太离谱了。风水轮流转，连他自己都不相信，风水竟然转到狗那边去了。以前，他何曾料到会出现这种丢人的局面？这让他再次想起那个人丁兴旺的枯树湾。还是人多好哇！那时谁会想到他孤独一人守在这个大湾子里，成天面对一群"狗视眈眈"的野狗？

　　枪膛里填好了火药、铁砂，当然还上了铁钉。他警惕地注视着四周，只要有需要，抬手便轰地放一枪。

　　有种就出来，妈的！他骂。

　　他猫腰，低头，小心翼翼地对湾子进行搜索。柴堆、牛棚、猪圈、阴沟，只要是可疑的地方，都不放过。这时的熊水车，更像一个入侵者，在全力搜寻他想象中的敌人。

　　一圈下来，他腰酸背疼，大汗淋漓，一屁股坐在石磙上，大口喘气。唉，老了，不中用了。他无奈地擦拭着额头上的汗水。这时，一条全身通黑的狗出现在视线里。是大黑，吴望秋的狗。

　　大黑！他一阵风似的追过去。奇怪，不见了，跑哪儿去了？他狠狠地揉了揉双眼，眼花了？

　　大黑没这么笨，不会现身的。对，一定是我眼花了。

　　他快快地回家，推开院门，惊异地发现院子里笼罩着一股死亡的气息。院子里散落着一地鸡毛，角落里还有一块污血！他喃喃自语，哪儿来的鸡？我没喂鸡呀。

　　他疑惑地蹲下来，胡乱地扒动鸡毛，无意中滚出一只红冠鸡头来，吓了他一跳。他忽地想起那只昂着头咕咕叫的野鸡，不禁打了一个寒战。这叫杀鸡给人看，妈的！他抬脚将鸡毛踢得狂飞乱舞。

9

打伤旺旺后，吴望秋就回漳河镇了，还是看超市，数钱。他一抬头，又看到了熊水车。

你又来干什么？吴望秋板着脸。别再跟我提狗，我不干了。

干不干由不得你。熊水车同样冷冷的。

这叫什么话？

实话。

什么话到了你熊水车嘴里都是实话。你什么时候说过假话！

一只野鸡死了，死在你家院子里。他又故意这么说。是那些狗干的，你该回去看看。

你就是来跟我说这些破事的？

下一步，就轮到你我。

又来了。跟你说过，我不干了。你害苦我了，白白损失那么多钱，休想再打我的主意。

我没打你的主意。我只是来告诉你，没准哪天狗就找到你，忽地将你扑倒，吃你的肉，啃你的骨头。你晓得的，那是一群野狗，小心点，老哥，这些畜生是记仇的。

他说完转身就走，很决绝的样子。他故意这么做，是要让吴望秋明白，他熊水车不是来求他的。

对了，他回过身，摸了摸头，郑重其事地说，差点忘了！哪天我叫狗给吃了，记得给老弟送个花圈，也不枉我们一起打狗的情分。

吴望秋呆呆地看着他的背影，久久回不过神来。

回到枯树湾，熊水车继续搜寻。

他发现了大黑。它瘦骨嶙峋，只剩一张狗皮包着。它躺在墙根下，奄奄一息。看得出来，这是给饿的。

它也发现了他，无神地看了他一下，又闭上了双眼。

他用枪杆捅了捅它的头，跑啊，看你往哪儿跑！他重重地踢了它一脚。大黑呜了一声，吃力地爬起来，一歪一歪地向外逃。

他厌恶地盯着它，端枪紧跟其后。

它一头摔倒，随即不知哪儿来的力气，再次爬起来，笔直向草丛冲去。

枪响了。

你又在打狗。吴望秋又回来了。

对，打了一条。熊水车举起枪，得意地笑。

别打了，老熊，你瞧你把我害成什么样子了？他指了指自己。他脸色苍白，眼睛浮肿，像一个死人。

你怎么了？熊水车看着他。

我一闭眼就梦见狗在追我，咬我，吃我的肉。我打麻将也输，输得一塌糊涂。还有，有人举报我卖假酒、假烟，当官的关了我的超市，还要把我弄进去。他妈的，那些东西又不是我做出来的，凭什么叫我背黑锅？你瞧，一大堆麻烦找到我，我破财又遭灾，癫痫烂了鸡巴，没一头好。老熊，都是因为你，打什么狗！他要哭出来了。

熊水车鄙夷地看了他一眼，说，后悔了？他走到大黑的尸体旁，踢了一下说，我不后悔，我还要打。

他看到了大黑，跳了起来，你疯了？敢打我的狗？

他捧起大黑的头，用手探它的鼻子。

不用费心，早死了。熊水车漫不经心地说。

熊水车，你不得好死！你要遭报应的。他的眼中冒出火来。

报应？横竖你也有份。他无所谓地笑起来，露出一嘴黄牙。

你这个无赖，枯树湾怎么出了你这个无耻之徒！他咬牙切齿地骂道。

别生气，老吴。没什么大不了，不就是杀了一条狗吗？想当初，你跟着我吃了多少狗肉。那个时候，你怎么就没想到报应？老吴，不是我说你，你们有钱人就是这样，胆小！杀一条狗就吓成这样，你还活不活了？

吴望秋稍稍平静一些，说，熊水车，凡事积点阴德，何苦跟一群野狗过不去？

错！你错了老吴，是它们跟我过不去，是它们闹得我不得安宁。有本事你来试试，你回来在家睡一晚，就知道不是我招惹它们，是它们招惹我。他拍着巴掌，吼叫着，激动不已。是它们自找的，你倒怨我！

吴望秋叹了一口气，也往地上坐下来。

狗让我不自在，我就得让它们不自在。这叫以牙还牙。吴望秋，这是我的错吗？

吴望秋捂着脸，许久才说，老熊，你得找点乐子。

找乐子？没错，我没什么乐子，我日子过得有油没盐，我就是一个等死的人。

别说得这样难听。

事实就是这样。除了吃喝拉撒，我还能干什么？你他妈的压根就瞧不起我，还当我无所事事，找狗的不是。

你该去找个女人，老熊。吴望秋说，找个女人你就不会东想西想了。

你说，我连自己的女人都守不住，还能弄别的女人？他苦着脸，可怜巴巴的。

话不能这么说，萝卜白菜，各有所爱，没准就有好的等着你。

谁？你说谁在等着我？他眼里忽地闪起光来，像换了个人。

心动了不是？

他有些丧气，垂下头说，这么说你早就有女人了。怪不得你狗日的活得油光水滑的！

这是另一回事，跟杀狗没关系。要不这样，你跟我到镇上住一晚，怎么着？

住一晚上？那又怎样？

去了你就知道，这世上除了杀狗，乐子多着哩！

那可不行。熊水车使劲摇头。

哦，你身体不行。哈，怎么不早说，难怪这么多年你一个人守得住！

不是。他急了，一巴掌拍在大腿上，我身体好得很。

也是，谁会承认自己不行？他摇摇头。

得，你就别费心了。我还是得打狗。你该干吗还干吗去，我不稀罕。

10

找不到狗，熊水车很沮丧。它们躲了起来。它们不会说话，却绝顶聪明。否则，我不会斗不过一群狗！

自己遇上一群劲敌，跟它们较上劲了。一群狗成了自己的劲敌，真让人笑话。枯树湾的熊水车竟然对付不了一群狗，或者说，熊水车根本就不如一群狗！这比骂自己的娘老子还难听。

妈的，总能想出法子。躲得过初一躲不过十五，我就不信，你们能躲到地底去！

他发现，自己对狗充满了仇恨。它们伤害他的自尊，侮辱他的智商。事情的性质变了，他要下狠手。

远处传来一阵汽车的响声，刘忙生回来了。

水车哥！刘忙生老远就喊。他剃着光头，浑圆的脑壳像个青皮西瓜。他打开车门，腆着同样浑圆的肚皮下车。

熊水车抹了一把脸，以为自己在做梦。

刘总！他满脸堆笑，从地上爬起来。

打狗啊？他笑着，摸出一支烟丢过来。

他赶紧接住，是哩，这不正找着！

找着没？刘忙生似乎很感兴趣，递上火。

没，没找着哩！他受宠若惊，差点呛着。都不见了，连个影儿也没找着。他叹了口气，偷眼好奇地向车里瞄去。奇怪，车里没有女人，只有那头藏獒从车窗里探出头来四处张望。他不免有些失望。

哦？有这事？刘忙生吐了一口烟，打开车厢，拿出一把双管猎枪。见过这玩意儿没？他举枪晃了晃。

没，没。他摇头，盯着枪，啧啧不已。

这东西打狗才叫厉害。你那个不行，坐力大，杀伤力不够，瞧我的。说着端起枪来直指熊水车扁长的脑袋，眯眼一瞄，叭！

熊水车吓得双腿一软，惊恐地叫道，刘总，这……这可不是闹着玩的，您……您别吓我！

你看，只要动一动手指，就当打死一条狗。说着，枪口抵在他的脑门上。

熊水车一屁股跌坐在地上，慌乱地摆手，别，刘总，求您了，我胆小！

快说，狗都跑哪儿去了？他用力捅了他一下，熊水车疼得直吸冷气。

我真不知道，我也在找哇！我不敢骗您的，不敢！他扭着头，试图躲开枪口。不料刘忙生哼了一下，他不敢动了。

量你也不敢。他收起枪，眯着眼四处打量。快找，我要过把枪瘾。

熊水车爬起来，哆嗦着擦汗，说，刘总真要打狗啊？

这有什么奇怪的？就你能打怎的？他扭过头问道。

没，哪能呢！刘总回来打狗，我高兴还来不及呢。他差点叫起来。

跟你说吧，我想在这里办一个养狗基地，养土狗，专供客人来打。他拨开枪托，利索地填充子弹。

专供人来打？熊水车一头雾水。您不是在河里挖沙吗？

挖沙？当然。可是谁会嫌钱多呢？

他端起枪，漫无目标地瞄着。我要在这里搞一个休闲山庄，把杀狗做成产业，让那些有钱有闲的人来撒钱。我要狠狠地赚一把，哈哈。你杀我的老狗旺旺，却给了我一个赚大钱的金点子，这买卖做得划算。这么说吧，除了挖沙，我还要把枯树湾变成摇钱树。到那时，枯树湾不存在了，只有一个杀狗山庄。对了，名字也有了，就叫杀狗山庄。有创意吧，哈哈！

有创意，有创意。刘总办事就是有气魄。

到时候，你给我当教练好了，打狗是你的老本行，熟门熟路的，你就教客人取乐。我给你发工资，一点儿不亏待你。熊水车忙不迭地跟在他身后，不住地点头。

行，没的说，这天大的好事上哪儿找去，我当然乐意！熊水车兴奋不已。

我会打通各个关节，持枪证、经营许可证、卫生证、环保证，七的八的，一个个弄下来，合理合法地干，别人玩得开心，我也赚得安心。

到那时，我们就大规模地杀狗，大把地赚钱。他张开肥厚的手掌，狠狠地一挥，似乎要一把抓尽所有的钞票。

这些老房子，全部改造，用来当狗圈，要把狗养得肥肥壮壮的，客人才打得有劲，才打得刺激。放着这么好的资源不用，真他妈一个傻！他摆摆头。

你想过没有，它们会藏到哪里去？刘忙生抬眼看着天空，似乎在对云朵说话。

想过,当然想过。可是我笨,想不出它们在哪儿。他恨不得扇自己一个耳光。

你想想看,会不会跑到山上去?那里有草,有树,有刺楇子什么的,躲几条狗没问题。

山上?是啊,我真是死脑筋,怎么没想到呢!它们一定躲到山上去了。我们这就去找。可是,山上连鸟都钻不进去,更别说人了。再说了,弄不好还会遇到野猪、黑蟒什么的,凶险!熊水车一脸恐惧。

有这事?

有这事。这些年山上草啊树啊疯长起来,将山场裹得严严实实的。万一脚踩到蛇背上,一头撞进野猪窝里,那可不是闹着玩的。刘总,您脑子好使,还是想想别的办法,犯不着拿性命开玩笑。

可是,有什么好法子呢?他思索着,一个大活人对付不了几条狗。——有了,你还真笨,现成的好法子你都想不出来!他指了指熊水车的脑袋。用火,知道吧,用火烧!没读过书吗?老祖宗打仗就爱放火,一把火烧起来,死人翻船,仗就打赢了。老子就不信,它们能跑到天上去!他得意地叫道。

11

空气里充满了硝烟的味道,那是死亡的味道。当熊水车端着枪再次出现在湾子里时,狗们明白,死亡如影随形。

正如刘忙生所料,狗们逃到了山上。那里到处都是藏身之地,石缝、刺楇子、茅草林,钻进去就没影了,安全了。

傍晚,枯树湾发生了一场大火。

大火从后山燃起,很快呈合围之势,将整座山包围起来。风助火势,呼啦啦越烧越大,很快席卷整条山梁。山上的茅草、柏树、松树,见火就着,到处是燃烧的啪啪声。高大的火苗子大幅伸缩、搅动、摇摆,如一条条扭动的火蛇。

山上的狗惊动了,如一群惊弓之鸟,惶恐失措,盲目四窜。

熊水车堵在出口处，砰地放了一枪，强大的后坐力震得他全身一抖，不由得后退一步。枪声引起更大的恐慌。狗们失神惊叫，胡乱冲撞。有的慌不择路，一头撞在巨石上；有的被卷进大火，瞬间变成一团火球。

刘忙生也开枪了。他站在土包子上，居高临下，盯着无头苍蝇一样的狗，兴奋地扣动扳机。他的枪续弹快，射程远，十分好使。叭，叭，叭，一条往前冲去的白狗应声中弹，扑地跌倒在草丛里。那头凶恶的藏獒不知什么时候也冲了出来，嗷嗷地叫着，扑到狗跟前，大开杀戒。

熊水车一枪放空了，蹲下来手忙脚乱地装药，灌铁砂。狗们一只接一只地从草丛里钻出来，一窜而过，各自逃命去了。

刘忙生像一个冷酷杀手，快速移动枪口，从容不迫地扣动扳机。每中一枪，都大吼一声，耶！

熊水车急了，双眼跟充了血一样通红。他紧张不已，双手哆哆嗦嗦的，连铁钉也忘了灌进去。

那些逃过枪口的狗，很快又被藏獒盯上。藏獒粗壮的四肢轻轻一纵，风一样追上来，张嘴狠狠地咬下去。

熊水车重新站起来时，发现山坡上刚刚毙命的狗随处可见，只觉脸上给人扇了一耳刮子似的，火辣辣地疼。一点儿表现没有，往后还怎么跟着刘忙生混？豆大的汗珠从额头上滚下来。

他牢牢地握着枪，迎着大火向前搜索。一只狗脑袋闪了一下，又消失在草丛里。他眼睛一亮，双手托枪，一步步紧逼过去。

那不是旺旺吗？它竟然活着，怀里还有一窝小狗！他惊呆了。小狗胖嘟嘟的，挤在它的肚皮下贪婪地吮吸着乳头。一只小狗趴在它身上，顽皮地咬它的耳朵。旺旺骨瘦如柴，纤细的肋骨清晰可见。

大火轰鸣，土地震颤。旺旺惶恐四顾，不安地哀叫。它想站起来，试图挣脱小狗的嘴巴。小狗尖叫着，紧紧地咬住乳头不放。那个顽皮的小家伙丝毫没有意识到死亡降临，仍抱着它的脖子嬉闹。它无力地躺下，回头舔了舔小狗，绝望地盯着渐近的大火。

熊水车近了。旺旺警觉地扭过头，与他四目相对。

熊水车清楚地看到，那眼里全是晶莹的泪光。他的手颤抖了一下，犹豫了。

刘忙生不知什么时候冲了过来，大声说，老熊，子弹光了，他妈的快去我车里拿两盒来！说着一把夺过他手里的火铳。

他刚转身，枪响了。回头看时，只见枪口正对着旺旺的方向。他一阵眩晕，定了定神，高一步低一步地向车子跑去。

一枪打一窝，太爽了！刘忙生丢掉火铳，得意扬扬地叫道。

逃出来的狗箭一样冲向枯树湾。当生命遇到危险时，家是最好的避难所。它们迅速钻进狗洞，在屋子里藏起来。

刘忙生杀红了眼，毫不犹豫地踹开木门，挨家挨户搜。很快，湾子里又响起枪声。藏獒低头在屋子里嗅来嗅去，不时发出低吼，凶猛地扑向藏身各个角落的狗。大火向湾子蔓延，很快烧着老房子。那一间间紧挨着的房屋，像一连串点着的鞭炮，噼里啪啦地燃烧起来，整个湾子片刻间变成一条巨大的火龙。

刘忙生被眼前的情景吓了一跳，再不离开就要大火烧身了。他慌慌张张地向车子跑去。就在这时，无数的狗朝这边扑过来。它们瞪着火红的眼睛，步步逼近。不远处，更多的狗从四面八方狂奔而来。它们狂吠着，狗声起伏，高亢的叫声一浪盖过一浪。田野里、山坡上、烟火弥漫处，到处是狗的影子。

一群狗虎视眈眈地堵住藏獒的去路。藏獒毫不示弱，腾空一跃，扑了上去。狗们没有退让，嗖嗖迎上来。更多的狗旋风般卷来，围住它疯狂地撕咬。藏獒一次次将狗扑倒在地，它们却像铁打的，翻身爬起来，撕咬得更凶猛。片刻工夫，它就被无数张狗嘴牢牢锁定，动弹不得。它绝望地长嚎，直直地盯着自己的主人。

狗们怪叫着，生生扯下一块块肉来，咕咕地吞进喉管。

刘忙生从极度的惊恐中回过神来，拉开车门，准备驰车而去。只听一声怪叫，腿上挨了重重的一记撞击，一股刺痛传遍全身。他惨叫一起，四仰八叉地摔倒在地。他下意识地摸了一把大腿，手上全是血。他一个激灵，那不是旺旺吗？它竟然还活着！妈的熊水车，怎么没弄死这狗日的？他咬牙切齿的，连你家主人也敢咬，你这狼心狗肺的东西！他伸手摸枪，老子非打死你不可。

熊水车忘了往枪管里灌铁钉，无意中又让旺旺捡了一条性命。它呲哮着，步步逼近。他的枪不见了，不知丢哪儿去了。他惊慌失措，夺路往车里钻去。旺旺牢牢地堵在车门前，寸步不让。他情急之下大喊，老熊，老熊救我！

熊水车早已赶到，站在土堆上，举枪瞄准。打呀，你他妈的开枪啊！刘忙生大叫。

熊水车的枪口晃动着，一时瞄准旺旺，一时又瞄准刘忙生。

旺旺尖叫一声，像一头恶狼直逼过来。刘忙生双腿一软，咚地跪下去，双手拍地，声泪俱下，旺旺，旺旺，饶了我吧！我不是人，我不敢了，再不敢了！

旺旺低头呜呜叫着，似乎在积攒力量，跟着尖叫一声，箭一样冲上来，直扑他的喉管。刘忙生抬臂本能地遮挡一下，只听咔的一声脆响，它咬断了他的胳膊，巨大的冲击力随即将他重重摔倒在地。他干号着，没等他爬起来，旺旺再次扑上来，张嘴就咬。这时枪响了，旺旺浑身一颤，扭头一跛一拐地逃走了。

熊水车朝天放了一枪。看着旺旺消失在后山上，他无力地坐下来，瘫软地喘着粗气。

大火噼里啪啦地燃烧着。熊水车在土堆上坐了一天一夜，直到整个湾子变成一片灰烬。

他站起来，双手抓枪，大步走到水塘边，用尽全身力气扔了出去。火铳在空中划了一道长弧，哗地落进水里，不见了。

几年后，废墟上长起一片茂密的树林，远远望去，像一个人丁兴旺的大湾子。

楂子山上

踏进野猪峡，八斗感到一阵窒息。他放慢脚步，警觉地打量着四周。

果然，夹子藏在一棵倒下的枯松边，上面掩着杂草。树干上全是擦痕，是野猪擦痒留下的。它们再来时，怕是难逃一劫。小路上也有一只，上面盖着一层薄薄的细土。不仔细搜索，很难发现。小路是野猪和野羊子过往的通道，路上残留着许多蹄印。

这种夹子又叫"鬼见愁"，一脚踩上，不死也得脱层皮。野猪峡是这一带的野猪经常出没的地方。在这里下夹子，早不是什么新闻。每回到这里，他都格外警惕。费了好大工夫，他才将夹子拆下来。他摸出手机，拍了几张照片，发到朋友圈。一会儿工夫，后面便闪出几个大拇指。有人留言说，哥们儿，这山交给你了。一个叫川妹子的人说，哥也，咱也来帮你巡山！

跟着，在附近的小溪边，一连找到四只套索。那些人瞄准动物喝水的地方设套，一下一个准。

他在四周又检查了一遍，确认再没有了，才放心离开。

阳光透过枝叶的间隙，在地上留下耀眼的光斑。山上没有一丝风，林子里异常闷热。他不住地抬手揩去额头上的汗珠，大口地喘气。

刚刚还在树枝上跳来跳去的鸟雀，现在早已不见踪影。浓密的树林里，只有几只不知疲倦的知了在扯着嗓子尖叫。

他累极了，靠着一块大青石坐下，仰头喝了一大口泉水。泉水是刚从溪边石缝里用瓶子灌来的，甘甜，凉快，喝下去很舒坦。时间还早，歇口气再走吧！这么想着，他舒服地闭上双眼。

这时，一只豹子缓步走过来。他摸了摸它的头，你从哪儿来？豹子温驯地蹭蹭他的衣角，摇头摆尾地向远处走去。小时候爷爷讲过，一次他在山上砍柴，一头豹子从背后冲过来，一口咬住他的脖子。幸好有人及时赶过来，救了爷爷一命。很快，他醒了过来，朦胧中嗅到空气中有一股奇异的膻腥味。他一惊，猛地睁开双眼。这时，他看到了丑丑。丑丑是他给小狼取的名字。

小狼站在两丈开外的空地上，警惕地看着他，瘦得皮包骨的身子一动不动，猩红的舌头长长地垂在嘴巴外面。不用说，它一定饿坏了。它打量着自己，显然是要把自己当作食物。

他本能地握紧手中的双管猎枪，紧张地盯着它。猎枪是镇上配的，一次都没用过。走吧，你快走吧！他在心里说。

丑丑扭过头，一步步离开。

他忽然想到要拍一张照片，可是晚了，它已经消失在林子里。他收起手机，在朋友圈发了一句话，我看到丑丑了。

那个川妹子马上回应，问道，丑丑是哪个嘛？

他沮丧地回道：一头小狼！

父亲李老拐跟他讲过，过去的楂子山是一片原始森林。山上常听到野兽的吼声。鬼子打过来时，老百姓都往山里躲，人一钻进去便没了影儿。鬼子找不到人，就点火烧山。好好的一片山林，硬是给毁了，变成一片焦土。

现在，狼回来了。说不定用不了多久，豹子、老虎也会出现在楂子山上。他兴奋地想。

上山之前，八斗在武汉打工。他学过钳工，干的是技术活，活路轻松，工资也高。八斗在那里干了一年多，李老拐就要退休了。退休之前，他要办一件大事，就是找一个接班人。看山是一份苦活儿。他没有找别人，而是让自己的儿子来继承他的光荣事业。李老拐说，打工有个球出息，给老子看山去！李老拐什么时候都改不了他的军人作风，从来都是说一不二。八斗一听就跟他怼上了，说你在山上待了一辈子，不就那点出息？李老拐听了，那个气呀，跟林子里着了火似的，直往上蹿，抄起屁股下的板凳就砸过去。

这么说起来，李八斗正儿八经算是"山二代"了。他继承了老头子的衣钵，住在李老拐当年亲手垒起来的石头房里，睡着李老拐睡过的旧木床。
每天陪伴他的，是父亲看过的这片一望无际的山林子。当初的毛头小伙子，
转眼间老大不小了。远远望去，他住的小屋就像一座小庙，而他就像是那
孤苦伶仃的守庙和尚。

李老拐打部队回来，被安排在镇政府工作。每天按点上班，到点下班，
过起两点一线的自在日子。李老拐过惯了部队生活，一下子松弛下来，心
里跟千百只蚂蚁撕咬一样难受，心里说这不是搁这儿养老吗？他在那儿待
了不到半年，就跟镇上打了个报告，背着铺盖上山去了。

那时，楂子山光秃秃的，除了遍地杂石和兔子都钻不进的刺棵子，什
么也没有。他在山上挖坑、挑水、栽树，一连几年不下山，一个人面对一
片荒山。从冬到春，从春到冬，他用肥壮的树苗占领一个又一个山头。山
在一点点变绿，楂子山渐渐生长出朝气。

李老拐的事迹很快引起各方重视。不久后，政府组织成群的人来挖坑
栽树，今年挖这一片，明年挪到那一片，小孩子剥萝卜似的，一点点将整
个楂子山挖了个遍。还是人多力量大啊！李老拐感叹不已，他发誓要宝贝
似的看着这些树苗。渐渐地，一个个山头都变得鲜活起来，漫山遍野都是
一汪绿色。这个时候，李老拐的个人问题也来了。李老拐在部队受过伤，
是个跛子，又成年累月待在山上，跟个孤魂野鬼似的，想正儿八经地找个
女人成家，简直门儿都没有。

但是李老拐到底是见过世面的人，他在山上也不忘发扬自力更生的优
良作风，硬是把婚姻大事当作碉堡一样拿下了。有一回，他下山买日用品，
正好碰上一个外地来的大姑娘。他软磨硬泡，费了一箩筐加一背篓的心思，
终于将人家哄上山，生生地给睡了。如今深究起来，李八斗现在睡的那张
旧木床，兴许就是李老拐给八斗他妈下种的地方。

要说李八斗是不该走他老子的老路的。他年轻，也长得帅气，刚进厂
子就和一个外地女孩好上了。女孩子跟他特亲，亲过抱过，只差没上床把
事情给办了。没办不是不想办，也不是人家不乐意。八斗有自己的想法。
这女孩子他认准了娶回去做老婆，就得从现在起当老婆疼着。疼她不是上
去就把她给干了，得悠着点，让她养得结结实实的，到时候给他老李家生
个胖娃娃。万一来个未婚先孕，人家笑话不说，还坏了优生优育的宏伟计

划。可是后来的事实证明，他李八斗这一念之差，没坏了优生优育的宏伟计划，却错过了一次从光棍到丈夫的大好时机。

李八斗再犟也犟不过他老子，还是妥协了，辞了工作，蔫头耷脑地回去当看山工。刚来山上的那段日子，那个女孩子来过两回，后来就不来了。八斗去城里找过她，别人说早走了，换地方了。八斗这时才发现，自己犯了方向性的错误。自己当初不睡她，这会儿却不知让谁给睡了。难怪当初那女孩子扒光了他的衣服咬他啃他，骂他不解风情，木头一个。要是提前把事情给办了，何至于这么多年在山上打饥荒？在他眼里，上了他的床，就是他的女人。这点想法，他跟李老拐可谓一脉相承，一点没变。想起这事，他肠子都悔青了。

郁闷时，他不免也想着逞一回英雄，跟他老子一样使点混账主意弄一个女人。但是这样的机会不是望天磕三个响头就求得来的。他所有的想法都跟天上的日头一样，早上从山顶上冒出来，到傍晚又悄无声息地落下去，日复一日，将一点阳刚之气消磨得跟山里的水雾一样，很快没了踪影。

巡完山，八斗就在山上看太阳，叹月亮，一天天过得落寞。难过的时候，他就站在山顶的大青石上弹吉他。吉他是他老子下山时送给他的，很旧，到八斗手上时，漆都磨光了，弦儿也断过几回。不过在八斗的手上，总能发出叮叮嘣嘣的声音。

八斗弹吉他的样子很特别，赤膊，短裤，自弹自唱，陶醉得像搂着一个女人。面前是高低起伏的山峦，他对着群山放声高唱：妹妹你大胆地往前走哇，往前走，莫回头！八斗的歌不是软绵绵地哼出来的，而是用吃奶的力气吼出来的，声音嘶哑、低沉。这种老掉牙的歌，经他这么一吼，倒别有一番意味，让人想到跑山的野猪，或者发情的牯牛。歌声从他的胸腔喷涌而出，像脱缰的野马，在宁静的楂子山区搅起层层波浪。这些震撼的声音在山间的崖壁上来来回回猛烈地碰撞着，跌宕着，每一句歌词都被跌撞得零零碎碎，一个字也听不清楚。

楂子山下有一口塘，叫麻雀塘。山泉打高处流下来，在这里汇聚。塘里的水干净，清澈见底。沿着麻雀塘往下走，有一条小路。小路扭扭曲曲的，跟一条晒干了的蚯蚓似的，通往几里外的镇上。

李老拐的坟就在麻雀塘边上的山腰里。他是叫儿子李八斗给气死的。

李八斗在山上干了一年就干不下去，偷偷跑了。他老子李老拐气得一口气上不来，硬生生地倒了下去，再也没起来。临死时，他用手比画着跟老伴说，将他埋在楂子山上，死了也要看着这片林子。李八斗将他老子送上山，自己也含着眼泪回到小石屋，打这以后再也没有离开过楂子山。

八斗吼累了，脱得一丝不挂，嗵的一声跳进塘里，痛痛快快地游一回。每回在水里游动时，他都不免抬头朝老父亲的坟头看一眼。他感到李老拐那双浑浊的老眼正在默默地盯着他。

那一天，八斗刚跳进水里，小路上就来了一群姑娘。她们拿着照相机，一路走一路叽叽喳喳地拍照。

不知什么时候开始，经常有人成群结队地到山上观光游玩。尤其是春暖花开或秋高气爽时，来的人更多。现在是仲夏正午，到处热得烤红薯似的，他没想到这个时候有人上山来。这群女孩子的到来，让八斗猝不及防。等他发现时，想躲已经来不及，只好硬着头皮泡在水里。女孩子们上了塘堤，一眼发现水里的八斗。她们顿时拍手惊叫起来：快看哪，那是什么！在这样的山里头，在那一瞬间，她们一定以为自己发现了野人——的确，八斗还真像传说中的野人，长长的头发，黑得发亮的皮肤，壮实的臂膀，乍一看，真吓人一跳。她们站在堤上，把水里的八斗看得一清二楚。八斗羞得无处藏身，恨不得一下子扎到水底的石头缝里去。姑娘们指指画画，说，帅哥，来，笑一个，给你来个裸照！说着，举起那炮筒子似的相机对着他咔嚓直拍。

八斗被击中要害似的，急了，惊慌失措地摆手，大叫，别照，别照了，丑死我了！

他一再求饶，姑娘们才背过身去，让他慌慌张张地爬起来穿衣裳。没想到八斗刚套上一条裤头，她们又围了上来，继续咔嚓咔嚓地对着他拍个不停。她们边拍边逗他，一个大男人，有什么好掖着捂着的，还当个宝贝！有个女孩子接着说，是啊，帅哥，这么好一身腱子肉不拍下来真可惜了。她们说着笑着，声音像风中的铃铛。

闹够了，她们停下来在空地上野炊。她们拉上八斗，将带来的饮料、啤酒、水果、方便面、鸡翅、火腿肠，全都散开放在地上。有人提议表演节目，一个一个地来。于是有人扯着嗓子唱歌，有人扭起大屁股跳舞，有的干脆学鸟叫。其余的人也不闲着，吃东西，喝酒，一杯接一杯。八斗兴奋得不得了，大声跟着起哄，不停地喝酒，边喝边偷偷瞧人家姑娘性感的奶子，直瞧得眼都花了，头都大了，脖子硬得拐不过弯来。有人要他也来一个。他窘得脸通红，举着双手连连说，我来不了，我来不了！她们哪里肯依，吆喝起来，推着拉着要八斗上场。八斗躲不过，只好抱起吉他，清了清嗓子，直着脖子开始吼：妹妹你坐船头，哥哥在岸上走，恩恩爱爱纤绳荡悠悠！他吼得十分卖力，撑得脸红脖子粗。那样子，像要一股脑儿倒尽心中的苦闷。大家安静下来，屏声静气地听他唱。这粗犷的表演，这野性阳刚的男人，把她们看呆了。八斗的歌声刚停下，她们就使劲地鼓掌，掌声哗哗啦啦，像山上的泉水落下来。拍够了，她们又叫起来，说再来一个，再来一个！还有人说，来个性感的，不性感就罚酒！八斗在兴头上，也不再推辞，嗨的一声，将一块一百多斤的大青石举过头顶，轻轻松松地绕着人群转了一大圈。放下石头，余兴未尽，又打了一套拳。这拳路是他老子教他的，那时他小，没想到这时派上了大用场。他将两只拳头挥得虎虎生风，双腿在地上蹬得咚咚直响。

大家齐声叫好，巴掌拍得哗哗直响。一个妹子趁人不注意，在他胳膊上掐了一把，操着一口四川话轻声说，哥也，你身上的肉肉好诱人哦！八斗回头看了她一眼，是个水灵灵的女孩子。

我问你，你就是那个巡山的李八斗哟？

你是那个川妹子？

我们是来看丑丑的。姐妹们，快来让他讲讲那头小狼的故事。

她们围上来，七嘴八舌地问：山上真有狼啊？莫是骗人的哟？

八斗急了，大声说，我亲眼看见的，骗你是驴……

他想赌咒，话刚出口，又生生地咽了回去。

你说，你说，驴什么？她们逗他。

川妹子说，你带我们去看看啊，我们就是来看狼的。

它跑了，我刚看见它就不见了。

另一个妹子抬手指了他一下，故意说，这不就在眼前吗？还到哪儿看去？说得大家又哄笑一团。

太阳偏西的时候，姑娘们要回去了。八斗站在堤上，目送她们下山。

姑娘们不时地回头向他招手，说再见。八斗笑着，也跟着说再见。他笑得僵硬，笑得老大不情愿。就叫永别吧，谁还愿意到这鬼地方来跟自己再见？

她们渐渐远去了，七弯八拐便看不到人影。八斗失落地看着暮色中朦胧的山林，无精打采地往回走。他走得很慢，一步一回头。她们就像树上熟透的果子，只能眼巴巴地看，想够却够不着。

走到半坡上，他走不动了，半步都挪不动。不是没力气，是没精神。他坐下来，望着山下。那条小路渐渐有些模糊，慢慢消失在渐深的夜色之中。他抱着头，想象着她们走到了哪里。也许她们还没有走远，就在山脚下。她们还在山路上有说有笑，还在快乐地唱歌……

可是，他听到的不是歌声，分明是一声惊恐的尖叫。不，不是一声，还有好几个人在跟着大叫。一定是她们，这里只有她们。八斗像着了鞭子似的，箭一样往山下冲去。

他看到，那个川妹子蹲在地上，痛苦地捂着小腿。

她被蛇咬了，我看见了。

是一条灰色的蛇，一晃就钻进草丛里去了。

哎呀，吓死我了。我好怕！

她们一片慌乱。

八斗拨开人群，拿开她的手，看到两只清晰的牙痕。牙痕处已经肿胀起来，在向四周扩展。

这是楂子山一种常见的毒蛇。蛇毒扩散快，肿，痛，十分凶险。八斗知道它的厉害，不到一个小时，保管整条腿肿得跟柱子似的动弹不得。他老子在世时教了他一些治蛇伤的本事。

川妹子满眼是泪，无助地看着他。

八斗一把抱起她，张开双腿就往山上跑。姑娘们也跟着跑。

进了屋，将她放在床上。这时，她的小腿已全部肿起来。

他取出一把刀子。刀子雪亮，刀刃发青。他将刀尖放在嘴里吮了吮，蹲下来，说，闭上眼睛！

姑娘们不知他要干什么，惊异地瞪着她。

她咬紧牙，顺从地闭上眼。

他握稳刀，屏住呼吸，在牙痕处划下去。一刀，两刀。白皙的肌肤上出现一个小小的十字叉，紫黑的血从刀口处缓缓冒出来。

姑娘们惊叫起来，屋子里一片喷喷声。

八斗放下刀子，抱住小腿，低头吮吸。吸一阵，歪头便吐，全是黑色的血。

川妹子扭过头，不敢看。

末了，他拿出一只小瓶，倒出一些药末涂上，用一块干净的布给她包上，背起她向山下奔去。

镇上只有一间诊所，治不了这伤。他得将她送到城里。

天黑下来，看不到路，他放慢脚步，高一脚低一脚地往前走。川妹子趴在他背上，在他耳边颤声说，哥，我的脚好疼，还胀，好像要掉了一样。

八斗扭过头，自己的脸正好撞上川妹子的嘴。他忙躲开了，说，别怕，别老想着那儿。

她说，哥，这种蛇是不是很厉害？

八斗说，我给你放过毒血，上过药，不会有事。

她又说，哥，我是不是会死掉？

他说，不会，到城里上点药就没事了。

哥，你身上全是汗，把我的衣裳都湿透了，坐下来歇一会儿吧。

不用，我不累。八斗上气不接下气。

哥，我给你擦擦汗吧，你的头发都是湿的。她腾出一只手擦他的脸，额头，还擦他的脖子。她的手臂上全是他的汗水。

哥，是不是好受一点了。她说。

嗯，舒服多了。八斗快活极了。

她双手紧紧地箍住他，在他脸上亲了一下，说，哥，我要是死了，你会不会来看我？

八斗像被电了一下，浑身一抖，说，别瞎说，好好的怎么说到这上头去了？

你就是不来，我也不会忘记你。她的声音哑哑的。八斗感到脖子上一热，她哭了。

到镇上时，八斗累得筋疲力尽。他踉踉跄跄地将她放下，自己却倒在一边起不来。

姑娘们很快找来车，将她抬了上去。

临走时，八斗站起来送她。她拉着他的手，说哥你别走，我一个人怕！

八斗摇头苦笑，说我得回去，山上没人。

车走了，八斗久久地站在那里。

这些年，山上的树多了，高大的松树、杉树、柏树，胳膊粗的竹子，还有那些鸟都钻不进的灌木，将整个楂子山盖得严严实实的。树多了，地上的枯叶也落得厚厚的，一脚踩上去，软绵绵的，滑溜溜的，一不小心，摔个四仰八叉。遇上干旱季节，一个小小的烟头，就能烧掉一片林子。八斗最怕的就是这种事。好多年才长起来的一片林子，眨眼工夫就没了，想想就心疼。他跟这片林子有感情，离不开，放不下。只有在这个时候，他才能理解为什么他老子到死还割舍不下这片林子。这林子是在他手上长起来的，就跟他的孩子似的。天底下哪有老子丢下孩子不管的道理！现在，这孩子又交到了他李八斗手上，李八斗得将它当亲兄弟一样看待。

八斗巡山，还得看着那些活蹦乱跳的野生动物。林子大了，什么鸟都有。这话一点不假。野猪、兔子、野鸡什么的，闭着眼睛都能撞上。可是，那些强盗，总会偷偷摸摸地溜进来打它们的主意。下夹子、装笼子、挖陷阱、张网、下毒，什么损招都想得出来。大到野猪、蟒蛇，小到兔子、斑鸠、麻雀，一样儿都不放过，抓着了就往城里送。八斗厌恶那些贪婪的城里人，他们吃腻了鸡鸭鱼肉，又瞄上这些活物。天上飞的地上跑的水里游的，只要弄得到手，都敢往嘴里放，也不怕吃出病来。

八斗整天在山上转，练出一身硬本事。他的眼睛跟天上翱翔的鹰一样，能捕捉到林子里的每一个细小的动静。他的鼻子耳朵，只要听听风声，嗅嗅空气中的味道，就知道哪条山沟里出了什么情况。他腿粗臂长，攀崖走壁，轻灵得跟猴子似的。那些下夹子的、张网的，一不小心就让他堵个正着，还没明白是怎么回事，就被抓小鸡似的给拎了起来。逮着了，八斗毫不客气，扭着就送到镇上去。

自打来了那群女孩子，八斗就跟醉了酒醒不过来似的，耳朵不灵了，鼻子不管事了。那双贼亮的眼睛，也没先前有神了。川妹子走了，把他身上的精气神带走了。他眼神迷离，脚下发软，成天迷迷糊糊的，走路都提不起劲来，一副懒洋洋的样子。一头野猪带着一群小野猪在他的眼皮底下拱食，发出扑哧扑哧的叫声。放在往日，他会大吼一声，吓唬它们一把，让它们跑得远远的。他喜欢这么逗它们玩。可是现在他没这个心思。他的心思都在川妹子身上，一刻也离不开。

他漫不经心地在山上转，累了，歪身倒在厚厚的落叶堆里睡起来。他想睡它一大觉，最好一觉睡到第二天太阳晒屁股。可是，他睡不着。他脑子里全是川妹子的影子。她冲着他笑，给他递媚眼，让他身上跟着了火似的不好受。他心里苦啊！

一个下午，八斗慢腾腾地往小屋走。爬上山坡，快到小屋子时，空气中飘来一股奇异的香味，直袭肺腑。有人来了？谁呢？一定是川妹子。他的心吊到了嗓子眼。

他进屋，屋里是空的，没有人。他失望了，重重地坐在床沿上。不会是错觉吧？他仔细地嗅了嗅，没错啊？

这时，木门吱的一声，从背后跳出一个人来，吓得他呼地站起来。是川妹子。八斗喜不自禁，一下子将她抱住，高高地举起来。哎呀我的妹子，真是你，怎么不早说！

川妹子说，哥也，你笨哟，我就是要给你一个惊喜啊。

八斗看看她的腿，好了，又看看她的脸，白里透红，恨不得凑上去咬一口。

川妹子也看着他，眼神黏黏的，稠稠的，让八斗一阵恍惚。

她说，哥也，你瘦了。

八斗点头，嗯，是瘦了。

她说，哥也，你的眼睛有黑圈儿，你没睡好。

八斗点头，嗯，是没睡好。

她想了想，说，哥也，你是不是想我了？你是不是想我想成嘞个样子的？

八斗狠狠地点头，说我就是想你想成嘞个样子的！

她听了，激动起来，紧紧地搂住他，说，哥也，我也想你哦，我回去的每一天都在想，你看看，我的腿一好就马上找你来了。你是个好人，我一看到你就喜欢上你！

八斗兴奋地说，我也喜欢你。

川妹子又说，哥也，我要来陪着你，不光是现在，打今往后我会经常来。我要让你不想别的女人，你晓不晓得？

八斗说，我没有别的女人，你来了，我就只有你一个女人。

川妹子得意极了，咯咯地在他怀里笑起来。八斗只觉得她浑身都在颤动，颤得他都把持不住自己。

川妹子带来一大摞照片，都是八斗的。有在水中的，有在岸上的，还有在山上野炊时拍的。

八斗一张一张地看，看得心花怒放。川妹子也凑近了看。边看边指指点点，说这张好，这张这张也好。瞧，你真酷，真男人！不知不觉中，她越凑越近，丰满挺拔的胸脯靠到他肩上。八斗的身上酥酥麻麻的，浑身膨胀起来。她说着话，细白的手时不时地跟他摩擦。八斗紧张得呼吸都不畅了，眼睛盯着照片，心思却全在她的身上。他感到自己快要爆炸了，脑袋一阵阵发昏。他机械地挪动照片，扭头偷看她。她的嘴唇凑了过来，与他撞了个正着。

八斗丢下照片，紧紧抱住她。她软绵绵的，顺从地倒在他怀里。他笨拙地扳倒她，迫不及待地扒掉她的衣服，跟一头饿极了的公狗似的，张开双臂扑了上去，压得旧木床吱吱直叫。

累了，两个人安静下来。

安静下来的八斗反而踏实极了，踏实得像六月天里喝了一大碗凉水似的畅快。

妹子，你是我的！他的声音颤颤的，听上去很激动，还有些得意。

八斗搂着她，像抱着一个会飞的宝贝，生怕一不留神，让她张开翅膀给跑走了。

哦？我不是吗？川妹子差不多快睡过去了，说话有些含糊了。

打今儿起，我不是光棍了！

真的吗？谁呀？她的声音很小，都快听不见了。

八斗美滋滋的，一点困意也没有。他在想，我也有女人了。

川妹子在山上待了三天，就走了。

早上，八斗一觉醒来，发现身边是空的。他到处找，屋里屋外，山上山下，找了一个遍，都没有。

她走了。怎么连个话都不留下？他眺望山脚下那条死蚯蚓似的小路，纳闷极了。

太阳准时从远处的群山中冒出来，八斗该干什么还得干什么。巡山，是他的工作，一天也不能耽搁。巡完了，就弹吉他、吼歌，最后跳到麻雀塘里洗澡。他弹吉他时还是那样没心没肺地吼：小妹妹你坐船头，哥哥我在岸上走。我俩的情我俩的爱，在纤绳上荡悠悠。不同的是，他现在吼出来的歌柔和多了，似乎昨夜的柔情，都融进了这缠绵的歌里。那歌声一浪一浪的，跟松涛一样向四面八方扩散开去，像是要飞到遥远的地方，唤回心爱的人儿。可是，大山没有回音，松涛也没有声响。他的歌声就跟石头滚进草丛里似的，没一点动静。八斗一点也不泄气，还是吼，直吼得嗓子像撕破的棉布，没一点弹性，才丢下吉他，一头扎到麻雀塘里去。

巡山对八斗来说不再是一件苦差事。他一路走，一路有想不完的心事。他的眼前不停地晃动着川妹子雪白的大腿，一遍一遍地回味着她蛇一样的身体。想着想着，不禁傻傻地笑起来。那样子，就跟一个饥肠辘辘的人，忽然间吃了一顿饱饭似的，特满足。有时，他会得意地对自己说，李八斗，你牛到家了，这么靓的妞儿送上门来，哪儿有的事！

回来时，他又碰到了丑丑。它站在一蓬艾蒿旁，伸长舌头看着他，似乎正在等候他的到来。丑丑！他不由得叫出了声。那一刻，他的手轻轻地摸出手机，将摄像头对准了它。刚拍下一张，丑丑扭头便钻进浓密的艾蒿丛中，不见了。他打开图片，看到了一张清晰的丑丑的照片。哈哈！他兴奋地大笑，川妹子不是要看小狼吗？这下好了，她如愿了！他举着手机，胡乱地扭动身子，欢快地尖叫。

回到小石屋，他不由自主地多了一份期待。他敏锐的鼻子猎犬似的在空气中嗅着，努力寻找那种特别的香味。可是，空气中只有一股淡淡的松香味，其他的，什么也没有。他不甘心，加快脚步推开门，屋子里没人。又看门后，还是没有。

他靠在床头，将丑丑的照片发到朋友圈。川妹子一定会看到的。他想。但是，她没有露面。她故意隐藏起来了。

他顺手拿过吉他，靠在床上漫不经心地弹起来。吉他发出断断续续的低鸣，像夜里的松涛在呜咽，又像掉群的野狗在无尽的山林里哀号。吉他是他忠实的伙伴，他想哭，它就陪着他哭。他想唱，它也跟着唱。只有它最懂自己的心思。它要是个女人就好了，最好是川妹子。他想。

天气异常干燥。树叶变得枯黄，风一吹，唰唰啦啦，洋洋洒洒，飘得到处都是。陈年的落叶没烂掉，新落的黄叶又厚厚地盖上去。人走在上面，软绵绵的，滑溜溜的，让人想起女人柔软的肚皮。八斗的心情沉重，他惦记着川妹子，在等她回来。她一走就没有消息。他想，得去找她了。

他沿着山下那条小路走到镇上去，再从镇上坐车去城里。

他只知道她在城里，干什么，住哪儿，他都不知道。当初只晓得跟她快活，这么重要的事儿都放脑后去了。回想起来，自己傻呀。

他在大街上漫无目的地走着。也许运气好，能在人群中碰到她。今天撞不上，还有明天。时间多了，不愁找不到。

晚上，他花了十块钱，住进一家小旅社。旅社在一条窄窄的小街道里，房子低矮，阴暗潮湿。八斗不管这些，便宜就成。这些年来，他从没在山下过过夜，这一回是例外了。他交完钱，拿了钥匙去开房门。一个妖娆的女人跟了进来，扭着屁股，顾自挨着他坐下，抚摸他的大腿，大兄弟，陪陪大姐成吗？

八斗吓得一下子跳起来，连连摆手，不不，你快出去。

女人碰了一鼻子灰，悻悻地走了。临走时丢下一个字：土！

半夜时，有人来敲门。八斗睡得正香，迷迷糊糊地开门。门刚开，呼地挤进来一个人，带来一股异香。那人一把抱住他，一只手在他的下边乱摸，说，大哥，陪陪我好吗？声音好熟，八斗一个激灵，醒了。开灯看时，却是川妹子。

她的脸上抹了好多粉，勾了眉，涂了浓艳的口红，衣服穿得少，胳膊腿全在外面。

是你？八斗又惊又喜。

川妹子也认出了八斗，夺门而逃。八斗眼快，一把将她抱住。她挣扎，八斗的双臂钳子似的。她挣不动，只好由他将自己放在床上。

我不让你走，我就是来找你的！八斗在她耳边说。

她别过头，不说话。

你说话呀，你怎么不说话？

你都看见了，还要我说啥子？她的声音僵硬，一点也没有昔日的温柔。

我看见什么了？我什么也没看见，只看到你了！八斗不傻。

她的身子硬邦邦的，像一条晒干的鱼。

你放开我，我要出去。她拼命挣扎。

他不放开，紧紧贴着她，在她脸上摩擦着。她躲，却躲不开。

我是这儿的小姐，你不是没看见。

那又怎么样？我不在乎，一点也不在乎。

我每天陪人睡觉。只要人家给钱，我就跟人睡，流氓、地痞、瞎子、跛子，都可以睡我。她故意说得很难听。

那好，你就当不认识我，就当我是你的客人好了。我有钱，我给你钱，怎么样？他死活不松手。

不行，你无耻！

为什么我就不行，我就无耻？他笑。

不行就是不行，你就是不行。

她激动起来。我脏，我是破鞋，你又不是不知道，你还抱着我干什么？

那好。你说，为什么要到山上去找我？就因为我救了你？

不是。我就是要到山上去找你，只有你才是我愿意的。这有什么错？她的眼泪唰唰地流下来，在她的脸上留下两道清晰的印痕。

你是说，只准你去找我，就不兴我来找你？这是什么道理？

你跟我不一样。你走吧。她哀求道。我是鸡，我不配。你这是何苦呢？

八斗低着头，心里像扎满了尖刺，疼痛不已。他也想哭啊。

鸡又怎么样，就不该有男人？他几乎喊出来。

离开这儿，跟我走！我不要你做鸡。

离开？上哪儿？跟你一起到山上去吗？

他猛地抬头，看着她，那儿不好吗？他的眼里充满期待。

她摇头，说，不好，我不想跟你到那个地方去。不想。

为什么？八斗急了。

因为我需要钱。我得赚钱。她悠悠地说。

我得养活我奶奶，得供我弟上学。我上了山，他们怎么办？

我养活他们，我给他们寄钱。八斗毫不迟疑地说。

你？她摇头。就你的工资，太少了。

八斗低下了头，痛苦得说不出话来。

你是好人，我知道。你走吧，别再找我。她苦笑了一下。

可是，打你去找我，我就把你当成我的女人了。我要你跟我走。

她摇头，你太痴了。我不能答应你。说着又要挣脱他。

他不松手，仍紧紧抱着她。她抓他，咬他，在他手背上、胳膊上留下一道道血痕。他闭着眼，一动不动。

你就死了这份心吧，我们各走各的路。她无奈，冲他大叫。

不，你一定要答应我。你说，你要我怎样才肯答应？他几乎要哭出来。

她停下来，认真地看着他。他的眼里是全是哀求。她心软了，叹了一口气，全身松软下来。

好，她缓缓地说，我答应你。可是，我有一个条件。

他喜出望外，连声说，别说一个，就是十个都行。

我要你跟我一起离开这里。你能不能答应我？

离开这里？

对，我们一起走得远远的，一起挣钱过日子。你说好不好？她拉住他的手，眼巴巴地看着他。

离开这里，走得远远的？

是啊。我们去找一份正经工作，堂堂正正地做人，用不了几年，日子就会好起来。

你是说我不再当护林员了？他紧跟着问。

怎么，舍不得那片林子？她盯着他。

是啊，我要是走了，那么大一片林子怎么办？如果没人看守，肯定会出事的。你不知道，一把火就能毁了整片林子。我亲眼见过的。如果没有人，它们就像一群活不长的孩子。他的眼睛看着远处，那片林子好像就在他的眼皮底下。

这么说，你是不想要我了？她使劲地摇晃着他的胳膊，像是要把他从遥远的地方扯回来。

没有啊，我没有不想要你啊。他忽然清醒过来。我答应你，答应你。我怎么会不要你！他很快就答应了她。

她听了，轻轻地把他的手放在胸前，沉醉地闭上眼睛，像一位刚进洞房的新娘，甜蜜，幸福。

可是，我要真走了，会吃不好饭，睡不好觉。这么多年了，我把那里当成家了。八斗仍在挣扎着。

她想了想，说，你想过没有，假如你走了，镇上会再派一个人去。那个地方，总会有人看着。你不用担心那儿会出意外。再说了，你就舍得丢下我吗？她紧紧地勾住她的脖子，声音柔柔的。八斗感到身上的血液奔腾起来，心跳也加快了。

他点点头，不再说话。

你答应我了。我就知道你会答应我的。她温顺地躺在他怀里。

他凑过去，亲她。她伸手捂住他的嘴，说，不，我们走，这儿脏。他们出门，离开了小旅店。

她将他带到了她的住处。

这是一间低矮的小屋。房顶盖着老式的布瓦，墙壁上糊着白纸。屋里摆设简单，却收拾得十分整洁。

她冲他笑了，便推门进了另一扇门。那是一间很小的洗澡间。接着，便听到里边传出哗哗的水声。

水声时响时轻，如一曲忽高忽低的乐曲。八斗呆呆地坐在椅子上，心潮起伏，一时不知所措。

不久，门吱的一声开了。她一丝不挂地出现在他面前，像一条出水的白鲢。他的呼吸陡地急促起来，腾地冲过去搂住她，两人紧紧地缠绕在一起。

第二天，八斗回了一趟楂子山。路过麻雀塘时，他都没敢抬头朝他老子的坟头看一眼。他在想，要是李老拐知道了这事，非得再气死一回不可。

山上一切依旧。山还是那些山，树也还是那些树，都是老样子。他四处看了看，便回到石头房里。他清了两件换洗衣服，便准备关门下山。他知道，这一走，兴许再也不会回来了，心里顿时有一种酸酸的感觉。那把旧吉他静静地躺在旧木床上，它整整陪伴了他十年，就像是一位形影不离的老朋友。八斗抱起它，轻轻地在弦上抹了一下，它发出嗡嗡的声响，像山间的松树在低沉地呜咽。他将它贴在脸上，泪水一涌而出。再见了，我的朋友！他在心里说。

下山时，他将吉他抱到他老子的坟前，跪下来沙哑地说，爸，儿子不孝，您得原谅我！说完将吉他放下，连磕三个响头，头也不回地走了。

回到川妹子的住处，她已经买好了去南方的火车票，一共两张，明天上午就走。

晚上，天刮起大风，吹得窗玻璃啪啪直响，让人心颤颤的。八斗心里七上八下，整晚都睡得不踏实。

天快亮时，他做了一个梦，梦见楂子山着了火，熊熊的大火将整片树林都烧得黑乎乎的。他一惊而醒，坐在床上直喘气。

早上，他们简单地吃了一点东西，便带着行李直奔火车站。一路上川妹子十分高兴，不停地跟他说着话。

哥，到了那儿，我们租一间房先住下来，然后去找工作。她说。

你有技术，一定能找到好工作。你说，我们下班回来一起做饭洗衣服，该是多美的事！我做梦都想这样的生活。

等我们有钱了，你最想干什么？买房？买车？还是去旅游？

要让我说呀，我先买房。有房才像个家呀！她越说越高兴，竟然没发现八斗远远地掉到后头去了。

你怎么了？哪儿不舒服了？只见八斗低着头，越走越慢。

你怎么不说话呀，哥？你怎么了，我惹你不高兴了？她不放心地看着他。

没有，真的没有。八斗摇摇头，继续往前走。

哥，你昨晚一夜没睡，你有心事。

你不要再勉强自己了。你还是放不下那片林子。她看到他眼里全是痛苦。八斗扭过头，不敢看她。

你要是现在回去，还来得及。她没有动，在后面大声说。我不怪你，你回去吧！她的眼泪在不停地打转。

八斗苦巴巴地看着她，想说什么，却什么也说不出来。他跑过去，抱住她，两人相拥而泣。

不久，李八斗又出现在楂子山上，仍旧抱着那把旧吉他，高高地站在大青石上，赤膊，短裤，对着连绵起伏的绿海昂头高吼：妹妹你大胆地往前走哇，往前走，莫回头！声音传得老远老远，凄婉而悲凉。

打鸟的孩子

　　贺小冬踮着脚尖，在桥墩上胡乱勾画几下，扭过头来问小强，知道这是谁吗？

　　那是一个丑陋的人头像，大鼻子，小眼睛，脸上几点麻子，没有耳朵，连头发也没有。你是不是想说，像个瘪葫芦，我哪儿知道？他看着小强。

　　小强是一个仿真布娃娃。它静静地躺在一边，眼睛正看着贺小冬。

　　贺小冬故作洒脱地甩了一下额上的长发，不屑地瞟了它一眼，用粉笔头在人像左边重重地写下三个字，贺长生。记住，他叫贺长生！

　　粉笔头是他从教室里带出来的。他的兜里经常装着这些小东西，玻璃球、橡皮头、漂亮的石子，还有两颗鸽蛋大小的钢珠。那是他的宝贝，轻易不肯拿出来。

　　你是不是想知道贺长生是谁？

　　他丢掉粉笔头，随手在地上抄起一块鹅卵石，对着人像呼地摆出一个"大"字，大叫一声，我是无敌侠——杀！只见他用力一扬，鹅卵石划过一道直线，嘣的一声脆响，正中圆圈，在那张麻脸上留下一块醒目的印痕。

　　在贺小冬的潜意识里，跟他的男神——网络游戏《无敌城堡》的堡主无敌大侠相比，自己除了没有那把百发百中且威力无穷的飞镖，其他的都跟他毫无二致。那个招牌式的"大"字形投镖动作，那一声发力时的暴吼，都被他模仿得真如其人，牛逼得一塌糊涂。

　　他曾经网购过两把无敌飞镖，那玩意做得跟游戏里的一模一样，却太经不起折腾，三两下就折断了。为此他懊恼了好一阵子。后来他想通了，只要功夫好，哪怕是一片树叶，也能使出无敌飞镖的效果。他为自己悟出这么高深的道理兴奋不已，还大叫一声，啪地飞出一石——而不是镖——精准命中别人菜园里的一只葫芦，然后撒腿就跑。所以，无论拣着什么，橡皮头、圆珠笔、花生米、糖果，他都会当作无敌飞镖唰地飞出去，体验一下手感。不知打什么时候起，他的手头变得很准。随手拣个什么，唰的一下就中了。他看似两手空空，实际上无论什么东西到他手里，都成了无敌飞镖。无论什么都是我的武器，我比网上虚拟的无敌大侠厉害得多。他得意地想。

有一段时间，他常常在校园里转来转去。他在打鸟。他像一个猎人，握着一把石子，仰头在树上搜寻。冷不丁地一扬手，树枝上的小鸟扑的一下掉下来。他看着鸟儿在地上没命地挣扎，直到慢慢咽气，然后搜寻下一只。操场上、树底下、水池里、人来人往的过道上，经常见到鸟的尸体，散发着阵阵恶臭。这事在学校传神了，说他得了高人指点，出手又快又准，百发百中。那些胆小的女孩子老远见着他，本能地缩一下脑袋，生怕他抬手一扬，飞出个什么东西，砸到自己头上。班上有人偷偷跟他学艺，条件是给他抄作业、买早餐。有人巴结他，偷偷给他发红包。反正他们不缺零花钱。他们暗地里称他贺师傅、贺大侠、老大。他们都听他的，跟着他练习贺氏绝技。他们期待着像他一样，抬手一扬，唰地打下树上的飞鸟。还可以用来揍人，看谁不顺眼，唰的一下子，那该多爽！

不久，保安知道了这事，提着治安棒来找他，吓得他再也不敢在校园里露面。那些围着他转的哥们，从此离他远远的。他并不服气，表面上老老实实，暗地里往外跑，到校外的树林里去打。有时实在找不到鸟，路边的电灯、广告牌、指示灯，甚至流浪狗、晒太阳的野猫，都会成为他的目标。啪的一声，打了就跑。他偷偷地乐着，觉得自己就是真实版的无敌侠。

来，你来试试。他对小强招招手。

小强不理他。他又摸起一块石头，僵硬地摆出一个"大"字，大叫，我是无敌侠——杀！石头砸偏了，软绵绵地落在不远处的空地上。

臭！他还要摆"大"字，试着再砸一次。还没叉开两腿，身上像挨了一拳似的，顿时软下来。他叹了一口气，无精打采地丢下石头。算了，不玩了。我饿了，没力气了。今天该你了，你总要表示一下吧？

跟着又自语道，妈的，这人为什么要吃东西呢？

你是不是又要要赖？昨天就该你去的，今天不能再赖着不动了。你讲点诚信好不好？他跟小强说好了，两人轮流去找吃的。但每一回，都是贺小冬去。今天也不例外。这让他很沮丧。小强能替他找点吃的回来该多好！

他离开桥墩，漫无目的地朝大街上走去。

胡春梅不记得有多久没见到儿子了。他明明就在房间里，你就是别想见他一面。他的房门永远紧闭着。那是一个封闭得严严实实的世界。儿子把自己封在里边，把她这个当妈的堵在外边。

饭做好了，胡春梅在外边喊，吃饭了儿子！里边嗯一下。胡春梅将碗筷摆好，饭也盛好，还不见他出来。她再喊，里边好不容易传出一声，来了！她只得耐着性子再等。如此三番五次，他在里边不耐烦地说，不吃。她杀人的心都有了。忍无可忍，抬手抽自己一个耳光，你贱，叫你贱，生出这么个货色，抽死你！如此一闹腾，饭菜早凉了。她坐下来，独自一个人吃。这哪儿是吃饭，简直是自食苦果。

后来，饭做好了，她不喊了，用一只保温壶装好放在房门口。看在老妈良苦用心的份儿上，你就吃点吧！结果再次让她失望，保温壶没动，里边的食物也没动。更让人恼火的是，即使他不在时，门也紧锁着。他不知用了什么手段，让她在外边用尽办法都打不开。她跟儿子之间，不知从什么时候起就多了这道门。胡春梅甚至根本不知道他什么时候进去什么时候出去的。他来无影去无踪，像个真实存在的幽灵。他们同居在一室之内，她却俨然被当作局外人。她曾想窥探一下里边的动静，想确定他在不在里边，或者看看他到底在干什么。但他从不给她机会。哪怕远远地瞄一眼也不行。有一段时间，她曾想在里边安装一个摄像头。最终还是放弃了。万一被他发现，可怎么是好？那是他的世界，是他的领地。她可不敢招惹这个小畜生，哪怕越"雷池"半步也不行。儿大娘难当啊，她伤心极了。我做了什么伤天害理的坏事，老天爷如此惩罚我？想着想着，不禁掩面痛哭。

贺长生是不操这门子心的。相反，他百般宠着儿子。他对胡春梅没有好脸色，偏偏对儿子处处娇惯，甚至是讨好。一面对自己的老婆冷若冰霜，一面又对儿子笑脸相迎。他给儿子买苹果手机、平板电脑、名牌衣服。带他去吃烧烤、唱歌，变着法子哄他高兴。这不是害他吗？贺长生由着性子来，让孩子也越来越任性。他一回来，儿子整天围着他转，跟个小跟班似的。作业不管，觉也不好好睡了，还不分日夜、黑白颠倒地疯玩。他就是诚心的，分明是跟自己对着干，把自己推到了儿子的对立面，让儿子觉得他那么好，自己这个当妈的反倒成了阶级敌人。

最要命的是，他一阵风似的来，将家里搅成一团糟，又一阵风似的去，留下烂摊子给她收拾。他就是这副德性，想到哪出是哪出，天生的败家相。她一点办法也没有，根本阻止不了。丈夫不听她的，儿子也不听她的。在这个家里，没有她说话的份，她被两个男人，确切地说是自己的丈夫拉上亲生的儿子，毫不留情地孤立起来。她就像一头掉进井里，从脚尖到心尖都是凉的。

自从儿子变了卦，贺长生也见不着他。他的那些小伎俩也不管用了。他从外面回来，那扇门照样将他堵在外边，任凭他敲破门都无济于事。他很扫兴，气呼呼地摔门而去。一回，贺长生喝了酒，带回一只崭新的足球，外加一大堆好吃的，周黑鸭、汉堡包、烤鸡翅、牛肉干等应有尽有。他站在门外喊，儿子儿子，快来看我给你带什么了！没人应声。他敲门。咚咚，咚咚，里边仍没有回应。他说，走，爸带你出去玩，烧烤、唱歌，随你选！里边依然一点动静也没有。贺长生火了，乘着酒劲大叫，再不出来我砸门了！他果真动手，不知从哪儿找来一把锤子，三两下就将门锁敲下来。门开了，他赫然发现，贺小冬双眼血红，拿着一把长刀直直地对着自己。这哪像自己的儿子，活生生一个暴徒！你干什么？要杀人啊？那架势一触即发，要出人命了。他丢掉锤子退出来。天下哪有这样的道理，养大的儿子到头来拿自己当仇人！他真想不通。他哪儿来的刀呢？他藏刀干什么？他越想越生气，却毫无办法。总不能也拿把刀跟他对着干吧？他装着一肚子闷气，拍屁股闪人。他斗不过自己的儿子，他缴械了。眼不见心不烦，躲得远远的。

胡春梅做梦都没想到，连贺长生都镇不住这个小东西。这可怎么得了？

在此之前，贺小冬很听话，学习成绩在班上名列前茅。沿着这个趋势发展下去，将来考一所好大学没问题。那时，她这个做母亲的就心满意足了。咱活半辈子，图的不就是这点盼头吗？她常常高兴地想。

班上好多学生家长在请客，请班主任，请代课老师。当然还有送红包、购物卡什么的。这是公开的秘密。贺长生也不甘落后，将儿子的班主任和代课老师都请到老乡村。老乡村是一家高档酒店，地点并不在乡下，而在市区最繁华的地段。那儿生意红火，客人爆满。贺长生提前预订餐厅，备好高档烟酒，请来满满一桌老师。贺长生殷勤地给老师上烟、倒酒。菜上来了，全是海鲜。大家也不客套，举杯喝酒，伸手抓虾捉蟹，边喝边聊。麻将、股市、基金、离婚、婚外情……你一言我一语，聊到兴头上，一个个放开了，越喝越上劲，声音越来越大，连粗口都喷出来。几位老师撸起袖子划拳，一桌人跟着喝彩，巴掌拍得山响，惹得走廊上的人都来看热闹。喝完酒就开始搓麻将，这是必备科目。无酒不成敬意，没有麻将是骂人。餐厅里摆着现成的麻将桌，几位老师屁股一挪就摆开架势干起来。跟贺长生一桌的是贺小冬的班主任何百花。他们一直打到深夜，吃完宵夜才散去。那之后，他便经常约何百花出来打麻将。这么做当然有巴结的意思。久了，何百花也会一个电话打过来，三缺一啊，救个场吧！他也不客套，收起电话就去了。

贺长生请老师吃饭，让贺小冬倍觉羞辱。好好的，请什么客？我的成绩又不是他们喝酒喝出来的！果真这样，你天天请人吃喝好了，我不上学得了。当听说贺长生处处巴结讨好何百花时，他的脸更没地方搁了。他感到别人在用异样的目光看他，让他不敢正眼看人。他恨贺长生，恨周围所有的人，恨不得找间黑屋子，将自己藏进去，永远都不出来。

胡春梅哪儿知道这些事呢！她只知道，儿子进入叛逆期了。她在网上查了很多资料，想找个"偏方"啥的给儿子治治，没准真有效。网上说什么的都有，谁说谁有理。但在她看来，都是站着说话不腰疼，废话一堆，没一句管用。她反而喜欢跟那些网友喋喋不休地聊，一吐心中苦水。网友安慰她，孩子大了，这是很自然的事，过了这阵就没事了。聊过了，回头一看，又觉得那些人一个个端着一张过来人的嘴脸，摆出一副说教的架子，让她不堪忍受。为什么别人的儿子没这么叛逆呢？这哪儿是长大了，连爹妈都不放在眼里，分明是变种了！

不久，贺小冬出现在古树巷。巷口长着一棵两百多岁的老朴树，颤颤巍巍的，像一位慈祥的老人。这里临近府河，出巷口没几步便是河堤。

他缩着肩膀，双手别在脏兮兮的牛仔裤口袋里，在高低不平的石板路上走来走去。他不知道该往哪里去，心里烦躁不已。

一天没吃东西了。从早上到现在，他只喝了半瓶自来水，那是头一天喝剩下的。昨天下午他出去一个钟头，提回半只烤鸭。他的腿长，跑起来一阵风似的，谁也追不上。

别这样看着我好不好？他皱着眉头对小强说。

你怀疑我偷吃了半只？怎么会！放心，你该相信我的人品才对。再说我不会吃独食的，我记着你呢。

来，吃点吧。他扯下一只鸭腿递过去，最好的给你。唉，你又不吃，真扫兴，多少尝一点吧，算是给我一个面子。他摇摇头，盘腿坐下来，一阵狼吞虎咽，把这点东西给咽了下去。

一回，一只黑色的大鸟从河面飞过来，呼地落在不远处的桥柱上。大鸟忽闪着大眼睛，扭头警惕地打量着他。

好漂亮的大鸟！他捡起一块石头，在小强面前晃了晃，说，看我的！

话音未落，石头飞了出去，扑的一声正中大鸟，溅飞几片黑色的羽毛。大鸟惨叫一声，摇晃两下，一头栽进河里。

看着大鸟在水里扑腾，他得意地笑了。你该伸大拇指，给我点赞才对！他对小强说。

他都不记得自己打过多少鸟，但这只无疑是最漂亮的。它的眼睛亮晶晶的，像两颗会说话的宝石。他从没见过这么好看的眼睛，想想都叫人激动。现在回想起来，他仍不免暗自得意，谁能打下这样一只大鸟啊！

他的腹部一阵阵胀痛，经常饱一顿饿一顿，让他得了严重的胃病。吃点东西就没事了，赶紧吃点东西。可是上哪儿去找吃的？他一遍遍地问自己。看着自己因投掷而变得结实的手掌，他不免暗生悲伤，颇有壮士自怜之感。

他不止一次想到去找胡春梅，向她要钱去买食物。这个很容易。只要他张张嘴，就能达到目的。胡春梅很疼爱儿子，从来不让他失望。可是他开不了口，他不想处处依赖她，好像离开她自己就不能活似的。他很快打消这个念头，宁可硬撑着也不回去。管他呢，总会有办法的，活人哪有叫尿憋死的道理？

问题是再不吃东西，自己真得饿死了。他的目光在巷子里扫来扫去。总不能因为一顿饭，让我横尸街头吧？再说，小强那小子没准在等着看我笑话呢！他心里憋着一股气。

古树巷的包子是有名的。那儿并排着三家包子店，家家生意红火。好多人出远门都会带一包这儿的包子。还有将包子快递送人的。胡春梅路过这里，经常带几只回去。她只买胖子的包子，说胖子人好，做生意厚道。他看到胖子穿着宽大的背心，在用力搓揉案板上的发面。快到下班时间，他在赶包子呢。店门口的水泥灶上，层层叠起的蒸笼噗噗地冒着热气，阵阵包子的香味飘荡得满街都是。贺小冬抽抽鼻子，嘴里的酸水直往上涌。他紧张地打量着四周，街上空荡荡的，一个人也没有。

一只花母狗从灶边探出头来，不怀好意地朝他咆哮。他狠狠地跺一下脚，吓得它一哆嗦，扭身钻进柴垛里去了。

贺小冬没事一样走到包子店门口，说，叔，包子！胖子放下手里的活儿，搓搓手上的面粉渣子说，好嘞，包子！

他麻利地揭开蒸笼，哈着气说，帅哥，要好多嘛？

贺小冬犹豫了一下，说，来——三笼吧。

帅哥要嘞么多，哪个吃得完嘛？说着拿起筷子往方便袋里捡。

我妈只买您的包子呢。话刚出口他就后悔了，干吗这么费话，他要记住我了怎么办？

胖子听了哈哈大笑。那是，你趁热吃，口口生香，保管吃了还想吃。装完递给他，盖上蒸笼，回到案板边接着揉发面。一共二十一块钱，给二十块算球啰！

话刚说完，感觉哪儿不对劲，回头看去，哪儿有人，早跑了！

他摇摇胖乎乎的脑袋，自嘲地一笑，说，这娃儿，你妈没教你吃包子要给钱吗？

回到桥墩底下，贺小冬把包子往地上一放，来，吃吧，正宗的四川肉包子！说着抓起一只就往嘴里塞。刚吃一口，想起什么似的，一把拉住小强的手说，慢着，我们来做个游戏！他指指桥墩上的人像，说，我们来砸他，砸中一次吃一只包子！

说完，他捡起一块石头，使足力气往桥墩上扔过去。

那天早上，贺长生跟胡春梅又吵了起来。两人你一句我一句，互不相让，越吵越激烈。贺小冬是什么时候走的，他们也不知道。如果不出意外，他们会打起来。他们经常这样，吵着吵着就动起手来。贺长生下手很重，往死里打，一点也不留情。他抄着什么是什么，叉子、衣架、水瓶、杯子、鞋子，不管三七二十一，没头没脑地往胡春梅身上砸。胡春梅也不是吃干饭的，面对丈夫的暴打，从不示弱。她以牙还牙，奋起反抗。她抄起东西跟他对打，有时会抓起一把菜刀跟他拼命。她不能示弱。她知道，贺长生会得寸进尺。一旦他占了上风，就会更拿她不当人。他们只要接上火，就会停止叫嚷，将所有力气用来对付对方，恨不得置对方于死地。他们沉闷地扭成一团，又撕又咬，不知道的人，还以为他们抱在一起亲热。打归打，他们心照不宣地避开对方的脸。所以在家里打得再厉害，纵然身上伤痕累累，脸上也是干干净净的，没有一丁点破绽。他们彼此保护着最后的脸面。

打完了，他们没事一样从地上爬起来，一声不响地清理身上的衣服，洗一把脸，理理头发，出门去了。那样子依然光鲜，谁也不知道他们狠狠地干过一架。

那以后，贺小冬就经常不回家，也没有去学校。他开始逃学。

胡春梅最初在毛纺厂上班，嫁给同在毛纺厂当销售科科长的贺长生。厂子倒闭后，胡春梅到外边找工作。她是个有主见的女人，明白贺长生是个靠不住的男人，打心眼里没指望他什么，她得想办法赚钱养活自己和孩子。

贺长生失业后跟人合伙搞房地产开发，一夜之间赚得浑身上下都是钱。钱让他变成了另外一个人。他开始彻夜不归。他对胡春梅说，咱忙啊，这不是在公关吗？你以为那么好的地皮会轻飘飘地跑到你手上吗？有人以为她不知情，悄悄给她递话儿，说你男人有情况了，看紧点。她说，哪儿有的事啊，我家长生老实巴交的，谁要啊。看，我家长生！还老实巴交！别人心里说这婆娘不简单，再也没人提这事了。

除了搞房地产开发，他还赌球、炒股，成天趴在电脑上，一眼不眨地盯着那些起伏不定的曲线。好景不长，他投进去的钱给牢牢套死。跟着，赌球也让他一头栽进万丈深渊，把赚来的钱赔进去，还塌了一个大窟窿。

他大叫上当，却为时已晚。那些钱都是借来的，现在上哪儿还去？

贺长生从此躲进天桥洗脚城不敢露面。天桥洗脚城的老板跟他是哥们，当初拍着胸脯免费给他一间房，一分钱不要，还说哥你来住就是给兄弟最大的面子。哥俩好哇，这算什么！住就住呗，正好那时他跟川妹子好上了。得，这不正好拣着便宜吗？住这儿好，方便，隐秘，连胡春梅都找不到。

没钱了，他偷偷跑回来找胡春梅。胡春梅可没那么好糊弄，说你抽烟喝酒干吗都行，想拿我的钱养野女人，滚吧你！两人见面就吵，就打。

那一天，贺长生回来卖房子。过去他回来要钱，胡春梅不给，他就闹离婚。胡春梅不离，死活不在协议书上签字，贺长生拿她没办法。这次他换了主意，骗她说，我要开一家全城最豪华的宾馆，到时你当总经理，你来管钱。但是现在得投资，投资你懂吗？得有大笔的钱投进去。我现在还差点钱，你得帮帮我。好歹我们是夫妻，一家人，你不帮我谁帮？我们把房子拿去抵押贷款。只要贷款到手，我们的宾馆就盖成了。胡春梅早就看穿了他的花花肠子，说，你盖天安门都跟我没关系，哪儿好玩你去哪儿，别跟我打房子的主意。他气急败坏，拍桌子摔凳子，成，我就是要卖房子，房子有我一半。他把买主找好了，价钱也谈好了。胡春梅说，贺长生你狠啊，你的良心叫狗吃了。你不要我得了，你还要让你的亲儿子睡大街吗？你问问你儿子，他要是答应卖房子你就卖吧。

胡春梅早防着他这一手，把房产证藏起来了。他把家里翻了个底朝天也找不到。没有房产证，就卖不了房子。于是他跟她磨，说好话，好姐姐好妹妹一大堆。胡春梅死活不上当，就是不拿出来。好话说完了就吵，吵烦了又打。贺长生对这个软硬不吃的婆娘简直恨透了。

他们在家里吵，贺小冬在房间里听得清清楚楚。他明白，贺长生铁了心要卖房子。他的目的很明确，就是甩掉他们母子，跟另一个女人过日子去。贺长生心里早没有胡春梅和他这个儿子了。一想到这个，贺小冬就怒不可遏，但是他一直没有出声。父母不和，他已经习惯一个人待着，更愿意做一个旁观者，一点儿也不想介入。

不久，屋里乒乒乓乓地打起来，甚至听得到胡春梅的惨叫。过去他们打架，常常是打打就过去了，没到伤筋动骨的份儿上。这回不一样了，这分明是求救的声音，是要命呢。这太过分了，贺长生你还是不是个男人？

你欺负自己的女人还叫本事？他再也坐不住了。瞬间不知打哪儿来的勇气，哐的一声开了门，冲到客厅。只见贺长生骑在胡春梅身上，两只手死死地掐住胡春梅的脖子，嘴里狠狠地叫道，给不给？给不给？他在逼迫胡春梅拿出房产证。胡春梅脸色青紫，双眼充血，随时要暴出来一样，眼看就没命了。听到门响，贺长生本能地回过头，他看到了贺小冬。

他怎么也没想到，贺小冬在这个时候冒了出来。这个油盐不进的傻儿子，把自己关得好好的，干吗早不出来晚不出来，偏偏在这个节骨眼上跑出来捣蛋？没准再晚半分钟，胡春梅就叫饶了，他就得逞了。这不是诚心坏我好事吗？

贺小冬双眼通红，死死地盯着他。这一回他没有手持长刀，但凶狠的目光一点儿也不亚于锋利的刀子，直指贺长生，步步逼近。贺长生浑身一颤，不由自主地松了手，狗一样地钻了出去。你有种，他妈的都是一路货色，咱们走着瞧！他在门外不甘心地叫骂着。他没想到，他那么宠爱的儿子，现在跟他妈站到一个阵营去了，大有跟他势不两立的架势。更没想到的是，他竟然翅膀硬了，给胡春梅撑腰了。这还得了，以后他们母子联手跟自己对着干，我还活不活了？

贺长生逃走后，贺小冬抱起奄奄一息的胡春梅。胡春梅终于缓过气来，抱着儿子瘦弱的肩膀失声痛哭。

有过一次离家出走的经历，贺小冬便经常不回家。逃离他们的视线，顿时感到天地都是自己，想去哪儿是哪儿，轻松自由，快快乐乐。更让他没想到的是，他对父母的那些事可以眼不见心不烦了。你们吵吧，打吧，使劲地扯那些烂事吧，关我什么事！他打心眼儿里瞧不起他们，在他看来，他们不是夫妻，不像一家人。他们更像一对仇敌，遇上就干起来，不干日子就过不下去了。

儿子不见了，胡春梅急得上吊的心都有了。以前他闭门不出，她急。现在他的门打开了，房间没有他的人影，她更急。整天不见儿子，没有他的任何消息，她看着空荡荡的家就暗自垂泪。她伤心地想，都怪我们，要不然这孩子不会有家不归！现在她倒觉得，这孩子再不成器，待在家里总比躲在外边好啊，天知道他在外边干些什么呢？这么想着，她忽然发现自己这个母亲做得太离谱了，竟然连儿子都养不见了。

　　胡春梅的麻将馆在富丽小区，是两间租来的车库。打通隔墙后，简单装修一下，摆上麻将桌、椅子以及水瓶什么的，就成了人们打牌娱乐的地方。选中这个地方，不仅因为里边宽敞，更重要的是这儿避嫌，不招人耳目。她一个女人家，不惹事就是万幸，哪敢那么张扬。最特别的是，她给麻将馆正儿八经地起了一个好听的名字，叫作梅姐活动中心。这叫遮人耳目。人们到这儿来搓几把，不说打麻将，不说上麻将馆。那多俗！而是底气十足地说，去活动中心！瞧，多气派，多么正能量！

　　每天上午，她早早地忙开了。做卫生，开空调，烧开水，把里里外外打理得干干净净，清清爽爽。都忙完了，便开始打电话。

　　何姐，来吧，就等您呢！

　　王哥，咋还不见你呢？不见不散哦。

　　老刘，我想你哟，想得心口直疼。你摸摸，你摸摸！

　　快快，全靠你了，别跟我摆架子。指着你给我撑门面呢。

　　哟，还没出门啊，黄花菜都凉了。

　　三缺一啊，您赶紧啊，救场如救火啊！

　　跟谁磨蹭呢，你以为你是谁呀！

　　一天的生意，全靠这个时候张罗。将牌场上的角儿一个个请到桌子上去，哗哗啦啦地搓起来，才算大功告成。

　　谁跟谁一桌，哪个能来哪个不能来，她心里明镜似的。跟谁说什么话，用什么火候，她都拿捏得恰到好处。荤的素的，真的假的，她样样来得。接电话的人听得舒服，高兴，不来不行，来慢了说不过去。盛情难却啊，面子上撑不开啊，等等。一句话，去吧，开心呗！

　　也有不来的，那就磨。把人给弄过来是硬道理，她就有这个本事。一个不来两个不来，这生意别做了。开麻将馆这些年，这嘴皮子上的功夫硬是给磨出来了。那些人中，有些是找个乐子、打发时间的，他们玩得小，纯粹就是捧个场子，凑个人气。还有一些是有闲有钱的，赌得大，通宵达旦是常事。遇上那些手脚不干净的，在她身上摸一下，捏一把，随手丢几张大票子也是常事。这些人是她的摇钱树，她赚的就是这些人的钱。

　　麻将馆一开张，便生意红火。一些人得空就往这里钻，不管打不打麻将，不来想来，来了不走。这儿热闹，这儿人气旺啊，在这儿时间好过啊。尤其是那些不愿进厨房的女人，这下好了。这儿不光能打麻将，还供饭，进门就足不出户，心安理得地搓它个天昏地暗。更何况，大家在一起有说有笑、打情骂俏的，说点肉麻话，扯点荤段子，日子过得有滋有味。

这正是胡春梅想要的。她指望麻将馆养家呀。她没有工作，这就是她的工作，就是她的职业。开麻将馆之前，她站过超市，卖过卤鸡蛋、汽水粑，戴着口罩在街头擦过皮鞋。一次低头给人擦皮鞋时，她居然看到那么多人坐在麻将馆里悠然自得地打麻将。哪儿这么多闲人啊？得，我赚这些闲人的钱得了。真得感谢那段擦皮鞋的经历。现在，她也有自己的麻将馆了。她的麻将馆让她养活了自己和儿子，还让自己走出去光光鲜鲜、体体面面的。如果哪天有人将她的麻将馆关了，她换个地方还得开。如果可能的话，还开几个连锁店。失业的阴影挥之不去，只有不断地赚钱才让她有安全感。

儿子离家出走，她放下麻将馆的生意，骑着电瓶车到处找，一个晚上找遍了安陆城所有的网吧。但是，哪儿有儿子的影子？她又去找儿子的老师、同学。他们帮着找，谁也不知道他去了哪里。没办法，她只好在家里等他回来。好不容易回来一次，当妈的哭着求他好好上学，好好读书，别在外面瞎晃。他当面答应得好好的，出门就变了卦，依然我行我素。胡春梅没办法，去求贺长生，说贺长生，你得管管你儿子，不然他就废了，我们这一辈子就没指望了。贺长生嘴里没一句好话，说老子英雄儿好汉，他老子不是英雄，你指望他儿子当好汉？做梦去吧。胡春梅想想也是，一个连自己都管不住的人，哪儿管得了别人？她不指望他了，再也不跟他提儿子的事。再后来，她也想透了，自己这样的家庭，就别想培养出争气的孩子，命该如此，命该如此啊！

她不哭了，不着急了，该去麻将馆还去麻将馆，该拉生意还拉生意。我得活呀，还得让儿子活呀！儿子再不争气也是儿子，还能怎么着！这么想着，什么都看得开了。儿子每回出门时，她心里都七上八下的。儿子上不上学已经不重要了，重要的是他得回来，他得活蹦乱跳的。

那次儿子救了自己一命，她越发觉得，儿子长大了，知道保护母亲了。到底是自己身上掉下来的肉，母子连心啊！他在自己的生命中是那样不可或缺。这么想着，她又不免感到一阵欣慰。如果那一刻他没有出来，没有步步逼近贺长生，她也许真的死在那个没良心的手里了。别看儿子平素不吱声，关键时候一点不糊涂。儿子每回出去时，她总要叮嘱一句，记得回来啊！说着眼中一热，泪水涌了出来。

这天早上出门的时候，贺小冬跟胡春梅要了二十块钱。孩子要钱就给吧，只要他不胡来就行。这孩子也有优点，就是从不在外边惹事。回过头来想想，他真拿刀片子砍人，还不得这个当妈的去派出所捞人？胡春梅从来不问他要钱干什么，匆匆地从钱包抽出两张十元的票子给他，便忙着梳头准备出门。看着儿子将钱塞进口袋，她关切地问道，够不够用？贺小冬推着自行车往外走，嘴里说了一个字，够！

他骑着自行车一路猛踩，直奔府河三桥。

府河上有三座大桥，府河大桥、二桥和三桥。三桥动工时，桥头的空地上一座大楼也拔地而起。据说要建一座星级酒店。不久，大楼不动了，再也没有力气往上长。

贺小冬就是冲着这座烂尾楼去的。

他独自在护河堤上瞎晃时，发现了这个地方。大楼里很杂乱，废弃的水泥袋随处可见，生锈的钢筋张牙舞爪地裸露在混凝土外面，烂木头在角落里发出臭味。他缩了缩鼻子，沿着楼梯往上走。一楼，二楼，一直到四楼。他莫名地感到一阵紧张。不过很兴奋，这很像游戏里探险的场景，阴森，诡秘，充满未知。

谁？角落里居然躺着一个人，他差点蹦起来。

那人不动，死了一般。他壮着胆子又喊了一声，谁？他终于看清了，那居然是一个半人高的布娃娃。

他踢了它一下，嗨！怎么在这儿呢，伙计？

借着昏暗的光线，只见它的脸上沾满灰尘，鼻子上叫人用烟头烙了一个黑洞，左边脸颊上有一只红艳艳的唇迹，看上去怪怪的。一只胳膊胡乱地别在背后。肩膀上破了一块，显然是叫野狗什么的撕咬过。它穿着一条质地不错的短裤，不过尺码小了一号，让它的下边突起得厉害。他好奇地摸了一把那个地方，你好大啊！他叫了起来。你一定是哪个美女的宠物吧？

他露出一脸坏笑。不过你现在被抛弃了，别人又有新欢啦！他咯咯地笑出声，为自己大胆的想象兴奋不已。他忽然觉它有点像谁。谁呢？终于想起来了，像二班的龚小强。龚小强是校足球队队员，个子不高，皮肤黝黑，却特别壮实，奔跑起来一阵风似的。他冲锋的时候，像一只扑向猎物的野狗，没人追得上。

他一阵激动，挨着它坐下来，说，哥们儿，你不踢球了？啧啧，可惜了，你踢得那么好，浪费了啊。哈哈。他把它当成龚小强了。他太孤独了，太需要有个伴儿。正好，你就是我的伴儿。他想。

身边有几块废弃的纸板，他丢掉脚上的人字拖鞋，将纸板拉过来叉腿躺下来，跟着从背包里摸出平板电脑。平板电脑是贺长生给他的生日礼物，他一直放在书包里，经常拿出来玩游戏。

他盯着平板，手指飞快地点动。他玩的是《无敌城堡》。面对攻向城堡的挑战者，堡主无敌侠誓死捍卫自己的城堡和尊严。无疑，他正在与无敌侠恶斗。几个月前，他开始玩这款游戏，却一直玩得不顺手。无敌侠是他的敌人，也是他的偶像，他喜欢强大的对手，以打败对方为荣。

玩过没有，小强？他终于说话了。升级版的，无敌侠的功夫太厉害了。嗯？升级版的没玩过。你看着我，别总是盯着屋顶，那儿有无敌侠吗？

妈的，又输了！他恼火极了，使劲地拍一把脑袋。废物！他骂自己。

要不，你来试试？他将平板电脑递过去。不信你试试。我一次都没赢过他们，你得给我争点面子，打败他们。你得保证！

他有些累了，闭着双眼问，手上带钱没有？你出门没带钱？

你真让我失望。我一天没吃东西了。十块钱也没有吗？你能帮我弄一沓钞票该有多好。算了，我倒霉，碰上你这个闷驴。他叹了一口气。

贺小冬不再说话，打开平板又玩上了。没想到他刚出现，就上来一群怪物，各持兵器气势汹汹地冲上来。他稍一犹豫，就被对方三下五除二砍倒在地。他顿时感到身上一紧，冷汗都出来了，手指僵硬地停止在屏面上。那几个怪物丢下武器，手舞足蹈，发出奇怪的叫声。他们在庆祝胜利。他浑身直起鸡皮疙瘩，抬起头，难堪地看着小强。妈的，这么快就瘪了。他一把举起平板，差点摔下去。真他妈的臭，这就是你的手艺？他口沫四溅，愤恨地骂自己。

许久，他才稍稍平静下来，缩缩鼻子，说，不好意思，我……我饿了，手指不听使唤。

你想试试？得，去你的吧，你没机会了，刚才你不理我，现在又想要，哪有那么便宜的事？他将平板死死抱在手里。我都打不过他们，你算老几？好了，不跟你扯淡了，我得去找吃的。

贺小冬站起来，拍拍屁股上的灰土，往楼梯方向走去。

对了，你要吃点什么吗？比如方便面、火腿肠、皮蛋什么的。他回过头来等着它回答。别跟我谈钱。你知道的，我跟人借点钱就可以了，同学、朋友、相好——哦，我真想有个相好，就是女朋友呗！谁缺个三五十块钱的。你快说吧。我都快饿死了，我得出去了。要不，我给你带点水来，矿泉水，农夫山泉的，我只喝这个牌子的，你呢？其他的我不习惯，弄不好拉肚子。前天我到河里喝了两口，到现在肚子还疼。这什么水质！他愤怒地指指自己的腹部，似乎找到了发泄的机会。只有农夫山泉对我的胃口。他补充道。

水，农夫山泉，还有吃的。我……我想办法弄去，你等着好了。不过，你最好别乱跑，小心哪个不轨分子抓到你。哦，没准你那个美人还惦记着你呢！哈哈！

得，我真够婆婆妈妈的，还像个男人吗？他有些烦自己，声音变得异常粗暴。

他下楼，边走边对自己说，我一会儿就带回吃的和水。到了楼下，他凝视着给阳光晒得发白的沙子路，许久才在心里说，小强，你听着，我马上就回来，我总不能让你饿死对不？还有，还得有力气打败他们。

他抿嘴点点头，快步离开了大楼。

从家里出来，贺小冬拿着胡春梅给的钱，心里咚咚直跳。他去路边小卖部买了他要的东西。他不敢去超市，那会耽搁更多时间，也会让人发现。他盘算着，如果不出意外，他正好赶回学校上早自习，时间不多不少。装好买来的东西，他骑车直奔三桥。

他一口气跑上去，小强依然保持着昨天的姿势，躺着。他喘着粗气，大步走过去，脚下咚咚直响。

一阵风从毫无遮拦的门窗外吹进来，带着一股河水的腥气。他缩了缩鼻子，不自在地朝四周看看，轻轻放下东西，说，我来了，快点吃吧！

他将里边的东西一样一样地拿出来，方便面，咸蛋，皮蛋，火腿肠，农夫山泉，梅花豆，还有一袋饼干。告诉你吧，那个保安昨天到处转悠，吓死我了。正好我们昨天下午考试，我躲在教室里，连厕所都不敢去。直到下了晚自习才敢溜出来。你知道的，那家伙盯上我了，我再也不敢在校园里打鸟了。他递了一瓶水过去，又拿了一只皮蛋给它。吃吧，饿坏了吧？接着又撕开饼干袋封口，拿出一块准备往嘴里送。放在平时，他是不吃这些东西的，胡春梅不让他沾这些，说全是垃圾食品，有害健康。

你不吃？你看这么多，我哪儿吃得完！再说我没工夫了，我待会儿就走，还要赶回去上早自习。他看了看手腕上的电子表，还有二十分钟，路上至少要十分钟，来得及。

我别走了？我昨晚打了四十一回，全部被干掉了，没一回攻下城堡，要不你帮我打？他大吞大嚼，语音含混，不时指指搁在一边的平板电脑。

你也没把握。你一定好久没玩了。要不，你怕丢人。我才不在乎，输了再来。他一把甩掉手中的饼干，大声说，你是不是要说，我还在想着那个狗屁学校吧，你说那有什么屌意思？我才不呢！来来，你来打，一定要打败他们，我就不信！他将平板塞到它怀里，现在就打，这次不行再来一次，直到统统将他们干掉！

还是我来？行，好吧，只能这样了。我打一回就走，就一回！

可是……可是我得喝点水。我渴了。

他仰头喝了一大口，低头看平板。

一晃到了下午。贺小冬抬头看了一下窗外，吓了一跳，说，妈呀，我得回学校去。说着噌地爬起来，就要往外跑。

到了楼梯口，他又停下来，似乎叫人一把拉住。他说，你不要我走？还要我陪你玩一会儿？

不，我一天没上学了，我妈知道了要急死的。不过，他犹豫了一会儿，还是双腿一软，坐了下来。

他靠在小强的身上，跟它聊起来。除了跟小强一起，他很少说这么多话。在别人眼里，他就是一个不大吭声的孩子。小强是他的知音，他只喜欢跟小强这么嗨聊。

小强，告诉你吧，让我来说说你的来历。姑且用"来历"这个词得了。你爸妈在外边打工，他们每个月给你寄生活费。我们班不是很多这样的同学吗？有一回，爸妈一连四个月没寄钱，你靠爷爷奶奶捡垃圾卖钱交生活费。班上每周都要交补课费。你没钱，只能厚着脸皮一拖再拖。大家都知道，全班只有你一个人没交补课费，而且欠得不少。每回出现在教室里，你都感到所有的眼睛都在看着你。你无地自容，整天低着头，郁郁寡欢，不跟任何人说话，也不出去玩，连最心爱的足球也不去踢了。你就是从那个时候变坏的。你逃学，不去上课。后来，索性不去上学了，成天在外面游荡。

你在校队是前锋，体力好，速度快，脚下功夫了得。你的理想就是在国家队的球门进球。现在倒好，连球都摸不上，还谈什么理想？如果除开饿肚子这件事，那么最让你痛苦的就是不能踢球了。对吧？哈哈！

你再也不敢回去了，你的那些补课费还没交呢。你恨班长。班长是班主任的狗腿子，是她让他收钱的。你更恨那个只知道补课的何老师。妈的，补什么课？不就是多收钱吗？我也怕补课，我都不好意思跟我妈要补课费。

除了砸人像，他们还在烂尾楼里上演真人版无敌城堡游戏。烂尾楼正好当作游戏里的那座藏满金银财宝的城堡，他们两人轮流充当堡主，另一人则从外面攻城。他将小强抱起来，让它在楼梯口站好，然后就地取材，用地上的石头、砖块当作武器，不停地向对方砸去，以此攻城守城。大楼里常听到他兴奋的怪叫和石头砸出的巨大响声。

贺小冬很瘦，人却机灵，在楼房里神出鬼没。你不知道他突然从哪里冒出来，让人防不胜防。更厉害的是，他能多弹连发，唰的一下，飞来一块石头。纵使侧身躲过，后面接着又来了两三块。你躲得了这个躲不了那个，结果只能自认倒霉，吃个哑巴亏。他出手又快又狠，常常把小强当作假想敌，凶狠地攻击。小强被打得遍体鳞伤，最后扑倒下去。如果是一个大活人，哪里受得了这般击打，早没命了。有一回，贺小冬打掉了小强的一只耳朵，他冲过去捂着它的耳根，不停地吸冷气，说小强不疼、小强不疼，我错了，我下手太狠了，下回再也不敢了！

事后，他平静地说，我他妈的是不是把你当成贺长生了。真的，我就想一石头砸在贺长生头上。

说到这里，他若有所思，腾地站起来，说，你真傻，你为什么不把我当作何百花？来吧，我跟你拼了！

贺长生打何百花，何百花打贺长生。他乐此不疲，常常累得大汗淋漓，靠在水泥墙上大口喘气。楼房里到处都是他扔下的石头砖头，将本来乱七八糟的水泥地弄得更不像样。

这一天，他们继续玩砸人像的游戏。他们每天都要花很多时间练习这种单调的动作。贺小冬的意思，必须练得烂熟，要达到指哪儿打哪儿的境界才行。贺小冬指着桥墩上的人像对小强说，记住，这就是贺长生，无论什么时候，都要这样——他对着那个被砸得模糊不清的人像，狠狠地扔出一块石头。要毫不留情地砸，懂吗？

小强，你看好了，他弓身找到那天扔下的粉笔头，抬手在人像的右边写下三个字，何百花。然后回过头来说，何百花，也要狠狠地砸，知道吗？他的眼里露出可怕的凶光。

其余的时间，他都在大街上游荡。他的口袋里装满核桃大小的石头，这是他在河边精心挑选的。这种石头圆溜极了，打出去呈一条直线，不会跑偏。每回他出门，口袋里总是装得很沉，不时发出咕咕的响声。他希望发现贺长生。他跟小强商量好了，不管什么时候发现他们，都要摆出一个"大"字，大叫一声，我是无敌侠——杀！这么做，让他更像无敌侠，也是为了给自己壮胆。然后，像砸人像一样，凶狠地砸过去。

记住，他们就是人像！贺小冬一再强调。

停下来的时候，他接着跟小强聊。他最喜欢聊学校的事情。

跟你讲讲何百花吧。他兴致盎然。

何百花长得是真漂亮，身材匀称，皮肤白嫩。但是她偏偏爱赌，除了教书，她的时间几乎都在麻将桌上度过，以至于班上什么人没来上课她都不知道。她的心思都用在打牌上去了。她输了不少钱，那点工资不够她一晚上输掉。她的信用卡透支了，只得四处借钱，欠的赌债越来越多。她离了婚，一个人过。这样更自由。不光赌得自由，还能更自由地找男人。她找男人的目的，就是不断地借钱。那些男人也真够贱的，没一个不愿意借钱给她。他们这么做也是有目的的，那还不是为了睡她。不是吗？她打个电话说，哥，帮帮忙吧，手上吃紧。行，马上送到。钱送来了，人也送来了。他们盯着她的身体呢。也有人跟她讨债，她不胜其烦，便躲起来。那些人四处扬言要剁掉她一条腿，要将她沉到府河里。除了正常上课时间，她从不在学校里多待。她匆匆来匆匆去，生怕让人给堵住了。她欠的钱太多，只能藏起来，躲到哪天算哪天。学校不让补课，她偷偷组织补习班，请几个人临时代课。她只管收钱而已。这些钱只是一点毛毛雨罢了，但是有总比没有好，能收就多收点呗，反正那些孩子的钱好收，让班长在他们面前喊两声钱就来了。

他一口气讲到这里，实在想象不出一个更好的结果。依照最初的想法，是将何百花往死里讲，比如跳楼、被人强奸、让人给告发、掉进府河淹死，等等，总之得到了应有的惩罚。而且越残忍越让他得意。可是他困了，眼皮直打架，脑子里一片空白。他更像在自言自语，说，得了，我得睡了，下回接着讲，好吧？他拍拍小强的胳膊，酣然入睡。

麻将馆的生意不好时，胡春梅不声不响地骑着电瓶车到处转，看上去就像在兜风，其实是在找儿子。她想知道儿子到底在干什么。成天不见儿子，她这个当妈的心里一刻也不踏实。她骑着车子走哪儿算哪儿。大街上、小巷子、菜场、步行街、植物园、太白湖。她相信，总有一天会碰到儿子。安陆就这么屁股大一块地方，没准儿一不留神就撞上了。

这一回，她没有在城区里头转，而是一路往西，上了府河大坝。她好久没来这儿了，心里有某种预感一般，鬼使神差地来到护河堤上。过了二桥，远远地看到三桥下有个人影在晃动。那不是我家儿子吗？她心里一紧，使劲刹住车子，一步也不敢往前走，生怕惊动他。她知道，不能让儿子发现自己，他会跑掉的，会让她再也找不到他。

她架好车子，躲藏在茂密的艾蒿丛里。她看到，他在不停地砸着什么。在砸什么呢？待他离开桥墩，她沿着河滩悄悄靠近那儿。她看到了桥墩上的人像，看到了人像旁边的两行字，贺长生，何百花。他在砸他的父亲啊！她吓得心里一紧。何百花是谁呢？

她开始跟踪贺小冬。他除了在街上瞎转一气，便是到天桥洗脚城附近潜伏起来。有一次，她亲眼看到他离开洗脚城时，恨恨地一扬手，砸灭了门口的霓虹灯。保安提着警棍慌慌张张地跑出来，可是哪里有他的影子。

发生上次的事后，贺长生不再敢明目张胆地跟胡春梅吵架了。他得避开贺小冬，这小子大了，多少让他心有顾忌。

他选择一个中午回到家里。川妹子跟他摊牌了，没有房子，她就回四川老家，跟他拜拜。他火烧眉毛一样想急着把自己的房子卖了，好给川妹子买新房。

他估计这个时候儿子不在家里。他一见胡春梅就开门见山地要房产证。他说，你信不信，我一把掐死你。

胡春梅说，你又不是没掐过，你掐呀！掐死我也不会给你。

你不要逼我，我的忍耐是有限度的。卖房子的钱我不会独吞，你拿你的那一份，我拿我的那一份。那时我们两清了，谁也不找谁了。你怎么这么死脑筋？

你滚吧，别在我这儿打歪主意。说着，胡春梅就准备往外走。

贺长生一把拉住她，说想走，哪儿有这么便宜？

两个人很快扭打起来。贺长生力气大，一下子将她抵在墙壁上，死死地掐住她的脖子。快说，房产证在哪儿？他手上的力气不断加重，令她无法呼吸。

胡春梅拼命挣扎，但无济于事。情急之中，她抬腿一脚踢出去。贺长生惨叫一声，捂住下边痛苦地蹲下去。

形势急转，胡春梅占了上风。这是她没想到的。对男人就得狠，你狠一点他就怕你一点。这是男人的贱性。她得意地瞄了他一眼，抹了一下脸上的头发，提上仿真皮包，拉开门往外走。

意外就在这时发生了。贺长生忍着剧痛，无意中摸到一只杯子，扬手就朝胡春梅砸过去，正中胡春梅的头部。胡春梅头上一震，没明白怎么回事，就摇晃着倒下去。杯子碎了，玻璃碎片溅了一地。胡春梅的后脑勺给砸开一条长长的口子，鲜血直往外涌。

更不巧的是贺小冬回来了。他一天没吃东西，想回家找点吃的。他以为胡春梅不在家里，特意选在这个时候回来。事情就是这么巧，他一进门就看到眼前的情景，吓得目瞪口呆。

胡春梅瘫软地靠在墙角上，无力地看了儿子一眼，含混地叫道，小冬！

便晕了过去。贺小冬浑身一个激灵，使出全身力气将她背起来，没命地往外跑。

他在楼下拦了一辆面的，直奔普爱医院。

贺小冬离开烂尾楼时，将小强平放在屋角的水泥地上，用纸板盖上，他担心捡破烂的将它顺手拎走了。临走时他对小强说，别到处乱跑，小心跑丢了！这段时间，他仍然一次也没有攻下城堡。每次攻进城堡时，都无一例外地叫堡主无敌侠轻松地打翻在地。他心里窝着一团火，恨不得一口将无敌侠给吞下去。

他说，我回去拿点吃的算了，大白天的，不好找吃的。弄不好被别人认出来就麻烦了。

无意中他又来到古树巷，抬眼看到卖包子的胖子。胖子做了一天的活，靠在躺椅上看手机，敢情他也在玩游戏。他心里一阵慌乱，转身就要跑。没想到胖子早就看到他，噌地站起来，大声喊道：帅哥，莫跑嘛！他只得站住了。

胖子打开蒸笼，拿出两只包子递过去，说，就两个了，垫垫吧！贺小冬看看他，又看看他手里的包子，双手接了，转身就走。没走几步，想到什么似的，回过头来朝他深深鞠了一躬。

出了巷口，天色暗下来，路上少有行人。他匆匆往河边走去。前面是一片花坛，远远地有一男一女在吵架。女的不停地咒骂，大约是骗子之类的话。男人低声吼叫着，粗暴地推搡着女人。他隐约觉得两人的声音耳熟，却没放在心上。他只想快点回到小强身边，只有那里才能让他感到安宁。那两人对打起来。男人伸手扇了女人一耳光。女人尖叫起来，大骂道：你这个没良心的东西，你敢打我！

女人扑上去跟男人拼命，却被男人一拳打倒在地。贺小冬不由得站住了，一只手不由自主地往口袋里摸去。口袋是空的，他出门时什么也没带，那两颗钢珠藏在小强身边。

他闪身藏在电线杆后，只见男人冲上去，抬腿朝女人猛踹两脚。这让他想起贺长生打胡春梅的场面，心里不由得直冒火星。女人蜷缩在地上，抱头大哭。男人打完了，扬长而去。

他忽然想到什么似的，悄悄从地上摸起一块鸭蛋大小的石块，紧紧地攥在手里。

那人匆匆穿过路口，往天桥方向走去。他停下来，回身警觉地往后望了望。贺小冬躲在路边货棚里，一动不敢动，紧张得手心直冒汗。

待那人接着往前走，他鼓足勇气，呼地冲到路中间，摆出一个"大"字，大叫一声：我是无敌侠——杀！只听唰的一声，石块飞了出去，正中那人的后背。那人惨叫一声，弓着身子，一歪一扭地逃走了，快步消失在夜色里。

那个女人从地上爬起来，理了理头发，偏头打量了一下贺小冬。贺小冬惊呆了，这不是何百花吗？恍惚间，他似乎又回到了教室。

看什么看！何百花没有认出他来，狠狠地瞪了他一眼。疯子，他妈的都是疯子！她嘶声大骂。

贺小冬吓得拔腿就跑，只听何百花在身后哈哈大笑，边笑边骂。

他一口气跑到巷口，在古树下停下来，靠着粗大的树干呼呼喘气。

那两只包子还在他手里抓着。女人的笑骂声仍不绝于耳。他不由得恼怒起来，谁是疯子？谁是疯子？他一跃退出老远，举起包子怪叫一声，只听啪啪两下，包子飞了出去，重重地砸在树干上。

砸完了，他愣了许久，这才发现手上的包子不见了。他懊恼地叹了一口气，噌噌跑过去，在地上捡起那两只包子。包子还热乎着，不过给砸扁了，里边的肉馅撒了一地。他心疼地擦擦上边的土渣子，张嘴咬下一大口。

回到烂尾楼，贺小冬拿掉纸板，将小强抱起来，让他坐在自己身边。他说，我妈受伤了，我把她送到医院里去了。

他拉住小强的手说，还有，我碰上何百花了。你说，我是疯子吗？

对，我不是疯子。他一脸愤然。下回让我见着，我要狠狠地揍她，她敢骂我是疯子！

他从小强身后摸出那两只钢珠，在手掌上掂了掂。还有，我还要让贺长生尝尝这钢珠的厉害。他的眼里充满仇恨，我亲眼看到他打伤我妈，我决不饶恕他！

说着，他猛地射出一颗钢珠，只见火星四溅，啪地在水泥墙上砸出一块白印子。他捡起钢珠，擦擦上面的灰土，说，我得回去了，我妈等我送饭呢。

他往楼下走去，没多远又停下来，回头看了他一下，说，我要亲手惩罚他，你等着瞧好了。

我本来想要你一起去的。我们是盟友，什么时候都不分开。不是吗？再说了，我还要你跟我一起惩罚何百花呢。可是你去了帮不上忙，还是留这儿得了。你可别生气啊，我这么做没看不上你的意思。

说完，一个人出去了。

胡春梅的伤并无大碍，在医院里缝了几针，挂了两瓶消炎水就出院了，仍旧回去开麻将馆。自打发现儿子跟小强在一起，她放心多了。儿子没有学坏，至少没在外边闯祸，至少还是活蹦乱跳的。这就够了。她这样安慰自己。她尾随他到这里，哪怕看上一眼，心里也踏实。儿子要报复贺长生，是她没想到的。她一时想不出具体原因，但有一点可以肯定，就是与他的叛逆有关，与他们夫妻不和有关。那以后，她整天提心吊胆，整夜睡不着觉。只要闭上眼就做噩梦。这真是要命的啊，一个半大小子弄不好会杀了自己的父亲，这可不是闹着玩儿的。当他出现在洗脚城时，这个一向有主见的女人，一时不知所措。她在心里一遍一遍地祈祷，贺长生你可千万别出来啊，别出来！她再也不恨贺长生了，他毕竟是自己的丈夫啊。他再不是个东西，也不能眼看着他出事！更何况，另一个是自己的儿子。这小东西什么时候才能长大啊？她躲在角落里泪流满面，在心里默念，菩萨保佑，菩萨保佑，我烧高香了！

卖不了房子，跟川妹子也闹翻了，贺长生里外不是人。

他没想到川妹子跟他说翻脸就翻脸，未免太绝情了吧。本来承诺给她买房子，然后顺理成章地在一起的，现在倒好，计划泡汤了。

他发现贺小冬了，那小子在跟踪自己。他想破脑袋也想不明白，这世界到底是怎么了，处处跟自己过不去。不过有一点他非常明白，他得躲着他的儿子贺小冬。那天他背着胡春梅往医院里跑的时候，扭头看了自己一眼。他的眼里射出两道凶光，令他不寒而栗。妈的，这小子记恨我了！

他不能去川妹子那儿，也回不了家。转眼之间，他成了一条没人要的流浪狗，蔫头耷脑地在大街上游荡。

　　就在此前，他还躲在天桥洗脚城里，不停地给人发微信，到处找人借钱，亲戚、朋友、相好，只要能想到的，一个不剩地找个遍。有钱才有机会东山再起，他得有钱啊！跟贺小冬的班主任何百花好上的那一段时间，她曾不断地向他借钱。说是借，压根儿就没还。头一回，她找他借钱，他说好啊，你到我这儿来拿吧。她果真去了。那是他家，正好胡春梅到麻将馆去了，家里空着。他真够胆大，将她堵在房间里，睡了她。事后胡春梅回来发现屋里有些不对劲，可就是找不到破绽。为这事，贺长生暗地里得意了好久。

　　他把钱交给何百花时夸下海口，说没钱就找我吧，我保管让你有得玩。何百花也不客气，拿了钱就走。这种男人她见得多了。即使你贺长生不给，还有人给。天底下的男人多着呢。那段时间她输得很惨，熟悉她的人唯恐避她不及。她压根儿就不在乎。她跟他上床，当然是看中他的钱。他愿意大把地给她钱，是因为贪恋她的容貌和身体，他们各取所需。不久何百花消失了。每过一段时间，周围便有不少女人消失。用不了多长时间，她们又神秘地出现在他面前，依然光鲜动人。贺长生并不知道何百花去了哪里，又是什么时候回来的。他也不大关心。谁会拿这样的女人当回事呢？再说，随后他又跟川妹子好上了。

　　川妹子对他真好，在他最需要钱的时候，把自己的私房钱全部借给他。那可是她这些年辛辛苦苦攒出来的血汗钱啊！他说，等我翻回老本，我不会亏待你的。川妹子说，我只要一套房子，哪怕小一点也好，我只想有个落脚的地儿！他使劲地拍着胸脯说，行，你要什么我都给你。可是，他的股票越陷越深，让他动弹不得。川妹子伤心不已，常常以泪洗面。她的钱说没就没了，她所有的希望也没了。

　　这天，贺长生在脑子里反复搜寻，结果锁定了何百花。他在电话里说，小心我揭发你！何百花那边叮叮咚咚的，是搓麻将的声音。她笑着说，你揭发我什么？他阴阳怪气地说，告你补课，告你乱收费，就凭这一点，就让你名声扫地，吃不了兜着走。当然，还有其他的。比如作风问题，比如打牌。为人师表啊！你做得真够可以的，把我们家贺小冬都教不见了，你配当老师么！那边安静下来。何百花大概放下牌出来了。她压低声音说，贺长生，你也不是什么好鸟。你说吧，你到底想干什么？他以为她害怕了，轻松地一笑，说，也没什么，最近手头不宽裕，你看着办吧。

何百花明白他的意思，说，不就是要钱吗？说吧，要多少，我送给你。

放下电话，贺长生兴奋得手舞足蹈。妈的，一个电话银子就来了，哪儿找的好事！管他呢，不要白不要，那不都是学生家长的钱吗？哈哈！

第二天，何百花果然来了。让贺长生没想到的是，还有另外两个男人跟她一起来了。他们上来就将他按倒在地，让他的身体发出一阵旧麻袋落地一样的闷响。临走时，何百花在他身上踢了一脚，说，老贺，别忘了我啊！他趴在地上，像一条快咽气的公狗。

屋漏偏逢连阴雨。洗脚城的老板开始跟他要房费。那家伙也变卦了，哥俩再好也是过去式，拿钱说话吧。他哪儿有钱啊？这不是落井下石吗？他走投无路了。

回到洗脚城，他咚咚地爬上楼，掏出钥匙开门，结果发现门锁被换了，根本打不开。他一把甩掉钥匙，气恼地大骂老板不是东西。他抱着头，一声不响地靠坐在楼梯口，许久都没动一下。

他并不知道，贺小冬就蹲在一百米远的花坛外，等着他出来。那两只鹅蛋大小的钢珠在他的手心里紧紧攥着，发出吱吱的声响。他紧张地盯着洗脚城的大门，额头上渗出一层细汗。他的心怦怦狂跳，他多么渴望报复贺长生啊，睡觉都梦见自己将两颗钢珠狠狠地投向他，让他痛苦地大叫。对，我就是要让他痛苦，就是要让他知道挨打的滋味。他不就是常常这样暴打我的母亲吗？

夜深了，贺长生耷拉着头从里边出来，无精打采地走在马路上。这里不能住了，家里也没脸回去，他不知该往哪里去了。他现在才知道，什么叫走投无路，什么叫有家不能归。想着想着，他不禁悲从中来。不知不觉中来到古树巷。巷子里没有一个人，到处空荡荡的。能碰到一个熟人就好了。他想。自己总得找个地方睡一觉吧。胖子家的那条花母狗不知从哪儿钻出来，远远地蹲在花坛后面，警惕地盯着他。

无意中，他发现朴树那边有个人影在晃动。借着昏暗的街灯的光芒，他终于看清那是何百花。她披头散发，一路哭哭啼啼、跌跌撞撞地往郊外走去。她是被逼债，还是输糊涂了？她爬上河堤，在堤上坐下来。奇怪的是，她不哭了，抬眼望着脚下的府河一阵发呆。四周静悄悄的，偶尔传来几声虫叫。宽阔的河面很平静，在星空下闪着幽光。不远处的柏油路上，一些车辆来来往往地穿梭不停。贺长生隐藏在一棵楝树后，好奇地打量着她，心想这个女人莫非要寻短见？正在疑惑着，只见何百花僵硬地站起来，突然仰天大笑，跟着箭一样冲下堤坡，纵身一跃，跳进河水里。

贺长生吓傻了。他什么都顾不得想，飞快地冲到水边，大喊：何百花，何百花！

何百花在水里扑腾着，头在水面忽隐忽现，大口地呛水。贺长生猛地扎进水里，奋力向她游过去。

他死死地把何百花抓住，生生将她拖出水面，抱上河岸。何百花哇哇地吐水，不停地干号。

贺长生抱着她一路狂奔，在路边拦了一辆车，直奔医院。

贺小冬要进洗脚城找贺长生，被那个大个子保安拦住了。他想找个空子钻进去，但那个保安一动不动地守在门口，让他无机可乘。他记得上回慌慌张张跑出来追赶他的，就是这个人。他恨不得一挥手，将钢珠向他砸过去。

他靠坐在路边的樟树下，不久睡着了。迷糊中梦见自己一头栽进冰冷的河水里，他哆嗦一下，惊醒了。只见贺长生出了洗脚城，一路朝市区古树巷方向走去。他嚯地爬起来，快步跟上去。

贺长生上了河堤，他也飞快地爬上去。当看到贺长生抱着水淋淋的何百花奔上河堤，拦车往医院方向驶去时，他吓得浑身颤抖，瘫坐在地上。

天亮时，他垂头丧气地回到小强身边。

我该怎么办？我对不起妈妈。他说着，眼圈红了。

他想起妈妈挨打的情景，禁不住呜呜地哭出了声。

胡春梅不知什么时候进来了。

她轻轻地靠近儿子，爱怜地抚摸着他的头。他温顺得像一只听话的小羊羔。胡春梅默然流泪，儿子多久没这样了。儿子，跟妈妈一起回去好吗？她说。

她用手梳理着他脏乱的头发。要不，带上他？她指指小强。

他犹豫了一下，终于点点头。

她牵着他的手，他则抱着小强，一起下楼。

河风迎面吹来，带着清新的空气，母子俩不由得深深地吸了一口。空中传来一阵鸟叫。一只黑色的大鸟在高空盘旋，宽大的翅膀不时地振动着。它宝石般的黑眼睛晶亮有神，似乎在不停地打量着他们。

他激动不已，振臂高呼，嗨，你好吗？